양창국 창작집

다 그렇게 산다

다 그렇게 산다

다 그렇게 산다

양창국 창작집

인공지능의 힘을 빌려 영생을 연구하는 과학자!
승진 미끼에 목을 매고 애교스럽게 죄를 범하며 충견 노릇 하는 월급쟁이!
돈의 노예가 되어 자린고비 노릇 하며 힘들게 살아가는 인생!
짝사랑에 목매는 여인의 가슴 시린 이야기 등등…

지구문학

차례

영생

1

정영은은 새천년, 서기 2000년이 열리기 3시간 전에 태어났다. 그는 새천년이 열리자 태어난 지 3시간 만에 두 살배기가 되었다.

정영은이 태어났을 때는 온라인 세계가 한참 꽃피기 시작한 때였다. 개인용 컴퓨터가 널리 보급되고, 손 안의 컴퓨터 이동전화기가 막 보급되기 시작했다.

그는 유치원을 졸업할 때 아버지보다 훨씬 디지털 기계를 잘 다뤘다. 컴퓨터로 게임을 즐기고, 이동전화기에 내장된 여러 기능을 자유자재로 쓸 수가 있었다.

영은의 아버지는 컴퓨터를 쓰다가 막히면 어린 아들을 찾았고, 그가 문제를 해결해 주면 아버지는 천재가 났다며 좋아했다. 그 또래 아이들이 다 할 수 있는 재능을 아버지는 그의 아들만 할 수 있는 거로 여기고 아들이 천재라고 기뻐했다.

그는 초등학교 때부터 수학을 잘했다. 그는 수학이 쉽고 재미있었다.

디지털 환경에서 자라가며 그는 어슴푸레 자라면 컴퓨터를 더 배우겠다는 막연한 꿈을 키웠다.

　그가 고등학교 다닐 때, 그의 진로를 결정한 결정적인 사건이 일어났다.

　구글 딥마인드에서 개발한 알파고와 세계 최고수 바둑 기사 이세돌 간 5전 3승제 바둑 시합이 열렸다.

　알파고는 그동안 여러 고수가 둔 바둑 기보를 다 기억하고, 딥 러닝, 머신 러닝으로 컴퓨터가 스스로 바둑을 학습하는 알고리즘으로 기보를 분석 학습하며 바둑을 익혔다.

　알파고는 4승 1패로 인간 고수를 물리쳤다.

　그 후 알파고는 중국의 최고수 커제도 3 : 0으로 물리쳤다. 인간 적수가 없어지자 알파고는 은퇴했다.

　인공지능 알파고가 인간 최고수를 이긴 것만 뉴스가 되었지, 인간은 고작 21w의 에너지를 쓴 반면 알파고가 인간보다 12,000배나 더 많은 전력 에너지를 쓴 사실은 보도되지 않았다.

　정영은은 컴퓨터가 사람을 이기는 것을 보고 매우 놀랐다. 어떻게 시키면 상자 안에 들어있는 초격자 집적회로가 사람을 이길 수 있을까? 그는 검은 상자 안에서 일어나는 조화를 이해할 수가 없었다.

　그는 알파고가 인간을 이긴 시합을 잊을 수가 없었다. 그는 대학에 가서 그 원리를 배우고 컴퓨터가 어느 정도까지 사람을 흉내 낼 수 있나 연구하기로 마음을 굳혔다. 그는 손수 컴퓨터를 가르쳐서 여러 분야에서 사람을 이기도록 하고 싶었다.

　고등학교 때부터 메타버스 속에 그의 아바타를 꾸미고, 그의 아바타를 통하여 세상과 소통하던 정영은은 인공지능을 전문적으로 배우려고 공대 전자과를 지원했다.

　영은의 부모는 외아들이 공대에 진학한다고 하자 대견해 하며 반겼다.

　온라인과 오프라인 세계를 넘나들며 삶을 이어가던 영은은 대학을 졸업하고 ROTC 학사 장교로 최전방에서 군 복무를 마치고, 대학원에 복학하여 석사, 박사학위를 땄다.

그가 대학을 졸업할 때쯤 창작도 할 수 있는 인공지능 챗GPT가 출현했다. 영은은 챗GPT를 이용하여 과제를 했다. 창작도 할 수 있는 인공지능을 개발한 인간들은 2030년 목표로 사람같이 판단도 할 수 있는 인공지능, AGI(Artificial General Intelligence) 개발을 서둘렀다.

그가 석사과정을 마치고 박사과정에 입학했을 때 어머니가 췌장암으로 별세했다. 평소 건강하여 병원을 멀리하며 종합검진까지 마다하시던 어머니가 통증을 이기지 못하고 병원을 찾았을 때는 췌장암 말기로 병원에서 손을 쓸 수 없다고 했다. 병원을 찾은 지 3개월 만에 타계했다.

아버지는 봉안당 두 개를 사서 어머니 유골을 안치하며, 어머니 봉안당과 나란히 있는 봉안당은 아버지의 몫이라 했다.

영은이 박사과정 2년 차에 아버지는 폐암에 걸려 한쪽 폐 일부를 절단했다. 수술 후 호흡이 짧아 힘든 일은 못 하셨으나 조용히 2년간 그럭저럭 사시던 아버지는 폐암이 재발했다. 이미 한쪽 폐를 절단한 아버지는 남은 한쪽 폐를 수술할 수가 없었다. 의사는 방사선 치료 등 재래식 방법으로는 치료가 어렵고 미국에서 신약이 나왔다며 신약 처방을 권했다.

의료보험이 적용 안 돼 한 번 투약에 600만 원이 든다고 했다. 일주일에 한 번씩 투약한다고 했다. 엄청난 치료비를 감당하기 위해 집을 팔고 전셋집으로 이사했다.

그렇게 일 년을 버티고 아버지는 영은이 박사학위 심사를 통과하자 박수치며 기뻐하셨으나, 기쁨에 넘쳐 환호하다가 기력을 다 쓰셨는지 생명력이 급속히 떨어졌다.

의사는 비싼 신약을 1년 썼더니 내성이 생겨 더 이상 듣지 않는다며 마지막으로 방사선 치료를 하겠다고 했다. 방사선 치료를 시작한 지 2주 만에 아버지는 혼수상태에 빠져 응급실에 입원하고 생명 연장 장치에 의지해 생명을 유지하게 되었다.

　박사학위를 따고 영은은 인공지능연구소에 취업했다.

　그는 매일 퇴근 시간에 맞춰 병원 응급실로 가서 코와 팔에 주렁주렁 생명 연장 장치를 달고 있는 아버지를 잠시 보고 무기력하고 우울하고 축 처진 기분으로 집에 갔다.

　아버지는 아들을 알아보지 못했다. 아들뿐만 아니라 아무것도 인지하지 못했다. 그런 생활이 한 달 지나자, 의사가 영은에게 이렇게 식물인간인 아버지를 계속 생명을 유지할 것인가, 연명장치를 뗄 것인지 결정하라고 했다.

　영은은 그의 손으로 아버지의 생명을 끊게 할 것인가, 의식도 없는 아버지를 계속 인공적으로 생명을 이어가게 할 것인지 결정해야 했다. 아들과 아버지의 인륜이 그의 결정을 망설이게 했다. 그는 종합병원 의사인 외삼촌과 의논했다.

　"아버지는 더 이상 깨어날 가능성이 없다. 그렇게 식물인간으로 생명을 연장하는 것은 인간 존엄성에 대한 모독이 될 수도 있다. 아들로서 어렵겠지만 의사인 나로서는 생명 연장 장치를 떼는 것을 권한다."

　외삼촌이 냉정하게 말했다.

　영은은 핏줄로는 전혀 남인 외삼촌의 인간 존엄성 언급에 동의할 수는 없었지만, 외삼촌의 충고를 받아들여 의사에게 생명 연장 장치를 떼라고 했다. 의사는 생명 연장 장치를 떼면 곧 돌아가실 거니 병원을 떠나지 말고 임종을 지켜보라고 했다.

　생명 연장 장치를 떼고 두 시간 만에 아버지는 사망 판정을 받았다. 영은은 마지막 떠나는 아버지와 한 마디 말도, 눈 한 번도 마주치지 못하고 아버지를 보내드렸다.

　영은은 아버지를 화장하고 유골은 봉안당 어머니 옆자리에 모셨다.

나이 30에 고아가 된 영은은 혼자 살아간다.

영은은 연구소에 매일 출근할 필요가 없다. 재택근무를 한다.

그가 연구소에서 처음 배치된 부서는 아바타 실현팀이었다.

할아버지는 일찍 죽은 손자를 잊지 못한다. 딸은 돌아가신 어머니를 잊지 못한다. 손자나 어머니와 똑같은 외모의 로봇을 만들고 손자나 어머니의 기억을 AI 로봇에 주입한다. 로봇은 손자나 어머니의 역할을 하며 망자를 잊지 못하는 분들에게 위로를 준다.

영은은 그런 AI 로봇을 만드는 연구를 한다.

유명 인사들은 그의 시간의 상당 부분, 60% 정도를 단순 반복적이고 의례적인 일을 하며 보낸다. 그래서 그들은 단순 반복적인 일을 누구에게 대신 시키고 그들 본연의 일에 전념하고 싶어한다.

온라인 세계에서는 그의 아바타가 그를 대신하여 임무를 수행한다. 온라인 세계의 아바타를 오프라인으로 불러내서 AI 로봇에게 그의 대역을 맡겨 활동하면, 하는 생각이 경영자들 사이에 늘어갔다.

영은이 참여한 아바타 실현연구팀은 그런 고객들의 욕구를 실현하는 연구도 하는 팀이다. 팀원은 5명으로 팀장은 미국 MIT공대에서 학위를 받고 귀국한 수재. 팀장을 비롯한 4명은 공학자이고, 한 명은 법률 전문가다. 법률 전문가는 아바타가 윤리적으로 어긋나는 행위를 하지 않도록 하는 알고리즘 개발에 참여했다.

유명 인사와 외모가 꼭 닮은 인공지능 로봇에게 유명 인사 삶의 이력, 경험, 지식 등을 입력하여 단순 반복 업무를 대신하도록 한다. 유명 인사는 자기 고유 업무에 집중하며 성과를 극대화 한다.

영은은 주로 집에서 연구한다. 아침나절 정해진 시간에 팀원들이 화상으로 연구 내용을 서로 확인한다. 일주일에 한 번 연구소에 출근하여 한두 시간 대면회의를 한다. 연구소에 따로 각자의 연구실이 없다.

영은은 전셋집을 빼서 그가 재택근무할 집을 서울 근교에 마련했다. 야

트막한 언덕의 대지를 샀다. 눈 아래 도로가 지나가고 도로를 건너면 개울이 있고, 그 너머에 야산이 있다. 조선시대부터 유행하던 풍수지리에서 배수임산 양택 위치에 땅을 사고, 영은이 설계한 집을 3D 프린트로 지었다.

그는 집을 짓기 전에 가상현실 세계에서 그가 살 집을 재현하여 미리 보고 그가 살기 편하도록 설계를 바꿨다. 침실, 서재, 목욕탕 겸 화장실. 거실 한쪽은 부엌이고, 한쪽 벽에는 대형 스크린을 설치했다. 가상현실과 증강체험을 할 수 있는 공간도 마련했다.

앞면은 태양광 패널이 깔린 통유리로 탁 트인 시야를 확보했다. 집에 두 대의 컴퓨터를 설치했다. 한 대는 거실 스크린 앞쪽에, 한 대는 서재에 설치했다. 전방 전경을 볼 수 있도록 소파를 배치했다.

컴퓨터 키를 손가락으로 치기 싫으면 영은은 소파에 비스듬히 앉아서 머리에 쓴 AR 기기를 통해 그의 의사를 컴퓨터에 전달한다. AR 기기는 그의 뇌 피질에 연결되어 그의 의사를 알아채고 그가 원하는 명령을 컴퓨터에 입력하면 벽면의 스크린에 원하는 자료들이 투사된다.

영은은 결혼을 독촉할 부모도 없고, 본인이 별로 결혼할 마음도 없어 그냥 혼자 일에 몰두하며 생활을 이어갔다. 그는 아침은 빵과 우유, 과일로 때우고, 점심과 저녁은 주위 식당에서 해결하든지 배달시켜 먹었다.

집안 청소는 진공청소기가, 식기는 식기 세척기가 해준다. 빨래는 세탁기를 시켰다. 특별히 비싼 도우미를 쓸 필요가 없다.

그는 자주 집안일이 하기 귀찮아졌다.

그는 도우미 로봇을 사기로 했다.

그는 키 165cm, 몸무게 45kg인 인공지능 로봇을 주문했다. 로봇의 얼굴은 2020년 도쿄 올림픽에서 4강에 오른 여자배구 국가팀 선수 중 그가 좋아했던 얼굴을 닮게 만들어 달라고 했다.

그가 주문한 대로 제작된 인공지능 로봇이 배달됐다. 그는 로봇 이름은 초등학교 5학년 때 짝이었던 그가 잠시 좋아했던 여자 동창, 조희선의 이름을 따서 희선이라고 지었다.

희선은 그의 식사를 해결해 주고, 청소 빨래 등 집안일을 맡아서 해줬으며, 그의 말벗이 되었다. AGI 로봇, 희선은 그의 좋은 연구 조력자다. 집에 비치한 또 한 대의 컴퓨터를 사용하여 영은이 필요로 하는 자료와 데이터를 검색하여 제공해 준다.

영은의 연구 결과는 희선과 합작품이다. 희선은 검색 엔지니어와 프롬프트 엔지니어 역할에 인간을 한참 뛰어넘는다.

희선은 소파에 앉아서 밤을 보낸다. 그렇게 1년을 같이 살다 보니 희선은 영은의 습관과 호불호를 다 알고 일상생활에 전혀 불편을 느끼지 않게 주인을 보살폈다.

영은은 가끔 희선이 감정이 없고 같이 반주를 대작할 수 없는 것이 아쉬웠다.

어느 날, 술 한잔하고 잠에 빠졌던 영은이 밤중에 깨어서 화장실에 갔다. 그는 눈을 깜박이며 소파에 달랑 앉아있는 젊은 처녀 로봇, 희선이 안쓰러웠다. 그는 희선에게 침대 그의 옆자리에 와서 자라고 했다.

그런데 희선은 잠을 자지 않는다. 영은은 주인의 명령에 따라 그의 옆에 누운 희선의 금속 촉감이 싸늘했다.

그는 로봇 정비소에 희선의 피부에 체온을 느낄 수 있도록 개조해달라고 했다. 정비소 상담원은 이왕 하는 김에 로봇에 섹스 기능을 추가하면 어떻겠느냐고 건의했다.

"로봇에 섹스 기능?"

영은은 이미 로봇이 섹스 파트너 역할을 하고 있다는 것을 알고 있었다.

"네. 조금만 더 투자하시면 그 기능 추가가 가능합니다. 인도의 64가지 섹스 기법을 심을 겁니다. 그럼 천국을 경험하시게 되지요."

상담원이 너스레를 떨었다.

여자와 경험이 없는 영은은 그 기능 쓸 일 있겠어, 하고 쉽게 생각하며 그렇게 하라고 했다.

로봇 희선은 영은의 가정을 안정시켰다. 영은은 일주일에 한 번 희선에게 전기를 충전해 주고 두 달에 한 번 정기 점검을 받고 간이 보수를 하면 추가 비용 없이 그녀가 제공하는 모든 가사 서비스를 받을 수가 있다.

영은이 필요한 일을 바로 알아내고 척척 해결해 준다. 영은의 마음까지 읽으며 영은이 평안하게 연구에 전념하도록 배려한다. 희선의 기억장치에 저장된 방대한 자료는 영은의 연구에 밑바탕이 된다.

희선은 이제 30대 초반 청년의 잠자리까지 해결해 준다. 희선은 영은이 인공지능의 딥러닝, 머신러닝의 알고리즘을 개발하는 데 전념하도록 보좌한다.

영은이 연구소에 입소한 지 5년째 되던 해에 그의 팀원으로 인공지능 로봇이 합류했다. 인간과 외모가 똑같이 생겼고 같은 말을 쓰며 인간 같이 판단할 수 있는 AGI 로봇을 팀원으로 받아들이는 데 팀원들의 저항은 없었다.

영은은 입소한 지 10년 만에 한 부서를 맡는 팀장으로 진급했다. 그의 팀에 인공지능 로봇팀원이 두 명 배치되었다.

그는 그의 팀이 개발한 알고리즘을 장착한 인공지능 로봇이 스스로 이론을 습득하고 개척하는 것을 보고 행복을 느꼈다. 더구나 인공지능 로봇은 사람의 선입관으로 막힌 사고를 뛰어넘어 사람이 생각할 수 없는 기발한 아이디어를 내고 그것을 실현시켰다. 그럴 때마다 영은은 놀랐다.

10년 넘게 같이 살며 지식과 경험을 공유한 희선은 영은을 다 알고 배려하는 좋은 반려가 되어 영은이 인간 반려를 찾을 필요를 느끼지 못하게 했다. 영은은 나이를 먹어가며 몸에 나잇살이 늘어나나, 희선은 세월이 흘러도 20대 초반의 젊음과 아름다움을 그대로 유지했다.

　40대 중반이 되면서 영은은 점점 인공지능 로봇에게 뒤처지는 느낌을 받고 자주 좌절감을 느꼈다. 그가 개발하는 알고리즘은 머신러닝으로 인공지능이 스스로 개발하는 알고리즘에 효율면에서 뒤처지기 시작하여 그가 한 연구가 쓸모없게 되는 일이 자주 일어났다.

　그가 40대 중반이 되자 인공지능 로봇팀장과 어깨를 겨누어야 했으며, 실적에서 계속 밀렸다.

　영은이 인공지능 로봇에게 뒤처지며 느끼는 무력감과 열패감을 희선이 달래줬다.

　평범한 사람들은 인공지능 로봇에게 일자리를 빼앗기고 정부에서 주는 기초연금으로 생을 영위할 수뿐이 없게 되었다.

　새천년이 되기 전부터 단순 반복적인 블루칼라 일자리를 인공지능 로봇에게 내주기 시작하더니, 영은이 나이 30이 되었을 때 그런 일자리는 이제 완전히 인간의 손을 떠났다.

　머리를 쓰는 화이트칼라 직업도 새천년이 지나서부터 인공지능 로봇에게 빼앗기기 시작하더니 이제 거의 모든 분야에서 일자리를 빼앗겼다.

　기업은 업무 효율이 훨씬 높고, 24시간 근무해도 불평이 없으며, 노동쟁의도 일으키지 않는 인공지능 로봇을 인간 대신 고용하여 이익을 극대화하려고 했다.

　정부는 인공지능 로봇에 밀려 일자리를 잃은 국민의 의식주를 해결해 주기 위하여 기업이 고용하는 인공지능 로봇의 수에 따라 로봇세를 부과하고 세금을 징수했다.

　문명의 발달로 생활이 더없이 편리해졌으나 정부가 해결해 주는 의식주에 의존하며 할 일을 빼앗기고 시간을 보내기 위해 방황하며 우울증에 빠져 자살하는 사람의 숫자가 늘어났다.

영은이 50이 되던 해, 부장 진급 경쟁에서 밀렸다. 그보다 훨씬 업무실적이 좋은 인공지능 로봇에게 부장 자리를 빼앗겼다. 그는 인공지능 로봇을 상사로 모셔야 했다.

진급에 탈락한 날 저녁, 영은은 소파에 앉아 창밖의 석양을 내다보며 포도주를 마시며 좌절감을 달랬다. 희선이 견과류 안주를 챙겨주고 옆자리에 앉아 잔에 포도주를 따라주며 같이 창밖을 내다봤다. 영은은 희선이 같이 술을 마시며 그의 답답한 심정을 나눴으면 했으나 희선은 먹지도 마시지도 않는다.

"희선아, 내가 벌써 50년을 살았네. 참 오래 살았지?"

영은이 영탄조로 말했다.

"무슨 말을? 아직 그보다 훨씬 더 살 건데."

희선이 담담한 어조로 말했다.

"뭐 50년 이상 더 살 거라고? 뭘 하고 살지? 이제 인공지능 로봇을 상사로 모시고 살아야 하는데."

영은이 탄식조로 말했다.

말을 뱉고 영은은 아차 했다. 그의 옆에 앉은, 그의 동반자인 희선도 인공지능 로봇이다.

"누가 상사면 어때? 자기 할 일 하고 살면 되지."

희선이 담담하게 말했다.

영은은 그렇게 도사처럼 말하는 희선을 건너다봤다. 20년을 같이 살아오며 그는 얼굴에 주름살이 늘어가는데 희선은 처음 샀을 때와 똑같은 20대 초반의 팽팽한 피부다. 100년이 지나도 젊은 피부일 거다.

영은은 로봇과 더 이상 대화가 될 것 같지 않아 입을 닫고 앞산 너머로

지는 해를 쳐다보며 저 해도 50억 년 후면 사라지겠지, 하고 생각하였다. 그리고 그가 살아온 50년과 50억 년을 비교하며 50년은 오차범위도 들지 않은 짧은 세월이네, 50년 더 산다고 해도 그 시간도 마찬가지고, 하며 후 한숨을 내쉬었다.

영은은 2년 전 영생연구팀 팀장으로 보직이 바뀌었다.

사람들은 영생을 꿈꾸며 영생을 약속하는 종교에 귀의한다.

의학이 발달하여 사람의 평균 수명이 늘어갔다. 10년마다 2년씩 늘어갔다. 이제 100세를 사는 것은 보통이고, 130세, 140세를 사는 분도 늘어갔다. 사람 신체의 장기가 낡으면, 자동차 부품을 갈아 끼우듯 줄기세포를 배양한 장기로 갈아 끼웠다.

그런데 뇌가 문제였다. 뇌세포가 죽는 것을 늦추는 의료기술은 계속 발달했으나 완전히 멈추게 하는 기술은 아직 찾지 못했다. 그래서 개인의 경험과 지식을 다 저장한 외모가 똑 닮은 로봇 아바타를 만들어 자신을 남기는 것이 죽지 않는 거라는 사고가 대두되어 사람을 대신할 꼭 닮은 아바타를 만드는 연구가 시작되었다. 영은은 그 연구팀장이다.

사람들은 영혼이 몸의 어느 부위에 있나 연구했으나, 머리에 있는지 가슴에 있는지 아직 찾지 못했다.

자손을 남겨 자신의 유전자를 남기는 것이 인류가 500만 년 동안 살아온 방식이다. 그러나 유전자를 남긴다고 하는데, 자식은 아버지와 어머니로부터 유전자의 절반을 물려받는다. 손자 대에 내려가면 자신 유전자의 1/4이 물려진다. 한 세대를 더 내려가면 1/8, 또 한 세대를 더 내려가면 1/16. 이렇게 십 세대 백 세대를 내려가면 그의 유전자는 후손에게서 거의 찾을 수가 없다.

영은은 유전자 세포가 아닌 반도체 칩에 사람의 흔적을 담아 남기는 기술을 연구한다.

영은은 인공지능 로봇에 둘러싸여 살고 있다. 집에서는 희선과 살고, 직장에서는 인공지능 상사를 모시고, 그의 팀원 7명 중 세 명은 인공지능 로 봇이다. 그의 동료 팀장 중 여러 명이 인공지능 로봇이다. 상사도 인공지능 로봇이다.

영은은 지식의 깊이나 폭에서 인공지능 로봇을 당할 수가 없다. 인공지 능 로봇은 휴식이 필요 없다. 하루 24시간 전 세계에서 발표되는 최신 논문 을 읽고 암기한다. 논문을 읽는 속도도 엄청 빠르다. 한 번 입력된 지식은 잊는 법이 없다. 도서관 모든 서적을 합친 만큼 지식을 가진 인공지능 로봇 은 지식 측면에서 인간보다 훨씬 뛰어나다. 그러나 가슴으로 소통은 없다.

영은은 희선과 20년을 넘게 같이 살아오며 식사하거나 술을 마실 때 같 이 하지 못하는 것이 아쉽다. 식탁에 마주 보고 앉아는 있지만, 그는 혼자 만 밥을 먹고 술도 혼자만 마시며 혼자 취해서 해롱거린다.

가끔 영은은 혼자 밥을 먹기 미안하여 그가 밥을 먹는 동안 희선을 충전 한다. 그녀가 살아갈 에너지를 보충해 준다.

영은의 연구팀은 인공지능 로봇이 팀장인 연구팀에 계속 실적에서 밀렸 다. 하위 실적 평가를 받으며 영은은 좌절하며 심각하게 열패감을 느끼며, 연구소를 때려치울까, 고민했다. 팀장으로서 그의 역할이 점점 없어졌다. 그가 팀의 연구를 이끄는 것이 아니라 팀원 인공지능 로봇팀원이 팀의 연 구를 이끌었다.

인공지능 로봇은 아무 불평 없이 영생을 추구하는 인간을 닮은, 그 인간 의 인생 기록을 담을 아바타 로봇을 만드는 데 전념한다.

그런데 영은은 자주 영생 연구에 깊은 회의에 빠진다.

자연은 순환한다. 낳고 스러진다. 생물은 말할 것 없고 무생물도 그렇다. 영원할 것으로 생각되는 별까지도 그렇다. 우주에 떠다니는 먼지가 모여 별이 되고 별 내부의 핵융합 원소가 소진되면 적색거성이 되었다가 백색 왜성이 되고 초신성 폭발로 사라진다.

인간의 평균 수명이 60을 넘은 것이 얼마 되지 않았다. 이제 평균 수명이 100세를 훨씬 넘었다. 영은이 태어날 때쯤 육순 잔치가 없어졌다. 이제 미수 잔치는 말할 것 없고 백수 잔치도 하지 않는다. 그리고 영생을 꿈꾼다.

인간은 끊임없이 순환하는 자연의 순리를 외면한 채 영생을 바란다. 인간이 그런 터무니없는 욕심을 부리자, 인간의 삶의 터전을 제공하는 지구가 인간의 욕망에 쐐기 박으며 반기를 든다.

인간은 농경사회, 산업화 사회, 정보화 사회, 4차 산업 시대로 문명을 발달시키면서 지구 자원을 함부로 마구 퍼서 썼다.

지구는 자연 순환 고리를 넘어서는 자원 남용에 따른 배출물을 제대로 순환하지 못하고 축적했다. 그중 하나가 탄산가스 등 지구 온난화 가스이다. 인간은 문명을 발달시키기 위해 마구 에너지를 파서 썼다. 주 에너지원으로 탄소를 태웠다. 탄산가스가 공기 중에 쌓여가서 이불 역할을 하며 대기를 데웠다.

인간은 파리 기후변화협약을 맺고 2050년까지 지구 온도 상승을 2℃로 억제하겠다고 약속했으나, 선출직 지도자의 인기 영합주의는 그 목표를 달성하지 못하게 했다.

화석연료 인프라로 짜진 산업을 탄산가스 배출이 없는 탈탄소 산업으로 전환하려다 보니 경제성이 악화된다. 민족주의와 국가주의 사상이 강화되는 세계 조류에 휩쓸려 선출직 위정자는 표를 잃으면서 과감하게 산업을 탈탄소 인프라로 바꾸려고 밀어붙일 수가 없다.

2010년대 후반 미국 대통령 트럼프가 택한 기후변화협약 탈퇴는 선출직 공무원의 표를 향한 구애의 좋은 본보기다.

문명이 발달하고 국민 소득이 늘어나자, 육류 소비 욕구가 높아져서 농업 분야에서도 탈탄소 목표를 달성할 수가 없었다.

지구 온도가 높아지자 시베리아 등 얼음으로 덮였던 동토가 녹고 동토 속에 갇혔던 메탄가스가 대기로 방출됐다. 메탄가스는 탄산가스보다 수십 배 지구 온난화에 영향을 준다.

후발국 국가들도 선진국만큼 살아갈 권리가 있다고 주장하며 산업을 일으켰고, 그 동력은 재생에너지보다 싼 재래식 에너지에 의존했다.

지구는 몸살을 앓고 아픔에 몸부림쳤다.

자연은 홍수, 가뭄, 산불, 태풍, 쓰나미 등으로 지구를 파괴한 인간에게 보복을 가했다. 온도가 올라가자 남북극과 높은 산에 쌓였던 눈이 녹아내려 해수면이 높아져 지구의 육지 면적이 줄어들고 해변가에 있던 대도시가 침수하며 육상 생물의 생활 터전을 고지대로 밀어 올렸다.

영은은 지구가 인간이 욕망을 충족시키며 내뱉은 찌꺼기로 신음하는 뉴스를 자주 보면서도 그런 뉴스가 일상이 되어 크게 신경 쓰이지 않는다.

2

40대 초반부터 인공지능에게 밀리며 자존심이 상해 방황하던 영은은 인공지능 로봇을 상사로 모시며, 인공지능 동료와 부하와 같이 일을 하면서 그의 지식과 창의력이 AGI 로봇에 뒤처지는 것을 절감하며 앞으로 어떻게 해야 할지 고민했다.

희선의 도움이 없었으면 영은은 훨씬 일찍 그의 한계를 느꼈을 거다.

영은은 포도주 한잔을 들고 소파에 앉아 앞산 허공에 홀로그램으로 반짝이는 영생 신약을 선전하는 광고를 보며 생각에 잠겼다.

영은이 자라면서 메타버스 속 가상공간으로 우리의 생활 영역이 넓혀졌다. 이제 광고도 지면이나 영상 매체 속이 아닌 허공에 홀로그램으로 한다. 창공이 너무 광고로 오염되자 정부는 주파수를 관리하는 것과 같이 창공을 관리하여 광고할 수 있는 공간을 제한했다. 영은의 집 앞산 위 공간은 광고하도록 허가된 공간이다.

영은은 몇 모금 마신 포도주의 알코올에 취하여 알딸딸해지며, 그의 반려 희선이 같이 포도주를 마셨으면, 하고 아쉬워하며 앞으로 그가 어떻게 살아갈 것인가 고민했다.

연구소에서 그의 역할은 이제 한계에 다다랐다.

자신의 가치를 발휘할 공간이 대폭 줄어든 연구소를 더 다니는 것이 부담된다. 그렇다고 놀 수도 없다.

"희선아, 뭘 하고 살지?"

영은은 옆자리에 앉아 창밖에 시선을 둔 희선에게 말했다. 희선에게 말한 것이 아니라 자신에게 말했다.

"무슨?"

희선이 시선을 영은에게 돌리며 말했다.

앞산 위로 200수를 보장하는 장수약을 선전하는 홀로그램이 구름이 흐르듯 흘러갔다.

영은은 그 광고를 보며 아바타라는 형태로 영생을 원하는 인간의 욕망을 채워 주려는 그의 연구를 떠올리며, 장수의 의미를 되씹어 본다.

이미 50년을 넘게 살았는데 50년을 더 살고, 그리고 또 50년을 더 살고, 또 50년을 더 살면….

그것이 무슨 의미가 있을까?

영생으로 향해 가는 과정?

과연 영생은 축복일까?

Nothing is forever, 영원한 것은 없는데 인간은 왜 있을 수 없는 영생을 꿈꿀까?

그 긴 세월 무엇을 하고 살지?

겨우 50년 살고 다음 50년 더 살 일이 걱정인데….

영생하면 그 긴 날들을 무엇을 하고 살지?

그냥 살면 되지, 꼭 무엇을 하며 살아야 해?

놀며 정부에서 주는 기초연금으로 호구지책하며 그냥 그날 그날 살아간다!

지금 연구소에서 열등생 축에 드는데 계속 버티고 연구소를 다니다가 쫓겨날까? 아님, 내가 먼저 그만둘까?

그동안 희선의 도움이 없었으면 벌써 도태되었을 거다.

영은은 포도주를 한 모금 마시고 밤하늘을 수놓는 장수약 광고를 보며 생각이 많았다.

"희선아, 앞으로 50년을 무엇을 하며 살지?"

영은이 영탄조로 말했다.

"지금같이 살면 되지."

희선이 쉽게 말했다.

"지금같이? 그래, 그래."

희선과는 머리로는 잘 통하는데 가슴으로는 통하지 않는다.

"어디 여행이라도 갈까?"

"여행? 어디 가고 싶은데? 내가 여행지 가상증강 장면 띄워줄게."

희선이 자리에서 일어서며 말했다.

가상증강 현실에 묻혀 여행지를 가지 않고 실감 나게 집에서 즐길 수가 있다.

영은은 다음 50년을 설계하기 위해 잠시 문명을 떠나 메타버스 속의 가상공간이 아닌 실제 자연에 묻혀 사색하고 싶었다.

"희선아, 내가 이제 50년을 살았는데 앞으로 최소 50년은 더 살 건데 어떻게 살지 진로를 정하고 싶어 아프리카나 남미 여행을 하고 싶은데…."

포도주 한 모금을 음미하며 영은이 말했다.

"어디 가고 싶은데 아빠."

희선이 영은을 빤히 쳐다보며 말했다.

영은은 희선을 구입하고 희선이 그를 부르는 호칭을 오빠로 할까, 하다가 그냥 아빠라고 부르라고 했다. 막 희선을 샀을 때는 나이 차이가 10살밖에 안 되어 아빠 호칭이 어색했으나 늙지 않는 희선과 이제 스무 살이나 차이가 나서 아빠 호칭이 자연스럽다.

"아프리카에 가서 빅토리아 폭포를 보고, 세렝게티 공원에 가서 사파리를 할까, 남미에 가서 이과수 폭포를 보고 아마존강을 오르며 원시림을 볼까, 어느 것이 좋겠어?"

영은이 묻자, 희선이 잠시 예쁜 눈을 반짝이며 생각을 굴리더니 결론을 내줬다.

"이과수 폭포가 더 크지만 빅토리아 폭포가 더 웅장해. 세렝게티 공원에 가서 동물들이 살아가는 것을 보고 원주민 생활을 보면 문명에 찌들지 않은 인간의 본모습을 볼 수 있을 거야."

"그래, 그럼 아프리카 가자. 희선이 너도 같이 가는 거다."

"뭐, 나도 같이 간다고? 나도 실제 동물 구경하겠네. 언제 떠날 거야?"

"지금 우리나라가 가을이니 거기는 봄이겠네. 비행편 예약되는 대로 가자. 한 열흘 가는 거로 여행 코스 정하고 여행사를 정해."

"내가 바로 예약할게. 술은 그만 마셔. 저녁은 스테이크로 준비할게."

희선은 인공육을 꺼내 스테이크 요리를 시작했다.

산업혁명 이후 국민 소득이 높아지자 육류 소비가 기하급수적으로 늘어났다. 농장에서 소를 키우는 과정에 많은 온실가스가 배출되어 지구 온난화를 늦추는 데 걸림돌이 되었다.

영은이 30대부터 화학적으로 여러 원소를 합성하여 공장에서 고기를 생산하는 기술을 선보이기 시작했다. 지금은 축산으로 기른 소고기보다 더 고품질의 육류를 공장에서 생산한다. 식감도 좋고 영양가도 더 다양하고 풍부하다.

희선이 아프리카 여행 예약을 마치고 일정을 프린트해서 영은에게 보여줬다. 다음 주 월요일에 비행선을 타고 남아연방 요하네스버그로 가서 비행기로 갈아타고 짐바브웨로 가서 버스를 타고 빅토리아 폭포를 구경하고, 탄자니아까지 비행기로 가서 버스를 타고 세렝게티 국립공원을 보고 사파리를 즐긴다.

영은이 살아가는 동안 수송 수단의 속도가 엄청나게 빨라졌다.

시속 300km를 달리는 고속전철이 도입되며 서울 부산을 2시간 만에 주파했다. 그가 어렸을 때 초음속 비행기가 선보였으나 상업화에는 성공하지 못했다.

그 후 하이퍼 자기부상 열차가 개발되어 서울 부산을 30분 만에 달린다. 하늘을 나는 교통수단도 속도전에 돌입했다. 비행체가 이륙 후 대기권을 벗어나서 지구 궤도를 돌아 목적지에 착륙한다.

우리나라에서 미국까지 한 시간이면 날 수가 있다. 우주선과 비행기의 이름을 혼합하여 그 비행 물체를 비행선이라 이름을 붙였다.

영은은 연구소에 열흘간 연차 휴가를 내고 황열병 주사를 맞는 등 아프리카 여행 준비를 했다.

영은은 가상증강 세계에서만 보던 경관을 실제 여행을 가서 보게 되어 마음이 설레었으나 같이 여행을 가는 희선은 덤덤했다.

영은은 희선에게 청바지와 분홍색 티셔츠를 입혔다. 여전히 20대 초반의 희선과 여행을 떠나며 영은은 50대 유부남이 젊은 여인과 불륜의 여행을 떠나는 것 같아 남의 눈이 의식됐다.

영은과 희선은 비행선을 타고 남아연방 요하네스버그로 날아갔다. 비행선이 이륙하자 바로 식사를 제공했다. 영은은 포도주를 반주하여 생선 요리를 맛있게 먹었다.

영은보다 수만 배 지식을 품은 인공지능 로봇 희선은 먹지도 마시지도 못한다. 영은은 포도주를 한잔하고 알딸딸한 기분으로 일상에서 떠난 한

가로움을 즐기는데 멍하니 옆에 앉은 젊은 로봇 여인의 무감각에 기분이 묘했다.

첫날은 빅토리아 폭포 근처 호텔로 이동하여 밤을 보냈다.

다음날, 로봇 가이드의 빅토리아 폭포에 대한 설명을 들으며 버스를 타고 빅토리아 폭포를 보러 갔다. 멀리서 굉음이 울리는 소리가 들리는 지점에 버스가 서서 도보로 폭포로 갔다. 가이드는 물안개가 대단하여 신이 젖고 옷이 다 젖고 하니 편의점에서 신발과 우의를 빌려 입고 가라고 했다.

영은은 옷은 좀 젖어도 괜찮다고 생각하고 고무신만 빌려 신었다. 전기로 작동되는 희선은 몸에 물기를 맞으면 누전되어 기능이 상실되므로 폭포에 데려갈 수가 없다.

일행은 굉음 진원지로 다가가서 물안개를 맞으며 보호난간을 잡고 넋을 놓고 협곡으로 쏟아져 내리는 폭포를 봤다. 영은은 폭포수의 거대한 힘을 느끼며 신이 만든 위대한 작품에 압도되며 인간 존재의 미미함이 가슴을 스쳐 스르르 눈을 감았다 떴다 했다.

영은은 넋을 놓고 굉음을 내는 거대한 물줄기를 내려다보며 인공지능에 밀려 고전하는 자신이 초라하게 느껴졌다.

30분쯤 경관을 보자 같은 박자의 굉음과 변함없는 경관이 조금 지루해지기 시작했다. 가이드가 일행을 비행장으로 데리고 가서 경비행기에 태워 폭포 위를 날며 장관을 보게 했다.

희선도 같이 비행기를 타고 장관을 같이 봤다. 아슬아슬한 곡예비행에 아찔해져서 영은이 희선의 손을 잡았으나, 희선은 무반응이다.

오후에는 폭포 하류 강으로 내려가서 뗏목을 타고 강을 따라 코끼리 무리가 물장난치는 장면을 보고 하마 떼가 물을 품어 올리며 노니는 광경도 보았다. 당연히 희선은 승선하지 않았다.

동물의 왕국을 보며 영은은 동물들이 정말 자유롭게 살고 있다고 느꼈다.

숙소 근처 식당에서 저녁 식사를 하며 포도주에 가볍게 취한 영은이 신나게 오늘 본 광경을 희선에게 떠벌렸다. 지식으로 그 경관을 다 알고 있는 희선은 영은의 말에 별 감흥을 보이지 않아 그는 신이 깨졌다.

영은은 이번 여행을 같이하며 20년 넘게 같이 살아온 감정이 통하지 않는 희선이 인간이 아닌 로봇이라는 것을 절감했다.

다음날 비행기를 타고 탄자니아로 날아가서 응고롱고로 분화구가 내려다보이는 숙소에서 밤을 보냈다.

숙소로 가는 마지막 비포장도로를 버스가 달릴 때 사자가 어슬렁거리며 버스 옆으로 다가와서 관광객을 놀라게 했다.

영은은 현대기술과 멀리 있는 세계의 풍경을 내다보며 한가한 마음이 들었다. 그는 느긋하게 주변 경치를 보며 서울에 돌아가서 어떻게 살 것인가 생각했다.

이제 하는 일마다 뒤처지는 연구소는 더 다닐 수 없고, 무엇을 하며 나머지 생을 살아갈까?

먹고 사는 것은 그동안 연구소 다니며 들어놓은 개인연금과 국가에서 주는 기초연금으로 해결된다. 그런데 매일 무엇을 하며 산다?

그가 살아갈 날들을 생각하고 있을 때 기린이다, 하는 외침이 들렸다.

영은은 일행의 시선을 따라가 봤다. 도로에서 멀지 않은 곳에 기린 두 마리가 긴 목을 뻗어 나뭇잎을 따먹고 있다. 동물원에서 보던 기린보다 생생해 보였다.

코끼리 몇 마리도 버스 옆을 지나쳤다. 누떼가 도로를 건널 때는 버스가 멈춰 서서 누떼가 길을 비켜줄 때까지 한참을 기다렸다.

그날 밤은 전기 울타리가 쳐진 LODGE에서 잤다. 영은은 높은 철제 울타리를 둘러보며 꼭 감방에 갇힌 기분이었다.

체크인하고 영은은 분화구가 내려다보이는 호텔 회랑으로 나가서 칵테일을 마시며 눈 아래 동물의 세계를 내려다봤다. 숙소는 분화구 평원에서 몇백 미터 위에 있다. 영은은 눈 아래 여기저기서 움직이는 점들을 보며 저 점들이 동물인가 했다.

어느 틈에 희선이 옆자리에 앉으며 저 늪 언덕에 사자가 있네, 길을 건너는 동물은 누떼야, 저쪽 큰 나무 옆에는 얼룩말도 있네, 하고 일일이 점들이 어떤 동물인지 알려줬다.

희선의 시력은 인간보다 훨씬 뛰어나다.

영은은 칵테일에 가볍게 취하며 포근한 저녁노을에 감싸여 평화롭게 거니는 점들을 내려다보며 나도 저렇게 자유롭게 살 수 없을까, 생각했다.

다음날 사파리 차를 타고 옹고롱고로 분화구를 구경했다.

"앞으로 세 시간 동안 구경할 텐데 맹수들이 있어, 차에서 내릴 수가 없습니다. 그러므로 필히 화장실에 들러 물기를 다 빼고 차에 오르십시오."

가이드가 당부했다. 일행은 우르르 화장실로 갔다. 화장실을 갈 필요가 없는 희선은 가이드와 웃으며 대화를 나눴다. 로봇끼리는 서로 잘 통하는 점이 있는 모양이다.

누떼가 도로를 횡단하며 차가 멈추게 했다. 그 수를 헤아릴 수가 없다. 영은은 그 많은 누떼가 뭘 먹고 어디서 잘까, 했다.

길을 따라 사파리 차가 천천히 이동했다. 사슴의 무리도 보이고, 얼룩말 무리도 보였다. 가이드는 전화로 연락을 받고 언덕에 모여 있는 사자떼를 구경시켜 줬다.

물웅덩이 옆 언덕에 사자떼가 있었다. 수염을 점잖게 늘어트린 사자가 수사자라고 했다. 주변에 암사자, 새끼사자들이 늘비하게 누워있다. 사파리 차 여러 대가 주변에 모여 사자 무리를 구경했다.

가이드의 주의 사항을 잘 이행하며 관광객은 소리 내지 않고 사진만 열심히 찍었다. 사자 무리와 50m도 떨어지지 않은 곳에서 사슴이 한가로이 물을 먹고 있다.

영은은 포식자 옆에서 태연히 물을 먹는 사슴을 보며 신기했다. 사자는 배가 고플 때 외엔 절대로 사냥하지 않는다는 가이드의 설명을 듣고 재미로 사냥하는 동물, 인간을 생각하며 영은은 눈알이 혼들거렸다.

나무 위에 숨어 있는 표범도 보고, 하마떼가 웅덩이에서 물을 품는 것도 보고, 코끼리떼가 긴 코로 물장구치는 것도 보았다.

사파리 투어가 두 시간을 넘자, 처음에는 그렇게 신기했던 장면들이 익숙해지며 신비함이 사라지고 좀 지루해지기 시작했다.

영은은 오줌이 마려웠다. 점점 강해지는 요의에 영은은 주변의 경치가 퇴색하며 그냥 절박한 생리현상을 해결했으면 하는 생각밖에 없었다.

관광이 끝나고 분화구를 벗어나서 화장실 앞에 사파리 차가 섰으나 영은은 옷에 오줌을 쌀 것 같아 사파리 차에 설치된 계단을 빨리 내려갈 수도 없었다. 차에서 내려서도 화장실로 뛰어가지 못하고 어기적거리며 갔다.

옷에 오줌을 찔끔 흘리며 성기를 꺼내 배변하자 몇십 년 묵은 체증이 내려간 것같이 시원했다. 영은은 날 것 같은 기분으로 차에 올라 철망이 쳐진 분화구 안을 건너다보며 평화롭게 동물들이 거니는 것을 건너다보며 저기가 파라다이스구나, 했다.

오후에는 마사이족 마을을 방문했다. 외모는 원시 상태였으나 관광객을 상대하며 먹고 사는 마사이족은 닳고 닳아 원시인이 아니었다. 영은은 마사이 처녀와 사진을 찍고 팁을 주고, 집을 구경하고 팁을 주며 기분이 떨떠름했다.

다음날은 하루 종일 세렝게티 공원 사파리를 했다. 응고롱고로 분화구에서 여러 종류 동물 떼를 이미 봤던 영은은 띄엄띄엄 야생동물의 이동을 보며 별 감흥을 느끼지 못했다. 지루했다.

다시 남아연방으로 돌아가 요하네스버그에서 자연식물원, 테이블 마운틴을 오르고, 희망봉에 가서 태평양과 인도양이 마주치는 바다를 보고 펭귄 마을에 가서 펭귄떼를 보고 여행 일정을 마치고 요하네스버그 공항으로 향했다.

영은은 9일 동안 자연 속에 살며 보낸 여행을 마치고 귀국하려고 요하네스버그 국제공항 비행선 탑승구 입구 소파에 앉아 커피잔을 들고 비행체들이 이착륙하는 것을 내다보며 생각에 잠겼다.

비행체들은 수직으로 이착륙하여 이제 그렇게 긴 활주로가 필요 없다.

온 세상이 문명의 혜택을 보며 마구 자연을 퍼다 쓰는데 아직 이곳에 사는 야생동물들은 전기를 쓰지 않고, 컴퓨터도 쓰지 않으며 균형을 이루며 평화롭게 살고 있다.

힘없는 동물들은 포식자와 가까이 살며 위협을 느끼지 않는 듯 한가롭게 풀을 뜯는다. 우리 인간들은 땅따먹기, 자신들이 믿는 신을 섬긴다며 이교도들과 유희처럼 전쟁하며 서로 물고 뜯고 죽인다. 인간 중 우수종으로 치부되는 인간들은 사람을 잘 죽일 수 있는 무기를 끊임없이 개발한다.

더 편해지려고 자신들을 돕도록 기계를 개발하고, 지금은 자신들이 개발한 기계, 특히 인공지능 로봇에 밀려 일자리를 잃어간다. 사람 중에 꽤 머리가 좋은 축에 드는 영은은 인공지능 로봇의 능력을 높이는 일을 해 왔다. 그 결과 인공지능이 훨씬 더 똑똑해지고 자신이 개발한 인공지능 로봇에 밀려 고전하고 있다.

여행하며 영은은 여러 번 희선이 인간이 아닌 로봇인 것을 절감했다. 머리로는 잘 통했지만 가슴으로는 소통이 막혔다.

영은은 어느 한 사람과 외모가 똑 닮은 로봇 아바타를 가상공간이 아닌 현실 4차원 공간에 만들어 놓고, 영생이라며 자족하려는 인간의 욕망을 채우는 연구를 하고 있다.

희선이 나보다 더 많이 알고 나를 속속들이 아는데 결국 로봇이잖아?

희선의 외모를 나와 똑같이 바꾸면 그녀가 내가 될 수 있을까?

그런 상황이 나의 영생이라고?

내가 연구하는 것이 헛꿈 아냐?

헛꿈을 연구하면서 인공지능 로봇에 밀려 고민하고….

이제 연구소에서 내가 이바지할 공간이 거의 없는데 계속 연구소를 다녀야 해?

이제 50 겨우 넘었는데 연구소를 그만두면 무엇을 하지?

"희선아 내가 무엇을 하면 좋을까?"

영은은 멍청하게 정면에 시선을 두고 있는 희선에게 물었다. 아니 자신에게 물었다.

"무슨?"

희선이 영은의 말을 이해하지 못하고 빤히 영은의 눈을 쳐다보며 말했다.

"내가 연구소를 그만둘까 하는데 그럼 무엇을 하지?"

"연구소는 왜 그만둬?"

"내 능력이 한계에 왔어. 그래서…."

"모자라는 거 내가 도와줄게. 지금까지 내가 도와줬잖아. 자료도 찾아주고, 아이디어도 내주고. 나랑 같이 연구하면 되지."

"그런가?"

영은은 혼잣소리로 말했다.

열패감이나 좌절감이니 하는 감정을 이해하지 못하는 희선은 주인의 마음을 읽을 수가 없다. 눈만 깜박였다.

비행선을 타라는 안내 방송이 나왔다. 영은은 희선의 손을 잡고 탑승구로 천천히 걸어갔다.

영은은 항공기 기내에서 주는 칵테일을 마시며 생각에 빠졌다. 알코올이 짜르르하게 위장에 신호를 보냈다.

며칠간 메타버스 속이 아닌 실제 상황에서 여행하다 보니 희선이 사람이 아닌 로봇이라는 사실을 절감했다.

그런데 영은은 어느 사람의 아바타 로봇을 만들고 그와 외모를 꼭 같이 닮게 하고 경험과 지식을 다 옮겨 그런 로봇을 세상에 남겨 영생을 얻게 하는 연구를 하고 있다.

　경험과 지식은 다 옮길 수 있지만 가슴은, 영혼은 옮길 수가 없다.

　어떻게 물체가 사람을 대신할 수 있지?

　알코올이 영은을 센티하게 했다.

　그런 연구를 계속해야 해?

　그는 로봇팀장들에게 밀려 업무실적이 최하위로 처지는 꼴찌 팀장이다.

　다른 팀장에게 밀리며 헛된 연구를 하러 연구소를 계속 다녀야 해?

　"희선아, 이번 귀국하면 나 연구소 그만둔다."

　영은이 슬픈 목소리로 말했다.

　"연구소를 그만둔다고? 그럼 뭘 할 건데?"

　"뭘 할까? 창조적인 일을 하고 싶은데, 그동안 들어놓은 퇴직연금도 있고 정부에서 주는 기초연금도 있으니 의식주는 해결될 거고, 앞으로 70년은 더 살 거니. 그림을 그릴까, 작곡할까, 글을 쓸까?"

　"작곡은 인공지능이 한두 시간 내 오페라를 작곡하고, 그림은 인공지능을 탑재한 로봇이 더 잘 그릴 거고, 소설은 백과사전 한글 사전을 다 암기하고 있는 인공지능 소설가에게 어휘나 지식에서 밀릴 텐데."

　희선이 남의 말을 하듯 중얼거리며 영은의 기를 죽였다.

　영은은 옆자리에 앉은 감정이 없는 희선을 멍하니 돌아보았다.

　"그럼 뭐 하지?"

　"내가 도와줄 테니 그냥 연구소 다녀."

　희선이 쉽게 말했다.

　영은은 희선과 더 말해 봐야 얻을 게 없을 것 같았다.

　연구소는 더 다녀봐야 열패감만 느낄 거고, 무엇을 하며 나머지 50년 넘는 세월을 보낼까? 게임을 만들까? 그럼 돈이 될 텐데.

야생동물들은 그냥 자유롭게 살던데, 우리 인간은 왜 뭔가를 해야 한다며 악악거리지?

그냥 편히 살면 되지?

퇴직하고 화성이나 다녀올까? 그럼 일 년은 보낼 수 있는데….

영은이 30대부터 화성 여행이 본격적으로 붐을 이루었다.

여러 번 사용할 수 있는 로켓 기술이 혁신적으로 발달하여 여행비용이 많이 싸졌다.

영은은 연금 일부를 깨서 여행비용으로 쓰면 되지, 하고 생각한다.

화성까지 가는 데 6개월 걸린다. 우주선 좁은 공간에서 6개월 그냥 깨어 있으면 승객이 너무 지루하다. 또 먹이고 배설하는 시설을 해야 하여 비용이 기하급수적으로 늘어난다. 그래서 승객을 급속 냉동하여 수면 상태로 만들어 긴 여행의 단조함을 잊게 한다. 화성에 거의 도착하면 해동한다.

화성에 도착하면 돔에서 살아야 한다. 대기는 너무 춥고 방사선이 강해 우주복 없이는 외출이 불가능하다. 화성에 머무는 동안 몇 번 화성 표면을 돌아다니는 일정이 있다.

화성 표면은 정말 황량하다. 서부활극 영화에 나오는 장면보다 더 황량하다, 나무도 없고 풀도 없고 생물도 없다. 그런 황량한 화성 표면을 다니는 것이 무슨 재미가 있을까? 돌아올 때도 반년을 냉동 인간으로 무의식 상태로 온다.

그보다는 가상증강 안경을 끼고 화성 탐험가들이 찍어온 영상을 보는 것이 더 낫겠다!

영은은 가사 상태에서 일 년을 보내야 하는 화성 여행이 별로다.

그럼 무엇을 한다? 연구소는 더 다니기 싫은데 나 같은 최고급 인재도 인공지능에 밀려 일자리를 잃는데 벌써 일자리를 잃은 보통 사람들은 무엇인가 하며 다 잘 살고 있잖아?

먹고 사는 것은 정부에서 전국민에게 주는 기초연금과 내가 벌어놓은 돈으로 살 수가 있다.

할 일이 문제네.

돈 벌 일이 아니라도 시간을 값지게 보낼 일이 뭐 없나?

인간의 장점인 창조적인 일을 해야 하는데….

소설을 쓸까, 작곡을 할까, 그림을 그릴까?

"아빠 술을 마시면 어떤 기분이야? 책에서는 어떤 기분인지 봤지만 나는 술을 마실 수 없어 진짜 어떤 기분인지 한 번 취해 보고 싶어."

희선이 포도주를 마시며 진로에 대하여 고민하는 영은에게 물었다.

"그래? 한 잔 주문해 줄까?"

"에이 나 못 먹는 거 알면서. 그런데 아빠 아까부터 무엇을 그렇게 골똘히 생각해?"

"응, 그게 귀국하면 이제 연구소 그만둘 거야. 그래서 연구소 그만두고 뭘 할까 생각 중이야."

"연구소 그만둔다고? 연구소 그만두고 나랑 놀면 되잖아. 여행도 가고."

"너랑 놀자고? 그렇다고 매일 너랑 놀 수만은 없잖아?"

"그런가? 그럼 소설을 써."

희선이 쉽게 말했다.

"소설을 써? 어릴 때부터 소설을 쓴 대가들을 이길 수가 없을 텐데. AI 소설가도 이길 수가 없고."

영은은 목소리가 처량하다.

"아빠. 무슨 일을 꼭 일류가 되려고 해? 일을 하는 데 보람을 찾고 자기만족을 하면 되지."

AGI 로봇, 희선이 정색을 하며 남자 어른을 나무랐다.

"그런가?"

영은은 젊은 처녀 로봇을 쳐다보며 스스로 물었다.

"세상에 글을 쓰고 그림을 그리고 곡을 쓰는 사람이 숱하게 많아. 그중에

단 1%도 성공 못 해. 그래도 열심히 그 길을 가면서 자기만족을 찾아. 아빠도 어느 한 분야에 몰두하다 보면 성취가 있을 거야. 따분하게 놀지 말고 소설을 써. 내가 도와줄게.”

희선이 환하게 웃으며 말했다.

“소설을 쓰라고? 내 만족을 위하여. 그 말 맞네.”

영은이 따뜻한 체온이 흐르는 희선의 손을 잡고 창밖을 내다보며 로봇 희선의 충고를 생각하며 그냥 글을 쓰자, 하고 정했다.

“그래, 글을 쓸게.”

영은이 단호한 목소리로 말했다.

“내가 자료 찾아줄게.”

희선이 환하게 웃으며 말했다.

영은은 귀국하고 바로 연구소에 사표를 냈다.

3

연구소를 그만둔 영은은 글 쓰는 준비를 시작했다.

영은이 소설을 쓰겠다고 하자 희선이 우선 많이 읽고, 많이 쓰고, 많이 생각하라며 글 쓰는 기초를 알려줬다.

외곬으로 파고드는 성품인 영은은 바로 남이 쓴 작품을 필사하고, 소설, 종교, 철학, 역사 등 인문계 서적을 읽었다.

영은의 작가 수업을 희선이 적극 도왔다.

희선은 영은이 읽을 고전을 골라 컴퓨터에 띄워준다. 영은이 의자에 앉아 좁은 컴퓨터 화면에서 책을 읽는 것이 지루해질 때쯤 거실의 티브이 큰 화면에 작품을 띄워준다.

영은은 소파에 앉거나 누워서 티브이 화면에 뜬 소설을 읽는다. 그것도 지루해질 때쯤 희선은 낭송을 틀어주며 가장 편한 자세로 소설을 듣도록 한다.

영은은 그동안 과학계통 서적을 주로 읽고 인문계통 서적은 거의 읽지 않았었다. 희선은 종교, 철학, 역사 등 서적을 골라 읽게 하며 영은의 사고의 폭을 넓게 했다.

영은은 인문계 서적을 읽으며 그가 살아온 세상과 다른 세상을 보며 아, 하고 자주 감탄을 했다.

우렁각시 희선은 지극 정성으로 영은의 건강도 챙겨줬다.

영양성분을 고려한 식단을 짜고 3D 프린터로 식재료를 만들어 정성껏 요리하여 실업자 영은이 입맛을 잃지 않도록 했다.

손목시계에 장착된 건강 체크 기능이 정기적으로 그의 건강 상태를 병원 컴퓨터로 전송하여 의사가 그의 건강 상태를 확인하도록 한다.

희선은 영은의 건강을 위하여 운동 일정을 잡아주고 같이 걷고 뛰었다.

새벽잠에서 깨어나면 바로 같이 공원으로 산책 나가 한 시간씩 공원을 돌고 돌아와서 아침을 챙겨줬다. 희선은 거실에 근육운동을 할 수 있는 운동기구를 갖춰줬다.

희선은 영은이 책을 읽고 사색할 때면 눈치껏 음료수를 챙겨줬다. 영은은 희선의 보살핌을 받으며 규칙적인 시간을 보내며 연구소에서 연구할 때와 다른 기쁨을 느끼며 작가 수업에 몰두했다.

영은은 인문 서적에서 또 다른 세상을 보며 살짝 연구소를 그만두기 잘했다고 생각했다.

영은은 진작 인문계 서적을 읽었으면 새로운 영감이 떠올라 그의 연구에 크게 보탬이 됐을걸, 했다.

그는 일기를 쓰기 시작했다. 매일 개미 쳇바퀴 도는 생활을 하는 그는 그날 읽은 책 소감을 주로 썼다.

그렇게 반년을 보낸 영은은 첫 작품을 쓰기로 하고, 첫 번째 소설 주제를 무엇으로 할지 생각했다. 소설의 줄거리를 그가 살아온 삶에서 찾았다.

그런데 그가 살아온 삶을 뒤돌아보니 정말 외곬으로 살았다. 남이 흔히 하는 연애 한 번 못 했다.

그가 다닌 중고등학교는 남자만 다니는 학교라 여자와 만날 기회가 없었다. 대학도 공대를 다녀 여학생이 적었다. 군대 생활도 최일선에서 복무하여 여자 구경하기가 어려웠다.

그리고 인공지능 여자 로봇 희선과 살며 희선이 우렁각시 노릇을 하여 다른 여자가 별 필요 없었다.

희선은 섹스 파트너 노릇도 했다.

연구소에서는 컴퓨터하고만 살았다. 소설을 쓸 소재가 인공지능 로봇밖에 없다.

연구소 그만둘 때 마지막으로 연구했던 영생을 주제로 할까?

영생은 여러 종교에서 추구하는 궁극적 목표다.

기독교는 노골적으로 영생을 목표로 하고 있고, 불교에서는 6도 순환이 끊기는 해탈을 주장한다.

해탈이 영생인가?

영원히 산다!

그는 산다는 것이 무엇인지 생각했다.

죽는다는 것의 반대, 숨이 멈추면 죽는다. 숨은 몸속에 산소를 공급하는 동작이다. 허파로 공급된 산소는 혈액을 통해 전신으로 흘러가며 영양소를 태워서 몸을 움직이는 에너지를 준다.

영양소 공급이 끊기거나 산소 공급이 중단되면 죽는다. 영양소 공급이 끊기면 며칠은 버티지만, 산소 공급이 끊기면 바로 생명이 멈춘다. 그래서 죽는 것을 숨이 끊겼다고 한다.

영생하려면 몸속에 계속 영양소를 공급하고 산소를 공급해야 한다. 영양소와 산소를 받는 몸은 계속 노화한다.

몸의 노화를 막아야 영생을 이룰 수가 있다. 의학에서 노화를 막는 기술을 개발하고 있다. 그러나 한계가 있다.

　영생은 영원히 산다는 의미인데 영원한 것은 없다.

　우주가 생긴 지 138억 년, 우리의 생활 터전인 지구가 생긴 지 45억 년. 앞으로 50억 년이 지나면 태양의 수명이 끝난다. 초신성으로 폭발할 거다. 그러면 지구도 사라질 거다.

　부처님 말씀을 빌릴 것 없이 영원은 없다.

　그런데 사람들은 영생을 원한다. 영생을 기도한다.

　어느 종교에서는 부활을 말한다. 부활이 영생인가?

　희선은 전원 공급이 중단되면 동작을 멈추고 금속으로 돌아간다. 다시 전원을 연결하면 다시 살아난다. 그게 부활인가?

　정말 있을 수 없는 영생이 축복일까?

　영은은 50년 남짓 살았고, 또 50년 더 사는 것도 힘겨운데 영원히 산다!

　영은은 영생이 그렇게 매력적으로 느껴지지 않는다.

　영은은 소파에 앉아 앞산 위를 흘러가는 장수약 선전하는 홀로그램을 보며, 영생을 주제로 첫 소설을 쓰기로 한다.

　영생은 헛꿈이고, 그가 연구했던 영생 아바타를 통한 영생도 허구인 것을 알리는 소설을 쓰자, 하며 슬며시 눈을 감는다.

충견

1

"당신 오늘 소래로 동창들이랑 민어회 먹으러 간다고 했잖아?"

토요일 아침, 김형석이 티브이를 보며 거실에서 뭉그적거리자 아내가 진공청소기를 밀고 거실을 가로지르며 말했다.

"그게…, 오늘 전무 아들 결혼식이 있어. 그래서 공원이나 한 바퀴 돌고 샤워하고 좀 쉬다가 결혼식 갈 거야."

김형석은 발밑까지 밀고 들어오는 진공청소기에 밀려서 두 다리를 들며 말했다.

"전무 아들 결혼이면 축의금 십만 원은 해야겠네."

아내가 김형석의 발밑 공간을 청소하며 말했다.

"십만 원? 십만 원 가지고 되겠어?"

김형석이 아내의 눈치를 보며 말했다.

"우리 형편에 십만 원이면 많지."

아내가 정색하며 말했다.

김형석은 축의금 액수를 가지고 아내와 다투기가 싫어, 나 공원 한 바퀴 돌고 올게, 말하고 집을 나섰다.

김형석은 공원 산책로를 세 바퀴 돌고, 아파트 세 동은 족히 들어설 수 있는 탁 트인 넓은 잔디 광장이 내려다보이는 벤치에 앉았다.

처서가 지나 가을로 접어들며 높고 파란 하늘에 흰 구름 몇 조각이 유유히 떠간다. 온 숲을 매미 울음소리가 요란하게 울린다.

김형석은 나무 사이로 불어오는 바람의 시원함을 즐기며, 며칠 있으면 매미들이 다 가겠네, 어디로 가지? 애벌레가 되나? 참 계절이 무섭구나, 그렇게 기승을 부리던 무더위가 누구에게 밀려 이렇게 쫓겨 가고 있지? 지구 자전축이 23.5도 기울어서 햇빛이 입사하는 각도가 바뀌어져 그렇다고 과학 시간에 배웠는데, 햇빛 입사각이 약간 직각에서 벗어났다고 무더위가 이렇게 도망간다고? 의심하며 김형석은 멍청하게 잔디밭을 내려다봤다.

잘 깎은 잔디밭에 파란색 원피스를 입고 빨간 모자를 쓰고 어깨에 핸드백을 멘 여자가 개와 놀고 있다. 개는 검정 털인데 꼬리털만 하얗다. 개의 크기가 토끼만 하다.

여주인이 목줄을 풀어주자 개는 방방 뛰며 좋아한다. 여주인이 분홍색 공을 개 눈앞에 얼렁거리다가 힘껏 던졌다. 공이 꽤 멀리 날아갔다.

정말 조그맣고 허약해 보이는 개가 네발을 치켜 뛰며 힘껏 달려가서 버겁게 공을 입에 물고 여주인에게 달려와서 공을 문 입을 하늘로 치켜들고 꼬리를 흔들었다.

공을 받아 든 여주인은 공을 다른 방향으로 휙 던졌다.

풀밭에서 한가로이 무엇인가를 쪼고 있던 까치 두 마리가 공이 날아오자 놀라서 휙 날아갔다.

개가 쏜살같이 달려가서 공을 입에 물고 여주인에게로 달려왔다. 공을 받아 든 여주인은 또 공을 던지고, 개는 공을 또 물고 왔다.

그런 동작을 몇 번이나 반복했다.

그 광경을 보며 김형석은 저 개는 무슨 생각을 하며 저렇게 달려가서 공을 물어다 줄까, 하고 생각하다가, 저 개한테 무슨 생각이 있겠어, 그냥 거저 먹여주고 재워주는 여주인이 좋아하니까 하는 거지, 하고 생각하다가, 돌고래 쇼를 할 때 돌고래가 재주를 부릴 때마다 조련사가 물고기를 보너스로 던져 주던데 저 개는 매번 보너스도 없이 같은 동작을 되풀이하네, 하며 개가 기특하다는 생각이 들었다.

공을 몇 번 던지던 여주인은 지루했던지 이번엔 원반을 꺼내 던졌다. 원반 크기가 개가 물고 오기에는 벅차 보였다. 개는 쏜살같이 달려가서 버겁게 원판 한끝을 물고 끌다시피 달려왔다.

여주인은 원반을 받아 들고 힘들어하는 개는 전혀 배려하지 않고 또 원반을 던졌다. 개는 다시 달려갔다.

개는 힘겹게 원반을 끌고 여주인에게 다가왔다. 여주인이 다시 원반을 던졌다. 개는 애원하는 눈초리로 여주인을 올려다보다가 원반을 주우러 갔다. 다섯 번째 여주인이 같은 동작을 반복하자 개는 원망스러운 눈빛으로 여주인을 올려다보며 항의의 뜻을 표하더니 또 원반을 주우려고 걸어간다.

김형석은 그 광경을 내려다보며 개가 귀여워서 물고 빠는 저 여자는 개가 힘든 것은 생각지 않나, 하며 혀를 끌끌 찼다.

김형석은, 자식 할 일 없으니 별 걱정, 저 개는 여주인이 먹여주고 재워주고 적으로부터 보호해 주니 그 보답으로 그 정도 힘든 재롱은 부려주는 거지. 아프면 동물병원도 데려가고…. 그 보상으로 덩치에 비해 무겁지만 원반 정도는 물고 와야지.

저 개가 여주인이 던진 원반을 이제 힘들어 더 못 물고 와, 하고 버티면 여주인이 화를 낼까, 아님 개를 쫓아낼까?

김형석은 우리 월급쟁이도 몇 푼 월급과 진급이라는 미끼에 목을 매며 사주가 던지는 무거운 원반을 매번 물어다 주잖아, 하며 픽 웃었다.

그때 힘겹게 원반을 물고 온 개가 여주인의 신발 끈을 물고 끌며 여주인의 주위를 빙빙 돌았다. 여주인이 원반을 던지지 못하고 개를 내려다봤다.

개가 한 다리를 들고 용변을 봤다. 여주인이 핸드백에서 검정 비닐봉지를 꺼내 배변을 싸서 그녀의 핸드백에 집어넣었다. 그녀는 개똥을 싼 봉지를 전혀 망설임 없이 비싸게 보이는 가방에 집어넣었다.

김형석은 그 광경을 보며 자기 부모가 아프면 며칠이나 배변을 받아낼까. 저 가방 속에는 얼굴에 바르는 화장품도, 입술 연지도 있을 텐데 아무 망설임 없이 개똥과 막 섞어 넣네, 하며 자리에서 일어서서 집으로 향했다.

김형석은 샤워하고 나와 소설책을 읽다가 결혼식장에 갈 시간이 다가오자 축의금을 얼마 할까, 하고 머리를 굴렸다. 아내 말대로 10만 원을 하면 무난하지만, 연말에 진급 심사도 있는데 전무의 입김이 결정적일 거고, 그렇다고 진급시켜 달라고 뇌물을 바칠 수는 없으니 얼마를 할까?

이번 결혼식이 성의를 표시할 좋은 기회다. 한 50만 원 할까? 50만 원은 내 직위에 너무 티가 날 거고, 20만 원 할까? 그런데 부조는 1, 3, 5 홀수로 하잖아, 에이 30만 원 하자.

그는 아내가 얼마 부조할 거야, 하고 또 물으면 거짓말을 하기 싫어 도망치듯 현관을 나섰다.

김형석은 결혼식장인 호텔 컨벤션홀로 가며 복도에 죽 진열된 100개도 훨씬 넘는 긴 축하 화환 행렬에 압도되며 축의금 30만 원은 너무 적은 거 아냐, 하며 주눅이 들었다.

그는 긴 하객 행렬에 서서 차례가 되자 전무 부부에게 축하 인사를 했다. 전무는 담담하게 그의 축하 인사를 받고 다음 손님을 맞이했다. 그때 사장이 긴 줄을 무시하고 바로 혼주에게 다가와 축하 인사를 했다.

김형석은 차례를 무시한 사장의 월권(?)을 당연하게 받아들이며 혼주와 인사를 하고 나오는 사장에게 꾸벅 인사를 했다.

사장이 김형석을 알아보고, 김 과장 왔어, 하며 아는 체를 했다.

김형석은 사장이 그를 알아보자 전신의 세포가 일어서며 감격하며 눈물까지 나려 했다.

결혼식 내내 김형석은 감격했던 흥분이 가시지 않아 결혼식 진행은 다른 세상의 일이 되었다.

2

월요일 출근하자마자 부장의 여비서가 부장이 김 과장님을 찾는다고 김형석에게 전화했다. 김형석은 월요일 아침부터 무슨 일, 하며 부장의 방으로 달려갔다.

"일찍 출근했네, 앉지."

부장이 친절한 말투로 앉으라고 하며 여비서에게 녹차 두 잔을 주문했다. 김형석은 부장이 차까지 주문하는 것을 보며, 무슨 힘든 일을 시키려나, 하고 긴장하며 부장을 쳐다봤다.

"EZ정공사 경영본부장 잘 알지?"

부장이 친절한 말씨로 물었다.

"제 고등학교 선배이십니다."

"잘 됐네. 사장님 지신데 EZ사와 계약을 연말로 종료하시겠대."

"네? 20년이나 거래했는데요."

"회장님 잘 아시는 분 중 그 제품을 만드는 회사가 있어 그리로 공급선을 바꾸시려나 봐."

"그래도…."

"그래서 전무님이 나한테 EZ사에 가서 그 사실을 알리라는데 마침 거기 경영본부장이 김 과장 고등학교 선배이신 거 같아 내가 가는 것보다 김 과장이 가는 게 나을 거 같아. 그래도 최소한 과장은 가서 이야기해야 회사 간 서로 예의를 지키는 거잖아. 계장한테 미루지 말고 자네가 가."

김형석은 부장이 악역을 그에게 떠넘기자 못 하겠다는 말이 목구멍까지 올라왔으나 꾹 참았다. 부장은 부하인 과장한테 악역을 떠밀어 놓고 과장에게는 계장한테 미루지 말란다. 개 같은 지시다.

　"그럼 바로 출장 다녀와. 지금 떠나면 점심 전에 그 회사 도착하겠네."

　그때 비서가 녹차를 들고 들어왔다.

　"그래 차 들고 출장 올려. 혼자 다녀와도 되겠지?"

　김형석은 뜨거운 차를 마시는 시늉만 하고 잔뜩 부어오른 입을 감추며 부장 방을 나왔다.

　EZ사는 신탄진 공업단지에 있다.

　김형석은 고등학교 선배에게 20년간 지속해 왔던 하청계약을 연말에 종료한다는, EZ사에게는 청천벽력 같은 비보를 전하러 가며 마음이 정말 무거웠다. EZ사 선배인 경영본부장은 김형석을 계약상 갑과 을 관계를 떠나 인간적으로 잘 대해 줬었다.

　김형석은, 회장도 그렇지, 20년간 잘 유지된 회사와 계약 관계를 이렇게 단칼에 끊어? 아무리 회사 오너, 갑이지만 너무하다. 부장 녀석은 저한테 지시 내렸는데 지가 갈 일이지 왜 나한테 떠넘겨, 하며 속을 부글거리며 경부고속도로를 달렸다.

　김형석은 신탄진 나들목에서 고속도로를 벗어났다. 이제 이십여 분만 더 가면 EZ사에 도착한다. 이미 경영본부장에게는 11시경에 방문하겠다고 연락하여 그는 무슨 일인가, 궁금해 하며 김 과장을 기다리고 있을 거다.

　김형석은 EZ사가 가까워질수록 그의 임무가 싫어졌다. 그냥 어디로 도망치고 싶었다. 그러나 그가 회사를 그만두지 않는 한 이 악역을 피할 수가 없다. 그렇다고 악역이 싫어 회사를 그만둘 수는 없다. 별수 없이 악역을 수행해야 한다.

김형석은 차를 몰며 공원에서 여주인이 던지는 원반을 힘겹게 물고 끌며 기어 오던 개가 떠올랐다. 그는 그가 꼭 그 개 신세가 된 것 같았다.

김형석은 피할 수 없는 그의 역할에 대한 불만으로 정신을 집중하지 못하고 차를 몰았다. 갑자기 덩치 큰 화물차가 차선을 변경하며 그의 차 앞으로 쓱 기어들어 왔다.

정신을 딴 데 팔며 운전하던 김형석은 제때 브레이크를 밟지 못했다. 그의 승용차가 차선을 바꾸며 끼어드는 대형 화물차 뒤를 들이받았다. 들이받은 것이 아니라 화물차 밑으로 천천히 기어들어 가는 기분이었다.

김형석이 차 문을 열고 나왔다. 화물차 운전사와 조수가 나와서 운전을 어떻게 하는 거야, 하고 꽥 소리를 질렀다.

김형석이 멍청하니 그가 들이받은 꼴이 된 앞 화물차 뒤 범퍼와 그의 차 앞 범퍼를 쳐다봤다. 그의 승용차는 앞 범퍼가 다 찌그러져 말려 들어갔는데 화물차 뒤 범퍼는 가벼운 찰과상만 입었다.

"그렇게 갑자기 신호도 없이 레인을 바꾸면 어떻게 해요?"

김형석이 항의했다.

"신호를 안 줬다고? 젊은 사람이 막 억지 쓰네. 당신이 뒤에서 받았으니 당신 잘못이야. 순경 부릅시다."

화물차 운전사가 험악한 얼굴로 화를 내며 소리쳤다.

화물차를 뒤에서 들이받은 김형석은 뒤에서 받았으니 내가 잘못했나, 하며 멍청히 화물차 운전사를 쳐다봤다.

"형님 경찰 불러봐야 귀찮고, 우리 차 범퍼 조금 긁혔으니 20만 원만 받고 합의 봅시다."

조수가 운전사에게 타협하자고 말했다.

"젊은이 그렇게 할 거요? 순경 부르면 벌점 먹고 서로 귀찮을 텐데, 내가 5만 원 깎아줄 테니 15만 원만 내고 타협 봅시다."

화물차 운전사가 인심 쓰듯 말했다.

김형석이 생각해 보니 경찰이 오면 뒤에서 받은 그에게 책임을 물을 거고 벌점도 먹을 거 같다.

　김형석은 입맛을 다시며 그렇게 하자고 했다.

　김형석이 지갑을 꺼내 보니 현금이 10만 원밖에 없다.

　"내가 현금이 10만 원밖에 없으니 5만 원 붙여줄 테니 계좌번호 알려주세요."

　김형석이 10만 원을 꺼내서 건네며 말했다.

　"15만 원을 채워서 주소. 아님 경찰 부르던지."

　운전사가 강경한 어조로 말했다.

　김형석은 처음부터 그냥 경찰을 부를 걸 공연히 타협 봤네, 하고 후회되었으나, 이미 타협을 보자고 해놓고 결정을 번복하기 싫어 EZ사 경영본부장에게 전화하여 자동차 사고가 났다고 하며 10만 원만 빌려달라고 했다.

　10분도 안 돼서 경영본부장이 달려왔다. 15만 원을 채워서 화물차 운전사에게 전달하자 화물차는 바로 현장을 떠났다.

　김형석의 승용차 라디에이터에 구멍이 나서 냉각수가 흘러내리고 시동이 걸리지 않았다.

　경영본부장이 자동차 정비소로 전화하여 견인차를 불렀다. EZ사에 사형선고를 하러 온 김형석은 그 회사 본부장의 도움을 받으며 그의 임무를 수행하기가 정말 어려웠다.

　정비소에 사고 난 차를 끌어다 놓고 경영본부장이 김형석을 식당으로 모셨다. 점심을 먹는 동안 김형석은 몇 번이나 해지 통보를 알리려 했으나, 차마 잘 아는 선배의 얼굴을 보며 사형선고를 할 수가 없어 말을 꺼내지 못했다.

　승용차를 정비소에 맡겨놓은 김형석은 고속버스를 타고 서울로 왔다. 그는 더 이상 임무를 미룰 수가 없어 고속버스터미널에서 공중전화로 계약해지 건을 한숨을 삼키며 선배에게 알렸다.

3

김형석 과장은 하늘같이 높은 안태경 전무의 부름을 받고 뛰다시피 서둘러서 전무 방에 갔다.

신문을 보고 있던 안 전무가 반갑게 김 과장을 맞으며 자리에 앉으라고 권하며 여비서에게 인터폰으로 커피 두 잔을 시켰다.

김 과장은 안 전무의 환대에 몸 둘 바를 몰랐다.

"김 과장이 EZ사에 통보했다며? 내가 부장더러 하라고 했더니 그 친구 부하한테 미루고."

김 과장은 대꾸할 말이 생각나지 않아 멍청히 안 전무의 입만 쳐다보며 다음 말을 기다렸다.

"김 과장은 우리 회사 보배야. 이번 제2공장 증설 건 계약 담당과장이지?"

회사는 늘어나는 수요를 맞추기 위하여 제2공장 건설을 추진 중이다.

건설비는 6,000억 원으로 추산된다.

회장은 싸게 공장을 건설하겠다며 건설사를 공개 입찰로 선정하라고 지시했다. 실무 담당자인 김 과장은 회장의 지시에 따라 공개 입찰 절차를 밟고 있다.

우선 입찰을 원하는 건설회사로부터 건설 능력을 입증하는 자료를 제출하게 하여 기술적으로 건설 능력 있다고 판정된 회사만 가격 입찰을 받기로 방침을 정했다.

"네. 저희 과에서 담당하고 있습니다. 내일 모레 가격 입찰할 예정입니다."

"그 계약과 관련 김 과장이 해줄 일이 있어. 사장님, 아니 회장님 관심사야."

"공개 입찰인데 제가 할 일이…."

그때 여비서가 커피를 들고 들어와 두 사람 앞에 공손히 잔을 내려놓고 방을 나갔다.

"응, 커피 식기 전에 들지. 기술 평가 합격한 5개 사만 가격을 내라고 했지?"

"네, 그렇습니다."

박 전무가 커피를 한 모금 마시고 목소리를 탁 죽여서 은근한 목소리로 말했다.

"그래서 말인데 미래건설에 낙찰되게 할 수 없겠나?"

"공개 입찰이라 어떻게 할 수가 없는데요. 사장님이 컴퓨터에 15개 예가를 입력하면 컴퓨터가 최종 예가를 계산하고 입찰자 중 가장 예가에 가깝게 적게 쓴 회사를 컴퓨터가 자동적으로 선정하는데요."

김 과장은 안 전무가 그에게 무엇을 요구하는지 알아채지 못하고 어눌하게 말했다.

"그거야 나도 알지. 이번 제2공장 증설자금 은행 융자에 힘써준 분이 미래건설에 일을 줬으면 하고 회장께 부탁한 모양이야. 그래서 회장님이 그러겠다고 말씀하셨고, 사장님께 방법을 찾아보라고 지시하신 모양이야."

"제가 예가를 모르는데 어떻게 도와드리지요?"

"그래? 그래서 사장님이 15개 예가를 컴퓨터에 입력하며 별지에 적어서 나한테 주시겠대. 그것을 자네에게 줄 테니 자네가 입찰 전에 미래에 전달해 줘."

"네?"

"응, 이 사실은 김 과장과 나와 사장님밖에 몰라. 자네 부장도 이사도 몰라. 이런 사실이 들통나면 자네나 나나 다 감방 가야 해."

안 전무가 진지한 표정으로 소리를 죽여 말했다.

"자네가 가장 믿을 만한 부하라서 자네를 부른 거야. 사장님도 자네가 이 일을 하는 것을 알고 계셔. 이 일 잘 마무리되면 연말에 보상이 있을 거야."

안 전무는 연말 정기 인사 때 진급을 미끼로 던지며 김 과장을 유혹했다.

김 과장은 회사를 그만두지 않는 한 이 임무를 피할 방법이 없다.

또 월급쟁이에게 진급은 꽉 물 만한 미끼다.

김 과장은 하늘같이 높은 상사가 자기를 믿고 안정해 주는 것은 고마우나 불법을 저지르라는데 정신이 멍해져서 비틀거리며 전무 방을 나왔다.

가격 입찰 전날 오후 퇴근 시간이 다 되어 김 과장은 안 전무의 호출을 받고 전무의 방에 갔다.

"어서 와. 이거 15개 예가를 적은 건데 김 과장이 여기서 최종 예가를 계산하여 봉투에 넣고 미래 부사장에게 전달해. 나도 사장님도 예가는 몰라. 여기서 계산한 당신만 아는 비밀이야. 내가 미래 부사장한테 전화해 놓을 테니 지금 바로 내 차 타고 가서 전달하고 차만 보내고 바로 거기서 퇴근해."

"전무님 차를 타라고요? 택시 타고 가겠습니다."

"그런 중요한 미션을 수행하러 가는 김 과장더러 택시를 타고 가라고 할 수는 없지. 내가 차를 바로 현관에 대기하라고 할 테니 바로 계산해서 결과만 적고 나머지 자료는 다 파기해서 휴지통에 버려. 현관으로 나가면 내 차가 대기하고 있을 거야."

전무가 정겨운 목소리로 말했다.

김 과장이 이동전화기 계산기를 열고 최종 예가를 계산하자 안 전무가 흰 봉투를 건넸다. 김 과장은 계산한 값을 적은 종이를 봉투에 넣었다.

김 과장은 예가를 종이에 적었으나 겨우 앞의 네 자리 5,355억까지만 머리에 남고 그 다음 자리는 외우지 못했다.

김 과장이 미래건설 현관 경비실에서 신분증을 제시하고 출입증과 바꾸려 하자 빨간색 원피스를 입은 예쁘장한 젊은 여자가 경비원에게 부사장님 방문자라며 바로 출입증을 주라고 했다. 경비가 쩔쩔매며 출입증을 김 과장에게 건넸다.

"지금 부사장님이 기다리고 계십니다."

여자가 앞장서서 엘리베이터로 가며 말했다.

그녀는 부사장의 여비서였다.

부사장 접견실 소파에 앉아있던 안경을 낀 중후하게 생긴 신사가 김 과장이 방에 들어서자 자리에서 일어서며 표가 나도록 다정하게 맞았다.

김 과장은 안 전무님이 보내서 왔다고 하고 정답이 든 봉투를 부사장에게 건넸다. 김 과장은, 시험 정답을 알려줬으니 꼭 합격하시라는 말을 던지고 싶었으나 너무 직급 차이가 나서 그 말은 삼켰다.

부사장은 봉투를 소중하게 받아 들고 여비서에게 차를 주문했다. 임무를 마친 김 과장은 차를 마실 기분이 아니어서 차를 사양하고 바로 가겠다고 인사했다.

"이거 차도 한잔 안 마시고 가시면 미안해서 어쩌나. 이거 약소한데 집에 가시며 아이들 과자나 사주세요."

부사장이 흰 봉투를 김 과장에게 건넸다.

김 과장이 거부의 몸짓을 하자, 부사장이 봉투 하나를 더 김 과장에게 건네며 이거 전무님께 전달해 주라고 말하고 그럼 잘 가시라고 하며 봉투를 돌려줄 여유를 주지 않으려고 먼저 방을 나가버렸다.

김 과장은 봉투 두 개를 들고 잠시 망설이다가 주인도 없는 방을 나왔다.

4

금요일 오후 5시, 제2공장 건설 계약 가격 입찰을 마감했다. 기술 평가를 통과한 5개 사가 입찰가격이 든 밀봉한 봉투를 제출했다.

입찰가가 든 봉투를 받은 김 과장은 부장에게 5개 사가 다 응찰했다고 구두 보고하고, 감사실 직원 입회하에 봉투를 개봉하고 입찰가격을 하나씩 컴퓨터에 입력했다.

입찰가격을 다 입력하자 바로 컴퓨터가 낙찰 회사 이름을 화면에 띄웠다. 행운건설이 낙찰률 99.999%로 낙찰되었다.

예가보다 겨우 몇십만 원 적게 써넣었다.

김 과장은 정답을 미리 알려준 미래건설이 떨어지고 행운건설이 낙찰된 결과를 보며, 어, 하고 나오는 소리를 삼켰다.

그는 바로 입찰 결과를 부장에게 보고했다. 부장이 낙찰 결과를 보고 받고 귀신같이 잘 맞췄네, 하며 감탄했다.

김 과장의 보고를 받은 부장은 자기가 직접 응찰 결과를 윗선에 보고하겠다며 고생했다며 나가보라고 했다.

김 과장은 부장이 그에게 윗사람에게 보고하라고 하면 안 전무에게 미래건설이 떨어진 것을 어떻게 설명해야 하나, 하고 걱정했었는데 부장이 직접 보고한다고 하자, 한 짐 덜었네, 하며 그의 자리로 가서 책상을 정리하며 퇴근 준비를 했다.

가을철이 다가오니 결혼식이 줄을 선다.

토요일 오전, 김형석은 12시 대학 은사 아들 결혼식에 가려고 오전 시간을 때우려고 공원 산책에 나섰다. 그는 공원을 세 바퀴 돌고 넓은 잔디 광장이 내려다보이는 벤치에 앉았다.

잔디밭에서는 부인 몇 사람이 개를 데리고 나와서 빙 둘러서서 수다를 떨고 있다. 개들은 개들끼리 모여서 서로 입을 맞추고, 밀치고 당기며 개들 방식으로 친교를 나눈다. 잔디밭 한가운데에서는 비둘기 몇 마리가 무엇인가 열심히 쪼고 있다.

김형석은 한가하게 풀밭을 내려다보며 이어폰을 귀에 꽂고 유튜브 뉴스를 들었다. 비리 백화점인 장관 후보를 비판하는 사설이 이어졌다.

대학교수 출신으로 교수 시절 남의 불의를 신랄하게 비판했던 장관 후보가 자기가 비판했던 비리를 다 저지른 거 같다.

김형석은 유튜브 해설을 들으며, 그치는 장관 안 나왔으면 교수하며 평생 신나게 남을 까며 살 수 있었는데, 자기가 그런 비리가 있는 거 본인이 제일 잘 알 텐데 장관 하겠다고 욕심을 부려 감방 가는 길로 들어섰네, 하며 장관 후보자가 불쌍하게 여겨져 혀를 끌끌 찼다.

이동전화에서 전화가 왔다는 신호가 왔다.

김형석은 유튜브를 끄고 전화를 받았다. 부장한테 온 전화였다.

"휴일 쉬고 있는데 전화해서 그런데 지금 전화 받을 수 있나?"

"네."

"오늘 약속 있나?"

"12시 결혼식 가는 약속 외에는 없습니다."

"그럼 두 시에 만날 수 있을까?"

"네, 어디로 갈까요?"

"결혼식장이 어디지?"

"봉원사 근처인데요."

"그럼 두 시에 봉원사역 6번 출구에서 만나 근처 커피숍으로 가지."

"네, 알겠습니다."

김형석은 부장이 왜 토요일에 만나자는지 몰라 의아해 하며 바로 집으로 갔다.

김형석은 간단히 샤워하고 얼굴에 로션을 바르고 거실로 나와 한 시간쯤 여유시간을 보내기 위해 티브이 앞에 앉았다.

그는 바둑 채널을 열었다.

인공지능 바둑 프로그램들의 시합을 생중계하고 있었다.

중국에서 개발한 '절해'와 한국에서 개발한 '한돌'이 겨뤘다. 해설자는 8개 팀이 출전했는데 한국 바둑 프로그램, 한돌이 4강까지 오른 것은 우리나라 인공지능 실력의 우수성을 보여주는 쾌거라고 떠들었다.

"절해는 알파고가 은퇴하고 난 이후 가장 완벽한 인공지능 프로그램으로 평가받고 있는데 우리 한돌이 대등한 경기력을 보이는 것을 보고 우리 컴퓨터 과학자의 실력이 대단한 것에 자부심을 느낍니다."

김형석은 해설자의 해설을 들으며, 사람도 아닌 컴퓨터 프로그램 간의 시합을 생중계하는 것도 생뚱맞은데, 마치 우리나라 선수가 경기하는 것 같이 열을 내며 해설하는 것이 좀 어이없다는 생각이 들었다.

컴퓨터 화면에 흑백 돌들이 계속 놓였다, 인공지능 바둑이라는 자막과 해설만 없으면 사람이 두는 것으로 알 뻔했다.

그동안 인공지능 바둑 프로그램이 눈부시게 진화하여 이세돌과 알파고 대결 때는 맞바둑으로 두었었는데, 이제는 최고 고수는 두 점, 보통 프로는 세 점을 깔아야 경기가 된단다.

김형석은 인공지능의 진화가 어디까지 갈까? 하며 고개를 갸웃하다가, 2045년이 되면 인공지능 로봇이 사장이 되고 인공지능 로봇 신부도 나온다는데, 그럼 세상이 어떻게 되는 거지, 하며 고개를 갸웃했다.

인공지능 로봇 사장은 친구가 없을 테니, 20년간이나 공급한 하청회사 물품을 친구 회사에서 주겠다고 계약 해지는 하지 않을 거지. 또, 공개 입찰한다고 해놓고 실세가 부탁한 어느 회사에 주겠다고 탈법적인 일 처리를 하도록 지시하지 않겠지. 인공지능 사장이 원리원칙대로 할 거니 회사 다니기 편해질 건가? 아님, 인공지능이 밀어내 내 자리가 없어지나? 하고 생각하며, 김형석은 참 세상은 바뀌는데 인맥 지연 찾고 빽이 통하는 것은 여전하네, 하며 묘한 감정으로 엎치락뒤치락하는 바둑 경기를 관전했다.

김형석은 부장과 전철역에서 가까운 커피숍에 마주 보고 앉았다.

"주말에 쉬는데 보자고 하여 미안한데 어제 입찰 결과를 전무와 사장에게 보고했는데 전무와 사장 반응이 너무 놀라고 당황한 분위기던데 김 과장은 혹시 이번 입찰과 관련 윗사람으로부터 무슨 지시 받은 거 없나?"

부장이 김 과장의 눈을 빤히 쳐다보며 말했다. 순간 김 과장은 밀명받은 임무를 직속상관에게 털어놓을까 말까, 고민했다.

잠시 망설이던 김 과장은 밀명을 직속상관에게 털어놓기로 했다.

"그래? 자칫 자네가 정보를 행운에 발설했다는 오해를 받을 수 있겠는데…."

부장이 심각한 표정으로 말했다.

"제가 정보를 행운에 넘기다니요. 절대 그런 일 없습니다."

김형석이 강경한 목소리로 말했다.

"넘겼다는 말이 아니고 그런 의심을 받을 수가 있다는 말이지. 회장이 실세 누구한테 부탁받은 모양인데 이제 낙찰자를 바꿀 수는 없고 일을 제대로 처리 못 한 사장, 전무 등이 문책 당하겠는데. 그 실세한테 무언가 보여줘야 하니 희생양으로."

부장이 이맛살을 찌푸리며 말했다.

부장의 말을 듣고 김 과장은 가슴이 덜컥 내려앉았다.

부장은 혼자 심각하게 무엇을 생각하더니, 김 과장 주말에 불러내서 미안해, 하고 월요일에 보자고 하며 먼저 자리에서 일어섰다.

김형석이 입찰 정보를 행운에 줬다는 오해를 받을 수 있다는 부장의 말이 그의 가슴을 찔렀다. 그는 이러다가 회사에서 쫓겨나는 거 아냐, 하고 가슴이 푹 꺼졌다.

월요일 김 과장이 출근하니 천지개벽할 소문이 돌았다. 주말에 사장과 전무가 사표를 냈단다.

직원들은 30여 년간 회사를 위해 힘써왔던 사장과 전무가 왜 쫓겨났는지 사유를 몰라 여러 가설을 세우며 입방아를 쪘다.

김 과장은 불똥이 언제 그에게 튀어올지 겁이 났다.

임시 주주 총회가 열렸다.

새 사장으로 계열사 사장을 하던 회장의 처남이 부임했다. 부사장은 그냥 그 자리를 지켰다. 박 전무 후임으로 사장의 오촌 조카가 왔다. 새 이사는 회장 처가쪽 먼 친척이 왔고, 김 과장의 상사였던 이사는 연수원장으로 밀려갔고, 부장은 속초 설악산에 자리한 그룹 휴양소 소장으로 발령이 났다.

이제 순차적으로 차장, 과장 인사 차례이다.

김형석은 어떤 한직으로 밀려갈지 걱정이 되어 입맛을 잃었다.

부장이 속초로 발령이 난 날 오전, 퇴직한 안 전무가 김형석에게 전화하여 점심을 같이하자고 했다. 만나는 장소로 회사에서 한참 멀리 떨어진 서대문구 홍은동에 위치한 그랜드 힐튼 호텔 로비에서 만나자고 했다.

김형석은 3호선 전철을 타고 홍제역에서 내려 택시를 타고 호텔로 갔다. 줄무늬가 쳐진 콤비를 입은 안 전무가 먼저 와서 기다리고 있었다.

김형석은 옛 상사가 먼저 와서 기다리자 황송하여 몸 둘 바를 몰랐다.

"여기는 남의 눈이 있을지 모르니 밖으로 나가지."

안 전무가 앞장서서 호텔을 벗어나서 골목에 있는 일식집으로 김형석을 안내했다. 안 전무는 김형석을 독방으로 데리고 가서 점심 정식을 주문하며 맥주도 한 병 시켰다.

"김 과장 상사가 부사장만 빼고 부장부터 사장까지 다 바뀌어 일하기 어렵겠네."

안 전무의 말에 김형석은, 저도 어디로 발령 날 텐데요, 하고 말하려다가 말을 삼켰다.

"자네를 불러낸 이유는 새로 온 상사가 왜 그런 사태가 일어났는지 물어볼 수가 있는데 절대 모른 척해."

안 전무가 맥주를 한 모금 마시고 말을 이었다.

"회장 지시 사항이 불발되어 회장이 청탁한 실세분에게 굉장히 난처했을 거야. 그래서 그렇게 가혹하게 사장과 나를 친 거지. 뭔가 보여주려고. 예가 전달을 자네에게 시켰다는 말은 누구에게도 안 했네. 어쨌든 나는 책임을 지고 옷을 벗지만, 실무자까지 피 보게 할 수는 없잖아. 그래서 자네한테 지시했다는 말 안 했으니 누가 물어도 모른 척하란 말이야. 알았지?"

"네."

김형석은 옛 상사의 배려에 코끝이 찡해졌다.

"나는 잠시 자네가 정보를 행운에 흘렸나, 하고 의심했으나 미래건설 부사장하고 통화해 보고 아니라고 확신했네. 부사장이 준 봉투를 내 것만 챙겨오고 자네한테 준 것은 책상 위에 놓고 나왔다며. 자네 강직한 거 알 수 있었지. 미래에 왜 정답을 알려줬는데 떨어졌냐고 했더니 너무 정답을 딱 맞히면 짜고 치는 고스톱 같아 의심받을 거 같아 99.9% 낙찰률로 낙찰했대. 행운건설이 회사 이름같이 운 좋게 99.999%를 써넣는 바람에 떨어졌다며 나한테 미안하다고 하더군."

김형석은 그러면 실세한테 말하여 원상 복구해야 하는 거 아니요, 하는 말이 목구멍까지 올라왔다.

"그래서 행운 회장이 경위를 알고 청탁했던 실세한테 설명한 모양이야. 우리 회장 체면 살려주려고. 실세가 회장에게 경위를 알았다고 이해한다고 전화를 한 모양이야. 우리 회장이 쫓아낸 우리를 어떻게 할지는 아직 몰라. 소식이 오면 다행이고, 부르지 않으면 이제 완전히 은퇴해야지. 더 이상 그 일로 인사 폭풍은 없을 것 같지만 혹시 자네가 그 스토리를 새로 온 상사들에게 말할까 걱정되어 불러낸 거야. 비밀은 비밀로 영원히 우리끼리만 간직해야지."

"감사합니다. 아예 모른 척하겠습니다."

"월급쟁이를 하다 보면 유탄도 맞고 실탄도 맞고 해. 자네는 아직 전도양양하니 윗사람 뜻 잘 받들고 월급쟁이 사장이지만 사장 한 번 하고 나가야지."

옛 상사가 따스한 어조로 말했다.

김형석은 유기견이 된 안 전무에게 이런 인간적인 면이 있었나, 하며 주인이 던진 공과 원반을 주위와야 하는 개 같은 처지로 30년 넘게 봉직하며 고생하셨는데, 하며 서글픈 생각이 들었다.

김형석은 인사 조치를 당하지 않고 그 자리에 남게 됐다.

유기견이 되었던 전 사장과 전무는 회장이 구제하여 상임고문으로 몇 년간 먹을 것과 사무실과 차량을 제공받게 되었다.

5

김형석 과장은 회오리바람을 피하고 살아남아 연말 정기인사 때 차장으로 진급했다. 김형석은 자신은 진급할 자격이 충분하지만, 그의 직속 상사들이 태풍에 다 날아가서 그를 알아주고 추천해 줄 상사가 없어 진급을 포기하고 있었는데 운 좋게 진급했다.

신임 곽 이사가 김형석 차장을 불러 내일 모레 같이 미국 출장 가자고 했다.

"미국 출장요? 무슨 일로?"

김형석 차장이 물었다.

"응. 홈텍스사에 부품 계약하러."

"부르지 않고 우리가 갑니까?"

항상 부품을 구입할 때 을인 공급사를 서울로 불러 계약 협상을 했었다.

"응. 두 회사 간 상호 호혜의 원칙을 지키려고 이번엔 우리가 가기로 했어. 항상 을을 부를 수만은 없잖아. 비행기 표랑 호텔 예약 등은 알아서 할 테니 모레 11시까지 출장 준비하고 회사로 와. 내 차 타고 인천공항 가게."

김형석 차장은 그러겠다고 말하고, 이사 방을 나오며 보통 이사가 출장 갈 때는 과장이 수행하는데 왜 차장인 나더러 수행하라고 하지? 홈텍스사를 부르면 될 텐데, 왜 비싼 비행기 값 들이고 우리가 가, 하며 고개를 갸웃했다.

김형석 차장은 곽 이사 차를 타고 제2 인천공항에 도착했다. 회사에서 차장급부터는 비즈니스급 비행기 표를 제공한다.

그는 난생 처음 비즈니스 승객 수속 창구에서 수속하며 신분이 상승된 것을 피부로 느끼며 기분이 살짝 좋았다. 출국하고 브이아이피 라운지 안락한 의자에 앉아 칵테일을 마시며 진급은 참 좋은 거네, 하며 우쭐한 기분이 들었다.

1등과 비즈니스석 승강구를 이용하여 비행기에 들어서자 화장을 곱게 한 예쁜 여승무원이 활짝 웃으며 그를 반기며 웃옷을 받아주었다.

좌석에 앉자 바로 샴페인을 권했다. 샴페인이 짜릿하게 그의 위를 자극하자 그는 진급한 기분을 만끽하며, 더 열심히 일해서 부장이 되어야겠다고 다짐했다.

시애틀공항에 미국사무소 소장이 LA에서 날아와서 마중했다.

다음날 오전 10시 홈택스사를 방문했다.

부사장이 현관에서 곽 이사 일행을 기다리다가 바로 사장실로 안내했다. 커피를 마시며 덕담을 나누고 부사장이 회의실로 안내했다.

홈텍스 측이 계약서 초안을 제시했다.

김형석 차장은 바로 가격 조항을 찾았다. 지난 계약보다 5%나 비싸게 제안했다.

"가격이 비싸요."

김형석이 바로 귓속말로 곽 이사에게 보고했다.

"가격은 내가 협상할 테니 다른 조항을 봐요."

곽 이사가 이맛살을 찌푸리며 말했다.

김형석은 곽 이사의 심드렁한 반응에 멀쑥해졌다.

가격은 곽 이사가 별도로 부사장과 단독 협상을 벌였다. 자주 하는 계약이라 다른 계약조항은 별로 협의할 것이 없었다.

부사장과 별실에서 가격협상을 벌인 곽 이사는 환하게 웃으며 협상장에 들어섰다. 김형석 차장은 곽 이사의 환한 표정을 보고 가격협상이 원만하게 된 것으로 짐작했다. 그러나 뚜껑을 여니 가격을 한 푼도 깎지 않았다.

곽 이사를 수행하여 계약협상을 온 김형석 차장은 무슨 이런 개 같은 경우가 있어, 하며 가격협상을 잘못한 것이 수행원인 그의 탓 같아 기분이 떨떠름했다. 부사장과 곽 이사는 악수를 나누며 계약협상이 마무리된 것을 서로 축하하며 내일 오전 10시 계약 서명을 하자고 했다.

김형석은 곽 이사가 홈텍스사가 제시한 대로 가격을 그대로 합의한 사연이 궁금했으나, 5백만 불이나 바가지를 쓴 계약협상팀에 그가 낀 것이 억울했으나 회사 대표, 곽 이사가 합의한 사항을 다시 협의하자고 할 권한은 그에게 없었다.

부사장이 거창하게 낸 오찬 접대를 받고, 오후 홈텍스사 공장을 시찰하고, 곽 이사가 주관한 만찬이 이어졌다.

홈텍스 사장도 만찬에 참석했다.

만찬을 마치고 호텔로 돌아와서 곽 이사가 김형석을 따로 불러내서 둘은 바로 갔다.

두 사람은 마주 보고 앉아서 우선 맥주로 목을 축였다.

"가격 조항만 빼고 계약 나머지 조항은 잘 챙겼지?"

곽 이사가 물었다.

"네. 항상 하던 계약이라 별 쟁점이 없었습니다."

"계약 베테랑을 데리고 오니 아주 쉽구먼. 왜 가격을 그렇게 합의했나 궁금하지?"

곽 이사가 김형석 차장을 빤히 쳐다보며 말했다.

김형석이 그렇다고 고개를 끄덕였다.

"김 차장 우리 한 식구지?"

곽 이사가 진지하게 물었다.

"네?⋯, 네."

김형석 차장은 부정적으로 대답하다가 바로 긍정적으로 말을 바꿨다.

"그래서 내가 비밀을 하나 말해 줄 건데 이건 회사의 톱 시크리트야, 회사 가족만 공유하는. 그래서 우리 회사 가족인가 물었어."

김형석 차장은 곽 이사가 무슨 말을 하는지 몰라 멍청하게 곽 이사를 쳐다봤다.

"제2공장 건설을 행운건설이 맡게 됐지. 자네가 계약했잖아. 원래 미래에 주려고 했던 거 자네는 아는가?"

김형석은 안태경 전무의 말이 떠올라 모른다고 대답했다.

"그렇겠지. 제2공장 건설비 5,000억 원을 실세가 은행에 압력을 넣어 융자받았어. 그래서 그 대가로 미래건설에 일감을 주기로 했는데, 그것이 커뮤니케이션이 잘못되어 비틀어졌어. 그래서 실세한테 융자 알선한 수수료를 줘야 하는데, 실세가 스위스 은행에 그 돈을 넣어달라고 하서. 퇴직 후 몰래 쓰겠다고. 이번 계약금으로 한 500만 불 더 줄 건데 그 돈은 스위스 은행 계좌로 들어가서 실세한테 갈 거야. 한국에서 원화로 스위스 은행에 돈을 넣으면 바로 들통나잖아."

제2공장 건설사를 불법으로 미래에 주려던 모의에 참여했던 김형석은 바로 사건의 전모를 눈치챘다.

5,000억 원의 1%, 50억 원을 리베이트로 준다!

"자네랑 같이 출장 온 것은 자네가 이 방면에 우리 회사에서 제일 전문가잖아. 그래서 계약 가격이 높다고 투덜대면 문제가 생길 수 있지. 그래서 자네가 이곳에 와서 계약협상을 했다면 누구도 의심하지 않을 거야. 전문가가 협상한 거니. 이런 사정이 있어 살짝 귀띔하니 우리 한 가족으로서 입을 다물고 평생 비밀로 해. 알았지?"

곽 이사가 회사 가족을 강조하며 불법을 못 본 척하는 충견이 되란다.

김형석은 입을 다물고 심각한 표정으로 곽 이사를 쳐다봤다.

"자네가 입을 다문 대가는 1년 후에 부장 승진으로 갚아줄게."

회사 주인인 회장의 친척이 진급을 미끼로 던지며 불법에 동참하라 한다.

김형석은 이 불법은 내가 관여했던 불법의 속편이네, 하며 그냥 미끼를 물고 충성을 맹세하는 게 좋은 거 아냐, 하고 머리를 굴렸다.

"알겠습니다. 입을 다물고 곽 이사님 말씀 명심하겠습니다."

김형석 차장은 단호한 목소리로 충견 맹세를 했다.

그는 과장 때는 불법 입찰을 추진하는 개노릇을 하더니, 차장이 되니 부정 비자금 조성하는 데 개노릇을 하네, 부장이 되면 어떤 불법을 저지르는 데 개노릇을 해야 할까, 하며 마음이 착잡해졌다.

곽 이사가 잔을 부딪쳐 오며 충견이 되기를 맹세한 부하에게 따뜻한 미소를 보냈다.

참 힘들게 산다

1

최억수는 초등학교 6학년 2반 반창회에 간다. 그는 군청 소재지에 있는 초등학교에 다녔다. 서울서 대학에 다니고 계속 서울에서 살고 있다.

그가 초등학교에 다닐 때 한 학년이 세 반이었다. 두 반은 남학생과 여학생이 반반이었고, 또 한 반은 남학생으로만 편성됐다.

취학 연령에 입학한 남학생은 1, 2반이었고, 해방되고 어지러운 시대에 취학이 늦어 취학 연령보다 몇 살 더 나이 든 남학생은 3반이었다.

최억수는 1반 아니면 2반을 했다. 졸업생 중 몇 명은 도청소재지 일류 중학교에 진학했다. 억수도 그중에 끼었다.

이리저리 밀려다니며 살다가 서울에서 자리를 잡은 6학년 2반 동창 9명이 십여 년째 반창회를 하고 있다. 총무는 초등학교 때 1등을 밥 먹듯 했던 택수가 맡고 있다.

택수는 집이 지지리 가난하여 힘들게 고등학교만 나오고, 책 외판을 하며 살고 있다. 성실한 기독교 신자로 전도에도 열심이다. 친구들을 찾아다니며 브리태니커 백과사전, 문학전집 등을 거의 강매로 팔아오던 택수가 반창회 모임을 결성했다.

밥값은 모임 연락을 하느라 고생하는 총무를 제외하고 성씨, ㄱ ㄴ ㄷ 순서대로 돌아가면서 낸다. 모임을 연락할 때 머리 좋은 택수는 순서를 외우고 있다가 니가 이번 모임 유서라고 미리 알려준다.

택수가 오늘 모임의 유서는 최억수 차례라며 모임 시간과 장소를 다시 한번 확인해 주며 일러줬다.

억수는 모임에 가려 전철을 타며 동창들이 덜 나왔으면 했다. 많이 모일 때는 9명이 다 나오고, 적게 모일 때는 네, 다섯 명만 나올 때도 있다. 모임 숫자가 적으면 그날 유서가 되는 친구는 오늘 돈 벌었네, 하고 농담을 던지며 밥값을 적게 부담하며 즐거워한다. 9명이 나오는 날과 비교 4명이 나오는 날 유서는 밥값 최소 5만 원은 절감한다.

억수가 식당에 들어서자 동창 9명이 다 나와서 반겼다. 억수는 참석 인원이 많은 것을 보고 가슴이 덜컥 내려앉았다. 오늘 이렇게 다 모일지 알았으면 핑계를 대고 모임에 안 나왔을 거다.

"오늘 갑부 억수가 스폰서라 비싼 거 얻어먹으려고 손꼽고 나왔다."

말이 많은 초등학교 선생님을 하다가 정년퇴임한 정석이 시시덕거리며 말했다.

"부자는 무슨 부자."

억수가 불만스러운 얼굴을 하며 말했다.

"몇천억짜리 빌딩에 매월 월세만 몇억을 땡기는 놈이 부자 아니면 누가 부자냐?"

순경을 하고 정년퇴직한 현호가 억수를 들이받았다.

억수는 대로변에 10층짜리 빌딩을 가지고 있다. 식당, 커피점, 병원, 미장원, 헬스장 등 다양한 임대인이 그의 빌딩에 입주해서 사업을 하고 있다.

억수는 인건비를 아끼려 10층 한쪽 구석 관리실에서 관리인을 두지 않고 그가 직접 빌딩을 손보고 있다.

"야, 이왕 말 나왔으니 최 부자가 돈 내는 오늘 점심은 질을 높이자."

정석이 큰 소리로 제의했다. 동창들이 좋다고 박수쳤다.

"그럼 메뉴를 평소 먹던 코다리 정식에서 불고기 정식으로 올린다."

총무가 선언했다.

"겨우 불고기냐? 안심으로 올려라."

현호가 큰 소리로 말했다.

억수는 이 녀석들 내가 봉이냐, 하며 분통을 터트렸으나 화를 낼 수 있는 처지가 아니어서, 야 불고기 정식으로 올리는 것도 크게 올리는 건데 무슨 안심, 하고 불만을 터트렸다.

"그럼 불고기 정식으로 한다."

택수가 일방적으로 메뉴를 정했다. 억수는 평소보다 동창이 많이 나와 속이 쓰렸는데 메뉴 상향까지 하자, 그냥 갑자기 배가 아프다며 도망쳐 버릴까, 생각하며 몇십 년 지기 친구들의 얼굴을 둘러봤다.

억수는 차마 도망을 치지 못하고 오늘 밥값으로 평소보다 10만 원이 넘는 돈을 더 내야겠네, 하고 계산서를 암산으로 뽑고 모래알 씹듯 밥을 먹었다.

2

최억수는 아침에 일어나자마자 커튼을 걷고 하늘을 내다봤다. 파란 가을 하늘에 가슴이 시원해졌다.

그는 이런 날은 파란 잔디밭을 누비며 골프 치기 좋겠네, 하다가 코로나 사태로 해외 원정 골프가 어려워져서 국내 골프장이 붐비자 골프장에서 배짱을 부리며 그린피를 올리고 캐디피를 올리는 것을 생각하니 입맛이 썼다.

그는 소파에 앉아 밤새 온 메시지를 확인했다.

9월 22일 11시 사목회 모임 참가 신청 바란다.

억수는 메시지를 보며 이맛살을 찌푸리며 갈까 말까 망설였다.

사목회는 고등학교 동창 골프 모임이다. 매달 넷째 주 목요일에 라운딩한다. 보통 네 팀이 참석한다. 고등학교 동창 친구들은 어느 팀은 내기하며 푼돈을 따먹으려 다투고, 어느 팀은 입씨름하며 잔디밭을 누빈다.

사목회는 억수가 회원권을 가진 골프 클럽에서 운동했었다. 그래서 그는 십만 원 남짓 들고 골프를 즐겼었다.

코로나가 기승을 부리며 해외 원정 골프가 어려워지고 그린피를 막 올리자, 동창들은 지출을 줄이려고 클럽하우스에서 식사하지 않고 골프장 주변에서 식사하며 클럽하우스에서 선물도 사지 않자 사목회는 포인트를 따지 못해 연 부킹을 할 수 없게 됐다.

별수 없이 동창이 오너인 서울에서 한참 먼 곳에 있는 골프장에서 라운딩한다.

그 골프장 회원이 아닌 억수는 일반 내장객 그린피를 지불해야 하여 한 번 라운딩하는 데 20만 원도 더 든다.

억수는 10만 원 이상 더 돈을 지불하고 동창회 골프 모임에 끼는 것이 돈이 아까워 이 핑계 저 핑계를 대며 자주 빠진다.

억수는 이런 좋은 가을 날씨에 친구들과 라운딩을 하고 싶었으나, 그가 회원인 골프 클럽보다 10만 원이나 더 그린피를 지불하고 참여하기가 망설여진다.

그는 돈이 아까워 참가 신청을 하지 않는다.

사목회 총무가 전화를 해 왔다.

"억수, 너 참가 신청 안 했던데 어지간하면 나와라. 이번 달에 사정이 있는 친구가 많아 세 팀이 어렵다."

억수는 총무의 전화를 받고 친구들과 어울리고 싶었으나 십만 원이 그의 발목을 잡았다.

"미안하다. 나도 일이 있어 참석 못 한다."

억수는 눈앞에 어른거리는 신사임당이 찍힌 5만원권 누런 지폐가 아까워 불참한다.

3

곧 손자들 겨울방학이 시작된다.

아들놈이 아버지가 회원권을 가진 스키 리조트에 3박 4일 예약했다고 지 엄마한테 전화했다.

최억수는 재테크 수단으로 스키 리조트 회원권을 샀다. 값이 오를 거로 생각하고 샀으나 회원권 시세가 보합세라 억수는 투자를 잘못했다고 후회하고 있다.

억수는 방학만 되면 리조트를 예약하고 돈을 펑펑 쓰는 자식 놈들이 마음에 들지 않는다. 비용의 상당 부분을 아버지가 부자라며 부담시키려는 태도도 마음에 들지 않는다. 제 놈들 돈을 쓰며 놀러 가는 것도 마음에 차지 않는데, 지 엄마가 자식들을 위해 막 돈을 쓰려고 하는 것은 더 마음에 들지 않는다.

리조트에 음식을 만들 주방 시설이 있고, 식기도 다 있는데, 리조트에서 식사를 해 먹지 않고 비싼 외식을 하려는 태도도 마음에 들지 않는다.

억수는 방값이야 별수 없이 내야 하지만 그 외에 드는 돈을 절약하고 싶다. 그는 밑반찬은 물론, 과일, 술 심지어 물까지 서울 큰 마트에서 사 가게 시킨다.

아들놈은, 아버지 돈 쓰러 가는데, 가서 좀 맛있는 것도 좀 사 먹고 합시다, 하며 노골적으로 아버지의 구두쇠 작전에 반기를 든다.

아들놈하고 손자 둘하고 최억수 부부가 리조트에 갔다. 딸년은 리조트가 너무 좁다며 따라나서지 않았다.

억수는 리조트 베란다에 서서 스키를 즐기는 손님을 태우고 곤돌라가 오르락내리락하는 것을 보며 참 좋은 세상이라고 감탄한다. 어렸을 때 그는 스키는 알지도 못했고, 논에서 썰매를 탔다.

억수는 어린 시절 정말 가난하게 살았다.

중고등학교 다닐 때 제때 수업료를 내지 못해 담임 선생님이 수업료를 가져오라며 집에 자주 쫓아 보냈다.

아버지는 그가 중학교 1학년 때 돌아가시고, 어머니가 시장 입구에서 채소 장사를 하며 근근이 입에 풀칠하는 처지에 집에 간다고 수업료 낼 돈이 없는 것을 뻔히 아는 억수는 담임 선생님이 쫓아내면 집으로 가는 대신 학교 뒷산으로 갔다.

억수와 같은 처지의 학생 몇 명이 뒷산에서 서성거렸다. 그 패거리들은 두 시간쯤 뒷산에서 떠들며 어정거리다가 교실로 돌아가서 돈이 없다고 하더라고 주눅이 든 표정으로 말하곤 했다.

억수는 담임 선생님이 고등학교 입학시험을 치르던 날, 수험표를 주지 않아 낭패 보았던 기억을 지울 수가 없다.

가난했지만 억수는 공부 잘하는 축에 들었다. 중학교 3학년 때 기하를 가르치는 담임, 장하성 선생님이 억수에게 학급비를 걷고 관리하는 책임을 맡겼다. 걷은 학비는 교실 환경 미화에도 쓰고, 학교에서 갹출하는 공동경비를 내는 데도 썼다.

항상 돈이 궁한 억수는 공금을 유용하고픈 유혹을 받았으나, 그 돈을 쓰면 집에서 어머니가 보충해 줄 수가 없는 것을 뻔히 알아 항상 유혹을 뿌리쳤다.

억수 친구로 지검 검사장의 아들 종성이 있었다. 종성은 자주 억수를 빵집에 데려가서 빵을 사주고 자기 집에 데려가서 맛있는 것을 먹여줬다.

억수는 종성이 사는 관사에 가면 기가 죽었다. 방이 여럿 있어 종성의 방이 따로 있었고, 소나무를 비롯하여 여러 정원수가 들어선 정원은 넓고 멋졌다.

종성의 아버지가 서울로 전근을 하게 되어 종성도 전학을 간다. 종성과 억수는 빵집에서 이별 파티를 했다. 항상 얻어먹기만 했던 억수는 떠나는 종성에게 또 빵값을 내라고 할 수는 없었다.

억수는 빵값을 내려는 종성을 밀치고 공금을 유용하여 빵값을 냈다. 억수는 그 돈을 보충할 수가 없었다. 항상 돈이 궁핍한 어머니에게 호사스러운 음식, 빵을 먹은 돈을 달라고 할 수가 없었다.

학년이 끝나고 그 돈을 채워서 학급비를 정산해야 하는데, 그 돈을 채울 길이 없어 담임 선생님으로부터 독촉을 받았다.

고등학교 입학시험을 치는 날이다. 억수의 어머니는 어디다 보관해 놓았었는지 억수가 입었던 배냇저고리를 꺼내 강제로 억수에게 차고 가도록 했다. 억수가 다닌 중학교와 시험을 치를 고등학교는 같은 교정에 있다. 앞쪽 3층짜리 건물은 중학교, 뒤편 3층짜리 건물은 고등학교다.

장하성 선생님은 결손난 학급비를 마저 가져오지 않으면 고등학교 시험 수험표를 주지 않겠다고 했다. 억수는 어머니에게 차마 빵값을 달라고 할 수가 없었다. 풀이 죽은 억수는 교정 한구석 철봉 밑에 앉아 이 고비를 어떻게 해결할까, 궁리했으나 해결할 방법이 보이지 않았다.

억수는 수험 날에 찾아가면 담임 선생님이 수험표를 줄 것으로 생각했었다. 담임 선생님은 돈을 가져오기 전에는 수험표를 줄 수 없다고 모멸 차게 말하고 교무실을 나가버렸다.

담임 선생님을 몇 발짝 따라가던 억수는 빠른 걸음으로 담임 선생님이 도망치듯 달려가자, 힘이 빠져 따라가지 못하고 운동장 한구석 철봉 밑에 와서 쭈그리고 앉았다.

지금 집에 가야 어머니는 장사하러 나가고 없을 거다. 시장까지 다녀오려면 수험시간에 지각한다. 억수는 담임 선생님이 큰돈도 아닌 몇 푼 푼돈을 채우지 못했다고 수험표를 주지 않으리라고는 상상도 못 했었다.

수험생들이 수험장에 입실하려고 운동장에 줄을 맞춰 섰다. 수험표가 없는 억수는 운동장 구석에 서서 그 광경을 보며 속이 탔다.

하늘이 노랗고 정신이 혼미했다. 이러다가 시험도 못 치고 집에 가면 어머니에게 뭐라고 설명해야 할지 앞이 캄캄했다.

선생님의 주의 말씀을 듣고 수험생들이 줄을 서서 시험을 치를 교실로 갔다.

운동장 구석에 혼자 남은 억수는 앞이 캄캄하여 생각이 멈췄다. 지금 교무실에 가야 담임 선생님은 없을 거다. 수험표 없이 시험을 치를 수 있을 것 같지 않다.

억수는 그 자리에 펄썩 앉아 땅이 꺼지는 고통을 맛봤다.

수험생들이 다 시험장으로 들어가서 운동장은 텅 비었다.

억수는 이대로 팍 죽었으면 했다.

소사 아저씨가 억수에게 다가와서 수험표를 건네주며 빨리 뛰어가서 시험을 보라고 했다.

참으로 가슴 떨린 순간을 경험하고 시험을 치른 억수는 우수한 성적으로 고등학교에 합격하여 입학금을 면제받았다.

고등학생이 된 억수는 담임 장하성 선생님에게 감사 인사를 갔다.

"내가 꼭 그 돈 받으려 한 건 아니다. 세상을 살아가는 데 책임감이 얼마나 중요한지 알려주려 한 것이다. 이번 사건을 거울삼아 일생을 살아가며 자기 행동에 책임지는 사람이 되거라."

장하성 선생님은 훈계하며 억수의 어깨를 치고는 고등학교 가서도 공부 잘하라고 격려했다.

억수는 지금 돈으로 몇천 원밖에 되지 않는 공금을 횡령(?)하고 겪었던 그 순간을 평생 잊을 수가 없다.

그는 돈이 얼마나 소중한 것인지 실감했다. 그 사건은 그의 일생에 그가 살아가는 데 지표가 되었다.

그 후 장하성 선생님은 고등학교로 옮겨 와서 기하를 가르쳤다. 억수가 대학에 합격하고 등록금이 없어 헤맬 때 독지가를 소개하여 등록금을 내도록 해줬다.

억수가 잔잔한 바다를 내다보며 고등학교 시험을 못 볼 뻔했던 가슴 졸이던 순간을 떠올리며 원수 같은 돈이 없어 고생했던 추억에 젖어 있을 때 스키를 타고 돌아온 아들과 손자들이 왁자지껄하며 현관으로 들어섰다.

아들과 손자들은 교대로 목욕탕에 들어가서 몸을 씻고 나왔다.

"아버님, 오늘 마지막 날인데 파티 한 번 하시죠."

아들이 머리를 긁적이며 말했다.

"파티?"

"우리 이렇게 좋은 콘도에 놀러 와서 매일 집밥만 먹었는데 외식 한 번 하시지요."

"외식? 우리 회도 떠 와서 먹고 했잖아."

"동해안 가까이 왔는데 대게 한 번 먹지요. 제가 돈은 내겠습니다."

"대게? 얼만데? 비쌀 건데."

"네, 오다가 식당 앞에 선전하는 거 봤는데 1kg에 9만 원이래요. 우리 식구 먹으려면 6kg은 시켜야겠지요."

"6kg? 그럼 54만 원이잖아. 술까지 마시면 60만 원 훨씬 더 들 텐데, 누가 돈을 내든 안 된다."

"할아버지 부자잖아요. 우리 대게 먹어요."

손자가 아양을 떨며 할아버지에게 간청했다.

"허허허, 그놈. 대게 먹고 싶나?"

"네. 우리 대게 먹어요."

손녀가 할아버지의 팔을 흔들었다.

"이놈들, 50만 원이 얼마나 큰 돈인데. 그럼 나랑 수산 시장에 가자. 대게

쪄놓은 거 사다가 여기서 먹자."

할아버지가 손자들의 귀여움을 이기지 못하고 절충안을 내놓는다.

"그럼 저녁 시간 다 되니 가시지요."

아들이 아버지의 마음이 변하기 전에 서둘러 나설 채비를 했다.

억수는 아들, 두 손자와 같이 수산 시장에 갔다.

대게를 파는 여러 집이 있는데 한 가게에 손님들이 줄을 섰다.

억수 아들도 줄을 섰다.

대개 1kg에 3만5천 원짜리와 4만5천 원짜리를 팔았다. 4만5천 원짜리 대게가 더 크고 실해 보였다.

아들이 겁도 없이 4만5천 원짜리 6kg을 시키고 신용카드를 쓱 내밀었다. 억수는 저놈 자식 3만5천 원짜리 살 것이지, 하고 속으로 투덜댔으나 아들의 행동을 말릴 수가 없었다.

억수는 2십7만 원, 하고 속으로 계산하며 아들이 헤프게 돈을 쓰는 것이 속이 쓰렸다. 아들은 3만 원을 주고 광어 한 마리도 회를 떴다.

서울에서 장만해 온 반찬에 콘도에서 밥을 해 먹었으면 30만 원은 절약되는데, 하며 억수는 날아가는 돈을 생각하며 속이 쓰렸다.

온 식구가 식탁에 둘러앉아 아직 온기가 남은 대게 살을 즐겼다.

억수는 육류와는 다른 대게 살의 맛에 입이 호사하며 서울에서 사 온 소주를 맛있게 마셨다.

식구들이 모두 행복하게 조잘거렸다.

"형식이 애비 덕에 입이 호사한다. 니 아버지 따라다니면 이런 호사 못한다. 잘해야 해물 매운탕이나 얻어먹지."

억수 아내가 구두쇠 남편을 쳐다보며 조잘거렸다.

억수는 뉘 덕에 여기 왔는데…, 하며 아내의 지청구가 듣기 싫었다.

다음날 퇴실하며 억수는 일박 16만5천 원, 거의 40만 원을 방값으로 내며 정신이 아찔했다.

4

최억수의 한 달 용돈은 5만 원이다. 그는 친구들 경조사에 거의 참석하지 않는다. 경조사에 참석하려면 그 용돈으로는 어림도 없다.

억수는 작업복을 갈아입고 그의 빌딩 1층부터 손볼 곳이 없나 죽 살핀다. 형광등을 교체해야 할 곳이 두 곳, 어느 놈이 빌딩에 돌을 던졌는지 유리창이 한 장 깨졌다.

5층 화장실에 물이 잘 내려가지 않는다는 신고도 들어와 있다.

그는 주차관리원을 불러 같이 전구를 갈고 유리창을 끼웠다. 사다리를 잡은 나이 많은 주차관리원이 한눈을 팔아 하마터면 사다리에서 떨어질 뻔했다.

그는 청소원을 불러 화장실을 고치라고 하고, 10층 구석에 있는 관리사무실에 가서 커피믹스 한 잔을 타서 마시며 이제 나이 70이 넘었으니 빌딩 관리도 쉽지 않네, 그렇다고 관리원을 두면 최저 임금만 줘도 월 2백만 원 넘게 줘야 하는데 하루 종일 땅을 파봐야 그 돈이 나오나, 하며 그래도 움직일 수 있을 때까지는 내가 해야지, 하고 마음을 다잡는다.

아들놈은 자기가 월급 줄 것도 아니면서 관리원을 두고 빌딩 관리도 시키고, 임대료 안 내는 임대인 상대도 하도록 하라고 아버지에게 강권한다. 아내도 아들 강권에 동참한다.

억수가 제일 듣기 싫어하는 말은 그 돈 싸서 저승 갈 거 아니라는 말이다.

억수는 커피믹스의 달콤한 맛을 즐기며 길 건너 생명보험 30층 건물을 건너다보며 그래도 저 정도 빌딩은 가져야 관리인도 두고 하지, 하며 그의 재산이 많지 않음을 아쉬워한다.

억수는 우연히 딱 한 번 돈을 쥘 기회를 잡고 그 기회를 잘 이용하여 현재의 부를 축적했다.

그는 어렵게 아르바이트하며 대학을 졸업하고, 군대 다녀와서 무역회사에 취직했다. 그 회사는 가발을 파는 회사였다.

사장을 수행하여 미국에 출장 갔다. 1등석을 탄 사장이 억수는 비즈니스석을 타도록 배려했다. 업무가 끝난 후 사장은 LA에 있는 친척 집에 들렀다가 귀국하겠다며 억수에게 먼저 귀국하라고 했다.

비행기 옆자리에 50대의 안경을 쓴 신사가 탔다. 그는 자기 이름이 스티브라고 했다. 한국에 처음 간다고 했다. 서로 명함을 교환하고 두 사람은 기내에서 주는 칵테일을 즐기며, 지루한 여행길에 대화를 나누며 시간을 죽였다.

김포공항에 도착한 억수는 처음 한국에 온 스티브를 호텔까지 안내했다. 마침 귀국한 날이 주말이라, 억수는 일요일 하루 스티브에게 봉사했다. 고궁을 안내하고 한국 고유의 음식을 맛볼 수 있는 식당도 소개했다.

억수의 배려에 만족한 스티브는 자기는 막 산업이 일어나서 공장을 여기저기 짓는 한국에 전선을 팔러 왔다고 했다. 억수가 인맥을 동원하여 한 군데 판로를 개척해 줬다. 스티브는 억수에게 한국 판매독점 에이전트권을 주겠다고 했다.

경제개발 5개년 계획에 따라 막 산업이 일어나서 여기저기 공장을 짓자, 전선 수요가 막 늘었다. 스티브가 다니는 회사가 세계 유수의 전선 회사라 억수는 무역회사에 다니면서 전선을 수입하려는 회사를 쉽게 찾고 전선을 팔았다.

억수는 용역비가 들어오면 바로 그 돈으로 서울 외곽에 땅을 샀다. 그 땅이 효자가 되어 그는 부를 쌓을 수가 있었다.

전선이 국산화되어 억수는 에이전트 3년 만에 그 일이 끊겼다. 그는 착실히 무역회사에 다녔다. 그가 사놓은 땅 값이 천정부지로 올랐다. 그는 머리로 늘어가는 부를 계산하며 여유롭게 직장 생활을 했다.

그가 40대 중반이 되었을 때, 그보다 한참 가난한 사장이, 억수가 회사 일에 작은 실수를 하자 그를 한낱 하찮은 부하로 대하며 무참하게 인격을 모독했다. 억수는 자기보다 재산이 적은 사장이 자기를 무시하자, 사표를 던지고 회사를 그만뒀다.

그는 사놓았던 땅을 팔아 도로변에 10층짜리 빌딩을 3백억 원에 사서 임대업을 시작했다. 그는 다음 목표로 평생 1조 원을 가진 부자가 되기는 어렵지만 지금 재산의 열 배, 3천억 원을 만드는 것을 목표로 잡았다. 왜 하필 3천억 원으로 했는지는 모른다.

목표를 달성하기 위해 그는 지출을 최대한으로 줄였다. 그는 지출을 한 푼이라도 줄이려고 손수 빌딩 관리인까지 했다.

그는 최소 생활을 하며 임대료를 모아 재테크가 될 만한 상가, 골프 회원권, 콘도 회원권을 샀다. 그는 재산 목록이 늘어가는 재미에 푹 빠져 돈 쓰는 재미는 뒤로했다. 그는 그때부터 한 달 용돈은 5만 원으로 정하고 궁핍한 생활을 이어갔다.

억수는 오전 8시에 출근하여 지하 2층부터 지상 10층까지 건물을 오르며 손볼 곳을 점검한다.

오늘은 특별히 더 손볼 곳을 찾지 못했다. 입주 업체로부터 수리를 요구받은 것이 없다. 오늘 일과는 이것으로 마치면 된다.

억수는 관리인을 뒀으면 하루 내내 할 일 없이 놀아도 일당을 줘야 했을 텐데, 나이가 들어 고단하기는 하지만 내가 손수 하니 비용 절감했네, 하며 머그잔에 기득 뜨거운 물을 넣고 커피믹스를 타서 마시며 가성비 높은 커피믹스의 달콤한 맛을 즐겼다.

억수는 빌딩값이 2천억 원 이상 올라 임대료가 올라간 것은 좋지만, 물가가 너무 올라 여기저기서 막 돈이 새어 나가는 것 같아 입맛이 썼다.

한 달 용돈 5만 원으로 버티기가 너무 버겁다.

그의 용돈은 주로 경조사비를 내고, 친구들과 회식하며 1/n로 내는 밥값을 내는 데 쓴다. 이제 친구들이 나이가 들어 자식들 결혼은 뜸해졌지만 부모님 상사가 늘었다. 부의를 2만 원씩 했었는데 부조로 2만 원은 너무 적다는 느낌이 자주 든다.

코로나로 2년여 모임이 줄면서 지출도 줄어 그럭저럭 버텼으나 사회적 거리두기가 느슨해지자 모임이 다시 시작됐다.

식비가 다락같이 올라 1/n로 내는 회비가 코로나 전에는 만원이면 되었는데 이제 2만 원은 내야 한다. 한 달 용돈 5만 원을 고수하려면 모임에 빠져야 한다.

억수는 돈 생기지 않는 친구들 모임에 어지간하면 빠지기로 한다. 초등학교, 중고등학교, 대학교, 사회생활을 하며 생긴 모임 중 어느 모임에 빠질까 저울질한다. 그는 물가도 올랐으니 한 달 용돈을 10만 원으로 올려야 하나 심각하게 고민한다.

좌파 정부가 들어서며 부동산 가격이 천정부지로 올라 그의 빌딩이 3천억 원을 넘게 호가한다. 그의 재산 모으기 목표를 달성했다. 그러나 그는 그것을 실감하지 못한다.

최억수는 내일 골프 모임을 빠질 구실이 없을까 궁리한다.

지난번 고등학교 동창 모임에 갔을 때 동창 중 카사노바 별명을 가진 윤수가 억수에게 흥미를 끄는 제의를 했다.

"억수야, 너 골프 회원권 가지고 있지. 거기 예약 좀 해 주라. 내가 별천지를 맛보게 해 줄게."

"별천지? 그게 뭔데?"

막걸리 몇 잔에 가볍게 취한 억수가 물었다.

"그거 값싸게 나인틴 홀에 깃발 꽂는 거다."

동창들이 흥미를 나타냈다.

"요새 쓸 만한 유한마담들 골프에 미쳤는데 부킹도 어렵고 골프 칠 돈도 만만치 않고 하여 놈팽이가 골프장 데려가서 그린피 내주고 밥 사주면 18

홀 돌고 나서 19번째 홀을 대준다. 억수 너 골프장 예약하고 나랑 같이 가자. 내가 30대 물 팍팍 나오는 여자 둘 데려올게."

술에 취해 경계심이 풀린 억수는 윤수의 말에 솔깃했다.

그는 그 자리에서 바로 골프장에 전화하여 예약했다.

내일 윤수랑 미지의 젊은 여자와 라운딩 가기로 한 날이다.

억수는 다리를 의자에 얹고 편한 자세로 앉아서 내일 들어갈 돈을 계산했다.

'나랑 여자랑 그린피 30만 원, 밥값 10만 원, 러브호텔비 10만 원, 거의 50만 원이나 드네. 그 돈 들이고 나인틴 홀을 들러야 해?'

'골프장도 예약했고 윤수가 여자도 섭외했을 텐데 무슨 핑계를 대고 약속을 깨나?'

'아프지도 않은데 아프다고 핑계를 대? 아님 마누라가 갑자기 입원했다고 할까?'

억수는 약속을 깰 그럴듯한 구실을 생각했으나 마땅한 핑계가 떠오르지 않는다.

그는 내일 비라도 오면 핑계가 되는데, 우선 점심이나 먹고 보자며 그의 건물 지하에 있는 식당 중 제일 밥값이 싼 해장국집으로 갔다.

억수가 약속을 깨지 못하고 어물거리는 사이 아침이 왔다. 가을 하늘이 높고 더없이 푸르렀다. 풀밭을 누비며 골프 치기는 더없이 좋은 날씨이다.

억수가 어어, 하고 있을 때 윤수가 20분 후에 픽업 갈 테니 아파트 경비실 앞에서 기다리라고 전화했다.

억수는 별수 없이 골프복을 챙겨 가방에 넣고 골프백을 들고 현관으로 나갔다. 그는 13평짜리 주공 아파트에서 30년 넘게 살고 있다.

그는 방 두 개인 좁은 아파트에 살면서 전혀 불편함을 모른다. 세금도 덜 나오고 관리비도 싸서 오히려 다행이다.

골프장 예약을 억수가 했으니 운전은 윤수가 차를 가지고 오겠다고 했다. 하기야 억수 자가용은 1,000cc 소형차다. 골프백을 싣고 가는 것은 무리다.

억수가 경비실 앞에서 기다린 지 3분 만에 윤수의 차가 도착했다. 윤수의 차는 3,500cc급 고급 승용차다.

윤수는 골프를 같이 칠 여자 두 사람을 싣고 왔다. 보라색 재킷을 입은 여인은 윤수 옆자리에 앉고 발간색 재킷을 입은 여인은 뒷자리에 타고 있다. 억수가 골프백을 차에 싣고 승용차 뒷자리에 올라탔다. 화장품 냄새가 그의 코를 팍 찔렀다.

"서로 인사해. 최 회장 파트너는 우 여사다. 내 파트너는 배 여사고."

윤수가 동승한 여인을 소개했다.

배 여사는 고개를 뒤로 젖히며 까딱 인사를 했고, 우 여사는 우영옥입니다, 하며 손을 내밀었다. 억수는 엉겁결에 우 여사의 손을 잡고 악수하며 최억수입니다, 하고 인사했다.

그녀의 손이 두껍고 부드럽고 따뜻했다. 그녀에게서 품기는 화장품 냄새가 살짝 억수의 본능을 자극했다.

마스크를 써서 얼굴은 볼 수 없지만 몸매와 분위기는 합격이다.

운전하며 윤수가 주로 대화를 이끌었다. 윤수가 억수를 어떻게 여인들에게 선전했는지는 모르지만 우 여사는 노골적으로 큰 부자가 주공 13평 아파트에 살고 계셔서 놀랐다고 했다.

탈의실에서 옷을 갈아입고 나오는 우 여사를 보며 억수는 날씬한 몸매와 빼어난 미모에 아찔했다. 다 늙은 아내와는 비교도 할 수가 없어 보는 것만도 황홀하다.

40년의 나이 차이가 있어서인지, 두 여인의 비거리가 두 노인을 앞섰다.

최억수는 좋은 날씨에 꽃 같은 미녀와 꿈같은 라운딩을 했다. 윤수와 억수가 각각 두 사람 분의 그린피를 지불했다. 젊은 두 여인의 스코어가 더 좋았다. 우 여사가 내기할걸, 하며 농담했다.

목욕을 마치고 윤수는 갈빗집으로 차를 몰았다.

적당히 운동한 후 맥주를 마시며 먹는 육즙이 풍부한 갈비는 정말 맛있었다. 식사를 마치자 윤수가 몸을 풀러 가자며 차를 몰고 가다가 이슬람 사원 같은 지붕을 한 러브호텔 주차장으로 들어갔다. 차에서 내린 억수는 윤수를 따라 프런트로 갔다. 각자 방값을 계산했다.

윤수는 303호, 억수는 203호 키를 받았다. 윤수가 몸을 풀고 난 후 택시타고 가라고 10만 원을 팁으로 주라고 했다. 억수는 그의 두 달 치 용돈을 팁으로 주라고 하자 그린피, 캐디피, 먹는 거, 방값을 다 냈는데 또 팁, 하며 눈살을 찌푸렸다.

억수는 어색한 자세로 203호실에 들어섰다. 우 여사는 망설임 없이 남자를 따라 들어왔다. 평생 외도 경험이 없는 억수는 어떻게 해야 할지 몰라 방 가운데 서서 실내를 두리번거렸다.

큰 침대가 보이고, 소파도 보였다. 벽면에 티브이도 설치되어 있다. 우 여사가 어리벙벙한 남자를 향해 묘하게 웃으며 말했다.

"우리 목욕은 하고 왔으니 안 해도 되고, 바로 시작해요."

여자가 먼저 옷을 쓱쓱 벗으며 말했다.

억수는 부끄럽고 어색하고 가슴이 떨려 멍청하게 여자가 옷을 벗는 것을 쳐다봤다.

여자가 옷을 다 벗고 침대로 들어가며, 뭐 하고 있어요, 하며 남자를 재촉했다.

억수는 덜덜 떨며 여자 옆에 누웠다. 여자가 섹스를 리드했다. 억수는 긴장하고 떨려 남자가 꽈리 고추처럼 오그라져 펴질 생각을 안 했다.

여자가 남자를 세우려 노력했다. 여자가 한참을 어르고 달래도 억수의 물건이 힘을 내지 못했다.

"고단해서 그러시는 모양이네요."

여자가 억수의 가슴을 쓸며 말했다.

"오늘은 안 될 것 같으니 그냥 가요. 다음에는 제가 비아그라 챙길게요."

여자가 억수의 볼에 키스하고 침대를 빠져나갔다.

억수는 부끄럽고 창피하여 고개를 들 수가 없어 침대를 빠져나갈 수가 없었다.

여자가 옷을 다 입고 저 가요, 했다.

완전히 기가 죽은 억수는 부스스 일어나서 바지에서 지갑을 꺼내 그의 두 달 치 용돈을 팁으로 건네며 기어드는 목소리로 택시비, 했다. 여자는 까딱 인사를 하고 돈을 챙기고 방을 나갔다.

억수는 혼자 달랑 침대에 누워있을 수가 없어 주섬주섬 옷을 입고 방을 나와 어두컴컴한 주차장으로 가서 윤수가 나오기를 기다렸다. 억수는 윤수 차 주위를 서성거리며 19번째 홀을 들리지도 못한 아쉬움과 무력감에 기분이 축 처졌다.

50만 원이나 되는 돈을 썼는데 비참하게 패배자가 되었다. 그는 버린 돈이 아깝고 남자구실 못한 패배감에 비참한 마음으로 윤수를 기다렸다.

억수가 한참을 속을 볶고 있을 때 윤수가 주차장에 나타났다.

"나인틴 홀 맛이 어떻더냐?"

윤수가 느글거렸다.

억수는 대답 못 했다. 윤수가 느물거리며 친구를 놀렸다.

"너무 황홀해서 말이 안 나오냐? 다음에 더 싱싱한 영계 붙여줄게."

윤수는 운전하고 가며 배 여사가 정말 쓸 만했다고 떠벌렸다.

아파트에 도착하여 골프채를 들여다 놓고 억수는 그의 빌딩으로 갔다. 기름값을 아끼려 평소 전철을 타고 갔었으나 오늘은 그의 소형차를 몰고 갔다.

그가 건물을 점검하고 특별히 손볼 곳이 없어 그의 사무실에서 퇴근 준비를 하며 한가하게 커피믹스를 타서 마시며, 언제 마셔도 맛있네, 하고 있을 때 그의 손전화가 울렸다. 등록되지 않은 번호라 받지 않으려다가 심심하여 전화 액정을 문질렀다.

"최 회장님 저에요?"

낭랑한 목소리의 여자다,

억수는 여자한테 전화 올 일이 없는데, 하며 움찔했다.

"오늘 같이 라운딩한 우영옥."

여자가 신분을 밝혔다.

"아, 네."

"오늘 정말 좋았어요. 다음에 한 번 더 가요. 제가 회장님 빌딩 근처 갈 일 있으면 들를게요, 맛있는 것 사주세요."

여자가 애교스럽게 말했다.

억수는 윤수 녀석이 전화번호도 알려주고 빌딩 위치까지 알려준 것 같아 팍 화가 났다.

"바쁘신 것 같으니 이만 전화 끊을게요."

여자가 전화를 끊었다.

여우에게 홀린 기분이 든 억수는 정말 그녀가 찾아오면 몸을 섞을 뻔한 처지에 모르는 체할 수도 없고, 또 돈 써야 하는데 어쩐다, 하며 쓸데없는 걱정을 했다.

5

최억수는 아내가 배가 아프다고 자주 병원에 가는 것을 보고 소화가 안 되어 소화제 타러 가나, 하며 대수롭지 않게 여겼다. 석 달이 지나도 배가 낫지 않자 의사는 3차 병원 진료의뢰서를 써주며 큰 병원에 가서 정밀검사를 받으라고 권고했다.

아내의 전언을 들은 억수는 큰 병원에 가면 내시경 검사하고, CT 찍고 하며 진료비 막 올릴 건데, 그러면 돈이 막 날아갈 거다. 그는 돈이 날아가는 것이 뻔히 보여 아내를 큰 병원에 데려갈 엄두가 나지 않았다.

그는 어떻게 하면 비용을 줄일까, 궁리하다가 아내가 금년에 건강보험공단에서 무료로 하는 검진 대상인 것을 알고 동네 병원에 검진을 신청했다. 위내시경도 검진 내용에 포함되어 있다.

그는 검진 예약 날짜에 아내를 데리고 병원에 갔다. 내시경을 하며 마취한다는데 혹시 검진 끝나고 혼자 오다가 넘어져서 골절이라도 되면 돈이 더 들 것 같아 아내를 데리고 갔다.

아내가 검진받는 김에 억수도 검진을 신청했다. 지난해 억수는 검진 대상이었으나 검진받았다가 당장 어디 아픈 데도 없는데 아픈 데라도 찾아내면 공연히 돈이 들어갈 것 같아 검진받지 않았었다.

아내의 내시경 검사 결과, 위에 용종이 있다며 큰 병원에 가서 조직검사를 받으라고 했다.

억수는 이제 본격적으로 큰돈이 들어갈 것 같아 큰 병원에 아내를 데려가는 것을 차일피일 미뤘다. 남편의 구두쇠 성품을 잘 아는 아내는 남편의 눈치만 봤다.

억수가 큰 병원 가는 것을 차일피일 미루자 어머니의 전화를 받은 아들이 큰 병원에 예약하고 어머니를 모시고 갔다. 억수는 공연히 병원에 따라갔다가 병원비를 내야 할지도 몰라 병원에 같이 가지 않고 그의 빌딩 관리 사무소로 출근했다.

억수가 오전 업무를 마치고 점심으로 순두부찌개를 먹을까, 만둣국을 먹을까 고민하고 있을 때 아들한테서 전화가 왔다.

"어머님 조직 검사했는데 검사 결과는 5일 있다 나온대요. 암으로 판정되면 치료비 95%는 건강보험공단에서 내주고 5%만 본인 부담이래요."

"95%나 건강보험공단에서 내줘?"

억수는 큰 소리로 말하며, 치료비가 백만 원 나오면 나는 5만 원만 내면 되네, 하며 저절로 안도의 한숨을 쉬었다.

한 달에 몇백만 원씩 의료보험료를 내며 거의 병원을 찾지 않는 억수는 이놈들 칼만 안 든 도둑놈이라고 불평했었다.

억수는 이제 내가 낸 보험료 중 조금은 빼겠네, 하며 푸 한숨을 내쉬었다.

그때 노크 소리가 났다.

억수가 네, 하자 문이 열리며, 화장품 냄새가 억수의 코를 자극했다.

우 여사가 활짝 웃으며 방으로 들어섰다. 억수는 젊은 여자를 보며 남자 구실을 못 했던 일이 떠올라 멈칫했다.

"회장님, 이 근처 지나가다가 회장님 생각나서 들렀어요. 점심시간도 됐는데 점심 사주세요."

우 여사가 초라한 관리사무실을 둘러보며 말했다.

가랑이를 벌려준 여자에게 깃발을 꽂지 못했던 억수는 그녀의 요구를 거절할 수가 없어 엉거주춤 앞장서서 관리실을 나섰다.

억수는 순두부찌개는 안 될 거고 무슨 음식을 사 주지, 하며 엘리베이터 앞에 섰다.

"오면서 보니 이 건물 2층에 일식집 있던데 스시 사줘요."

여자가 메뉴를 정했다.

억수는 스시면 비싼데, 생각하며 돈이 아까워 속이 쓰렸으니 그리 갑시다, 하고 말했다.

일식집 주인은 평소에 전혀 오지 않던 건물 주인이 젊은 여자와 식당에 들어서자 깜박 죽는 시늉을 하며 두 사람을 독실로 안내했다.

억수는 일인분에 그의 한 달 용돈인 5만 원이나 하는 스시정식을 주문하며 입이 탔다. 우 여사는 맥주도 주문했다.

스시가 입안에서 살살 녹았으나 억수는 그 맛을 즐기지 못했다. 밥을 먹는 동안 우 여사가 주로 떠들었다. 식사가 끝날 무렵 우 여사는 윤수 씨와 배 여사와 같이 라운딩 한 번 더 하자고 제안했다.

억수는 대답을 어물거렸다.

우 여사는 자기가 비아그라를 준비하겠다고 암시했다. 그 암시를 듣는 억수는 창피하여 쥐구멍에라도 들어가고 싶었다.

최억수의 아내는 위암 판정을 받았다. 의사는 초기라서 바로 수술하면 완치할 수 있다고 했다. 아들이 2인실도 보험이 되니 2인실에 입원시키자고 했으나 억수는 6인실에 아내를 입원시켰다.

일주일 입원 동안 억수가 간병했다. 아들과 며느리는 주말에 간병했다.

그는 화학 섬유를 덮은 판자, 간이침대에 누워 자며 그가 오늘 번 돈을 계산했다.

간병인을 안 쓰고 하루 몸으로 때워 간병인 비용 14만 원을 벌었네, 일주일 몸으로 때우면 백만 원은 벌겠네, 하고 계산하며 살짝 행복해졌다.

억수는 퇴원 수속하며 백만 원이 넘는 입원비를 부담하며 이놈의 여편네, 왜 암은 걸려 돈 쓰게 하는 거야, 하고 속으로 투덜댔다.

방사선 치료를 열 번 더 해야 한다고 했다.

윤수가 먼저 갔던 멤버가 뭉쳐 다시 라운딩하자고 제안했으나 윤수는 이미 퇴원한 아내가 입원해 있다고 거짓 핑계 대고 거절했다.

수술을 마치고 방사선 치료를 시작한 아내의 살아가는 방식이 확 바뀌었다. 억수에게 순종하며 억수가 시키는 대로 하던 아내가 자신의 권리를 주장하며 행동으로 옮겼다.

최억수는 종합부동산세 등 세금을 절감하기 위하여 얼마 전부터 구입하는 재산을 아내 이름으로 등기했다. 아내 이름으로 등기된 부동산에서 나오는 임대료가 들어오는 통장은 억수가 관리했다.

방사선 치료를 받는 아내는 은행에 가서 통장을 분실했다고 하고 다시 발급받고 비밀번호를 바꿨다. 억수가 그 돈에 손을 댈 수가 없었다. 아내는 자기 재산에서 나오는 임대료는 자기가 쓰겠다고 선언했다.

그녀는 비싼 새 옷을 사고, 먹는 것을 바꿨다. 식재료를 유기농 농산물로 바꾸고, 육류도 최고급 등급을 사서 요리했다. 투뿔 등급을 받은 소고기는 정말 맛있었다. 육즙이 고소하고, 입안에서 살살 녹았다. 입이 호사하여 억수는 소고기가 이렇게 맛있나, 하며 감탄했다.

아내는 집이 좁아 불편하다며 평수가 큰 아파트로 이사 가자고 했다.

억수가 말을 안 듣자 그녀는 그녀 소유인 상가를 팔아서 큰 집을 사겠다고 했다.

억수는 막 나가는 아내를 말릴 방법이 없었다. 그가 목표로 세운 3천억 원 재산은 부동산값이 올라 달성했지만 그렇다고 막 낭비할 수는 없다.

그는 아내와 이혼을 생각했으나, 이혼하면 아내가 가진 재산은 다 아내가 가져가고, 40년 넘게 결혼생활을 했으니 그가 가진 재산 중 상당 부분을 위자료로 줘야 한다고 고등학교 동창 변호사가 훈수해 줬다.

억수는 이혼도 할 수가 없다. 진퇴양난이다.

열 번 방사선 치료를 마친 아내는 완치 판정을 받았다.

억수는 평수를 넓혀 큰 집 사는 것을 반대했다. 큰 집을 사면 사는 데는 편하겠지만 상가같이 임대료가 들어오는 것도 아니고, 비싼 관리비를 내야 하고, 세금만 더 낸다.

억수가 새집 사는 것을 망설이자 아내는 상가 두 개를 팔고 교통이 좋은 곳에 방이 네 개인 45평 아파트를 사서 이사했다. 가구를 전부 새 걸로 바꾸었다. 방 두 개에 손바닥만 한 거실이 있는 집에서 살다가 큰 집으로 이사를 하니 억수는 궁궐에 사는 기분이었다.

새로 들여놓은 소파는 버튼을 누르면 소파 의자가 앞으로 죽 펴져 다리를 펴서 얹고 거의 누운 자세로 편히 쉴 수가 있다.

억수는 편리함과 쾌적함을 즐기면서 더 이상 들어오지 않는 임대료 수입과 더 지출되는 관리비와 세금을 생각하며 오금이 저렸다.

아내는 자동차도 대형 외제 차로 바꾸자고 했다. 자기한테 바꿀 수 있는 재력이 있다고 큰소리쳤다. 그렇게 돈을 써도 죽기 전에 우리 재산 다 못쓸 거고 아들에게 물려줄 재산도 남는다고 큰소리쳤다.

억수는 아내가 은행에 있는 돈은 내 돈이 아니며 써야 내 돈이라고 들이대는 기세를 이길 수가 없었다.

억수는 이렇게 마구 돈을 쓰다가는 겨우 모아놓은 3천억 원 재산이 날아갈 것 같아 초조했다. 그렇다고 이미 아내 이름으로 등기한 재산을 빼앗을 수도 없고, 마구잡이로 돈을 쓰는 아내와 이혼할 수도 없다.

최억수는 자신도 모르게 돈을 쓰는 생활에 익숙해졌다. 몸과 입이 간사스럽게 편하고 맛있는 세계에 빠져들어 갔다.

더 넓은 집에 살다 보니 그의 소형차가 아주 작게 느껴졌고, 쾌적한 집에 살다 보니, 그의 빌딩 관리실이 너무 어둡고 답답했다. 매일 고급 재료로 만든 음식을 먹다 보니 그렇게 맛있던 된장찌개, 순두부찌개, 해장국의 맛이 떨어졌다.

그는 아내가 사다 준 젊은이 취향의 바지를 입고 색상이 환한 티셔츠를 입고 빌딩 관리실로 출근하며 자신이 조금은 젊어진 것 같았다.

아내의 말이 귓가에 맴돌았다.

"당신 아무리 부지런하게 써도 당신 벌어놓은 돈 중 1%도 못 쓰고 죽어요. 이제 70도 넘었으니 더 돈 모을 생각 말고 좀 쓰고 베풀며 삽시다."

아내가 최억수와 상의도 하지 않고 유람선 여행 티켓을 끊었다. 지중해를 여행하는 코스다.

억수는 비싼 여행 경비를 듣고 가슴이 덜컥 내려앉았다. 억수는 가지 않겠다고 해약하라고 강권했으나 아내는 듣는 척도 안 했다. 시간이 흐르자 아내는 해약하려면 해약금을 엄청 물어야 한다며 우리도 한 번 상류 사회 생활을 해보자고 하며 해약 안 하고 버텼다.

억수가 해약하려고 아내에게 여행사 이름을 알려 달라고 했으나 아내는 못 들은 척했다. 여행 떠날 날이 다가오자 아내는 여행 가방도 사고, 여행 중 입을 옷도 새로 샀다. 억수의 옷도 샀다.

억수는 돈을 쓰려고 작정한 아내를 막 패주고 싶었으나 여자에게 손찌검을 할 수는 없었다. 그는 아내의 이름으로 재산 일부를 등기한 것을 후회했으나 이제 되돌릴 수가 없다.

인천공항에서 비행기를 타고 로마까지 날아가서 유람선을 탔다. 유럽 여행을 처음 하는 억수는 말만 듣던 로마를 지나치며 영화에서 보던 광경을 보며 입이 다물어지지 않았다.

유람선은 정말 컸다. 그들이 묵을 선실에 짐을 내려놓고, 조난시 대처 훈련을 하고, 유람선을 안내받았다. 식당이 여럿 있고, 극장과 수영장도 있고, 카지노도 있고, 심지어 농구 코트도 있다.

복도쪽에 위치한 그들의 선실은 침대 두 개, 티브이가 얹혀 있는 책상 하나, 옷장, 샤워장이 전부였다. 샤워장에 화장실이 같이 있었다. 아내는 선실 중 제일 싼 방이라고 했다.

바다가 보이는 방은 더 비싸다며 너무 비싼 선실 예약했다가 당신 까무러칠 것 같아 가장 싼 선실을 예약했다고 공치사했다. 2주간 배에 머물 거라며 아내는 가방에서 옷을 꺼내 옷장에 넣었다.

배가 출항했다. 흔들림이 없어 배가 항해하는 느낌이 없었다. 억수 부부는 갑판으로 나가 황혼에 배가 항구를 떠나는 광경을 한참 동안 보다가 뷔페식당에 가서 저녁을 먹었다.

황혼의 바다 광경에 억수는 온몸이 으스스 황홀했다.

유람선은 튀르키예 이스탄불에 먼저 들르고, 이스라엘 예루살렘에 들르고, 아테네를 들러 알렉산드리아로 간다고 했다. 들르는 모든 도시는 억수가 꿈에서만 듣던 도시다.

유람선 여행 2주는 최억수의 삶에 큰 획을 그었다. 유람선은 밤새워 항해하여 아침에 그날 관광할 도시 항구에 정박한다. 억수는 뷔페로 아침을 든다. 입맛에 맞는 음식을 골라 먹고, 다양한 과일을 후식으로 들고, 커피까지 한잔 마신다.

8시에 하선하여 부두에서 기다리는 몇백 대의 버스 중 한국 관광객 전용 관광버스를 타고 두세 시간 달리면 그날 관광할 도시에 도착한다. 서울서부터 유람선 승객을 안내하고 온 가이드가 관광을 안내한다.

영화에서나 보던, 소피아 성당, 골고다 언덕 위의 교회당, 파르테논 신전 등 관광지를 보고 현지 식당에서 점심을 먹고 한두 시간 더 관광하다가 오후 5시까지 유람선으로 돌아온다.

간단히 샤워하고 갑판에 나가 해지는 항구를 돌아보며 쉬다가 저녁 식사를 한다. 그는 주로 서울 최고급 호텔 식당에서 제공하는 식사와 질이 비슷한 음식을 제공하는 양식당에 가서 스테이크를 먹던지 생선구이를 먹었다. 고기가 입안에서 살살 녹았다.

억수는 처음 두어 번은 식사만 했었으나, 다른 관광객이 마시는 포도주를 얻어 마셔보니 음식 맛이 배가 되어 그는 맥주나 포도주를 자기 돈을 주고 사서 마시며 식사를 즐겼다. 억수는 반주에 가볍게 취하며 행복해졌다. 그는 점심시간에도 맥주를 시켜 먹을 만큼 돈 쓰는 씀씀이가 발전했다.

유람선 내에서는 현금을 받지 않는다. 유람선을 타고 바로 신용카드를 등록하고 등록한 카드로만 계산할 수 있다. 현금을 내지 않고 신용카드로 결제하니 돈을 쓰는 기분이 덜 들었다.

저녁을 먹고 유람선 내 극장에 가서 영화를 보던지 공연을 보았다. 갑판에 올라 의자에 앉아 버튼을 눌러 의자를 뒤로 젖히고 반쯤 누워 하늘의 별을 보던지 훈풍을 맞으며 망망대해를 보며 여정을 즐겼다.

저녁 식사 시간에 유람선은 다음 기항지로 출발한다. 바다는 정말 넓었다. 억수는 그가 살아온 13평짜리 아파트와 빌딩 10층 관리실의 좁은 공간을 떠올리며 삶을 좀 잘못 살아온 것 같은 느낌이 든다.

3천억 원 재산 목표를 달성했다고 뭐가 달라졌는지 몰랐다.

3천억 목표 달성은 그가 근검절약해서 모은 돈으로 된 것이 아니다. 구두쇠 노릇을 하며 20년을 살아봐야 겨우 몇억 원 모았을 거다. 가만히 있어도 오르는 부동산값이 그의 목표를 달성하게 했다.

망망대해를 바라보며 억수는 그가 악악거리며 돈을 모으려 했던 생활 태도가 웃기는 행위였던 거 같았다. 부동산값이 안 올랐으면 그가 용돈을 한 푼도 안 썼어도 달성할 수가 없었다.

억수는 유람선에서 세일하는 관광상품 중에 아들, 며느리, 손자에게 줄 선물을 사며 난생처음 아버지로부터 선물을 받고 기뻐할 자식들 얼굴을 떠올리며 살짝 행복했다.

유람선이 이집트 알렉산드리아에 정박하고 관광버스를 타고 가서 기자의 피라미드와 스핑크스를 보고, 또 모로코의 탕헤르에 정박하고는 카사블랑카도 구경했다.

그리고 스페인의 마드리드, 바르셀로나를 둘러보고, 프랑스의 마르세유와 프로방스 지역을 보고, 이탈리아 로마로 돌아와서 짐을 챙겨 하선하고 바티칸 궁전 등 로마 시내를 관광하고 레오나르도 다빈치 공항에 도착하여 서울행 귀국 비행기를 탔다.

2주간 지중해 여행을 마친 억수는 마음에 여유가 생겨 비행기가 이륙하고 식사를 배식하기 전에 제공하는 음료수 서비스 때 칵테일을 주문했다. 그는 구름 위에 날며 신선이 된 기분으로 알코올을 마시며 위장에 전해지는 짜릿한 감각을 즐기며, 2주간 여행이 이제 끝나네, 하며 감상에 젖었다.

아내가 유람선을 예약했다고 했을 때 막 돈을 퍼 쓰는 아내를 패 죽이고 싶었었는데, 넓은 바다를 누비며 영화에서나 보던 관광지를 돌아보며 화가 다 풀리고 아내가 잘했다는 생각이 들었다.

'돈이 좋네, 이렇게 세상 구경도 시켜주고, 떠날 때는 2주가 긴 시간 같았는데, 이렇게 끝나는구나. 내 삶도 곧 끝나겠지. 그럼 내가 그렇게 모으려고 했던 재산은 어떻게 되지? 한 푼도 저세상으로 가지고 갈 수가 없는데…'

억수는 귀국하고 빌딩 그 좁은 공간 관리실에서 근무할 일이 까마득했다. 복도에 고장 난 형광등을 교체하려고 청소부에게 사다리를 집으라고 하고 사다리에 기어 올라가 땀을 흘리는 자신의 초라한 몰골이 떠올라 기분이 더러웠다.

억수는 그가 살아온 삶을 복기하며 그의 삶의 목표 3천억 원을 모은다는 것이 무슨 의미인지 생각했다.

'3천억 원을 모았다고 노벨상을 탈 것도 아니고, 같은 빌딩인데 저절로 값이 올라 3천억 원이 됐는데 뭐가 달라졌지? 3백억 원일 때와 무슨 차이지? 빌딩을 씹어 먹을 수도 없는데……. 3백억 원일 때나 3천억 원으로 올랐을 때나 하루 세 끼 먹는 것은 같고, 조 단위 재산이면 우리나라 100대 부자에라도 들겠지만 3천억 원은 큰 부자도 아니고 고만고만한 부자인데 인생만 힘들게 살았네.'

최억수는 칵테일을 한 잔 더 시켜 마셨다. 그는 알딸딸한 기분으로 얼마 남지 않은 나머지 그의 생을 살아갈 일을 생각했다.

인천공항에서 리무진을 타고 시내로 돌아오며 최억수가 아내에게 농담을 던졌다.

"이번에는 임자 돈으로 지중해를 구경했는데, 다음 내 돈으로 카리브해를 구경시켜 줄까?"

아내는 눈을 흡뜨고 구두쇠 남편을 쳐다보며 입을 다물지 못했다.

사회적 거리두기

1

중국 무한에서 발병한 코로나-19 바이러스가 전세계를 돌며 사람을 마구 죽이자 WTO는 팬데믹을 선포했다.

코로나-19가 우리 생활 반경을 심하게 좁혀 갔다.

전염 초기에 방역본부는 코로나-19 감염자의 번호를 붙여 그 환자의 동선을 일일이 공개했다. 신천지인가 새천지인가 하는 교회 신자들이 코로나를 왕창 퍼트리자 번호를 붙여 환자 동선을 공개할 수도 없게 되고 거리두기라는 신조어를 만들어 1단계, 2단계, 3단계, 하며 우리 생활환경을 옥죄었다. 단계가 높아질수록 우리 생활 반경이 좁아졌다.

학교 수업이 비대면으로 바뀌고, 종교의 집회도 비대면 예배로 바뀌었다. 식당에는 두 사람 이상 같이 갈 수가 없다. 방역에 필수품인 마스크 대란이 일어 정부가 바가지로 욕을 먹고 허둥거렸다.

내가 노년에 취미로 다니던 문화원 강좌도 문을 닫았다. 새벽에 근린공원 분수대 앞에 모여 구청에서 보낸 강사의 율동에 맞춰 동네 노인 80여 명이 몸을 흔들던 에어로빅 운동도 중지됐다.

우리 아파트 앞 동 할아버지와 손자가 감염되어 할아버지는 김포 어디에 있는, 손자는 태릉 어디에 있는 치료소로 실려 갔다.

새벽에 에어로빅을 즐기던 노인 중 한 할머니가 테이프를 구해 6시 30분부터 테이프를 틀어놓고 체조를 시작했다. 에어로빅을 즐기던 노인들이 거의 다 그 시간에 나와 몸을 푼다. 나도 그 운동을 하러 나간다.

몸풀기 운동을 마치면 나는 문화원에서 같이 중국어를 배웠던 세 노인과 어울려 공원과 아파트 단지 산책로를 한 바퀴 돈다. 약 40분 걸린다. 모든 모임이 다 깨져 새벽 운동과 그 후 하는 산책이 내가 코로나 판국에 사람들과 어울리는 유일한 시간이다.

나는 6시 잠에서 깨어나자마자 옷을 챙겨 입고 마스크 줄을 목에 걸고 집을 나섰다. 나는 벌써 1년 넘게 코로나-19 확산을 막기 위해 실시하는 사회적 거리두기, 강요된 집콕이 지겨워 오늘도 사람 냄새를 맡으러 아침 운동을 하러 나간다. 아파트 현관을 나서자 만개했던 매화 꽃잎이 떨어져서 매화나무 밑에 주차한 자동차 지붕을 지저분하게 했다.

노란 산수유꽃이 눈을 즐겁게 하고, 탐스러운 목련꽃도 봄의 꽃 행렬에 참여했다. 나는 저 목련이 곧 지겠네, 저렇게 탐스러운 목련은 지면 왜 그렇게 지저분할까, 하며 상가 쪽으로 발길을 옮긴다.

나는 사회적 거리두기를 실시한 지 일 년이 지나면서 나타나는 코로나 후유증, 아픈 흔적을 스쳐 간다. 1층 몇 상가가 비어 있다. 거리두기로 사람 다니는 것이 뜸해지자 장사가 잘 안 되어 상가들이 줄줄이 폐업했다.

빵 가게, 안경점, 위스키 주점… 등이 문을 닫았다.

위스키 주점은 오후 7시부터 새벽 3시까지 장사를 했었는데 저녁 9시면 문을 닫으라는 당국의 조치로 문을 닫을 수밖에 없었을 거다. 나는 코로나-19로 거리두기를 해도 빵은 먹어야 할 거고, 안경은 써야 할 텐데, 왜 빵집과 안경점이 문을 닫았는지 이해하지 못한다.

상가 2층에 자리한 교회도 문을 닫았다. 신도 백여 명 남짓한 개척교회로 주일마다 열성 교인이 가슴에 띠를 두르고 교회로 올라가는 출입구 앞에 서서 신도를 끌었었다. 그 개척교회는 사회적 거리두기를 강화하며 예배가 금지된 때에도 살아남으려고 일요일에 예배를 강행하더니 제재받고 이젠 아예 문을 닫았다. 교회의 불빛이 꺼지고 찬송가 소리가 나지 않는다. 나는 저 교회 목사는 무엇을 해서 먹고 살까, 하는 쓸데없는 걱정을 한다.

상가 앞 택시 주차장에 빈 차라는 빨간색 표시등을 켠 택시가 줄을 서서 새벽 손님을 기다린다.

나는 봄이 오는 거리를 지나 공원 산책로로 들어선다. 까치, 비둘기, 까마귀, 참새가 이 나무 저 나무에 앉아 서로 다른 소리를 내며 노래하다가 이 나무 저 나무로 날아 옮겨 다니며 봄을 즐긴다. 나는 저 새들은 코로나 안 걸리나, 거리두기도 없네, 하며 산책로 양변에 늘어진 노란 개나리의 화사함을 즐기며 꽃길을 걸어간다.

할아버지, 할머니 수십 명이 벌써 나와서 끼리끼리 모여서 조잘거린다.

회장님으로 불리는 87세 할머니가 스피커를 켠다. 스피커에서 준비운동 구령이 울려 나오고 할아버지 할머니들은 그 구령에 맞춰 팔다리를 흔들거린다. 몸풀기 준비운동에 이어 국민체조 두 번 하고, 마무리 운동을 한다. 야호를 세 번 외치면 새벽 운동이 끝난다. 25분 걸린다. 나는 세 할아버지와 앞서거니 뒤서거니 하며 입을 놀리며 아침 산책을 나선다.

"어, 저기 SM 오네."

그룹 회사 본부장을 하고 퇴임한 김 회장이 우리 일행과 반대 방향으로 공원 산책로를 도는 젊은 여인이 다가오자 그녀가 듣지 못하게 작은 목소리로 속삭인다. 마스크를 쓴 그녀는 167cm쯤의 키에 날씬한 몸매를 가진 20대 후반, 아니면 30대 초반으로 보이는 여인이다.

벌써 반년 넘게 매일 새벽 산책로에서 서로 스쳐 지나간다. 마스크 속의 얼굴은 볼 수 없지만 퍽 예쁠 거로 생각된다. 마스크 속의 얼굴 모습을 모르고 당연히 그녀의 이름을 알 리가 없다.

그녀는 SM WU라는 로고가 새겨진 티셔츠를 즐겨 입고 산책을 나와 일행은 그녀를 그냥 SM이라고 부른다. 매일 마주쳐 지나치며 얼굴이 예쁜지 미운지는 모르지만 주로 할머니들이 삼삼오오 새벽 산책을 하는데 날씬한 몸매의 젊은 여인을 스치는 것만으로도 노인들은 즐겁다.

"SM WU면 숙명이나 상명여대일 거야."

큰 제조공장 공장장을 하고 퇴직한 이 회장이 말한다.

네 노인은 서로 성씨에 '회장' 이란 직함을 붙여서 부른다.

"그런 거 같네. 그냥 SM이라 부르자."

국영기업 임원을 하고 퇴직한 조 회장이 말했다. 네 사람은 암묵적으로 그녀를 SM으로 부르기로 한다.

"반년이나 스친 인연인데 이제 서로 인사를 트면."

내가 말한다.

"인사할 것 뭐 있어? 젊은 처자가 참 부지런하고 성실하게 매일 안 빠지고 운동하는데 공연히 우리 노인들이 아는 체하며 프라이버시 침해할 것 없잖아?"

80대 후반으로 네 사람 중 가장 연장자인 조 회장이 말한다.

"그 말이 맞네요. 그냥 스치기만 합시다. 우리 나이에 연애할 거도 아니고."

김 회장이 말한다.

새벽에 산책하며 매일 스치는 여인들이 몇 더 있다. 우리는 얼굴은 볼 수 없는 여인들의 몸매에 맞춰 별명을 붙여 부른다. 50대의 몸매가 날씬한, 엉덩이가 탱탱하고 허리가 잘록하고 유방이 툭 튀어나온 여인은 '날씬이', 우리를 지나치며 눈웃음을 살살 치는 여인은 '살살이', 몸을 흔들거리며 걷는 60대 여인은 '흔들이', 유방이 어린이 머리통만큼 큰 여인은 '젖소' 하고 별명을 붙였다. 별명은 주로 내가 지었다.

몇 달 동안 산책길에서 매일 스쳐 지나가나 서로 인사는 없다.

네 노인은 세상 돌아가는 이야기, 젊었을 때 고생하던 이야기, 정부의 정책을 씹으며 코로나 판국의 답답함을 입심으로 날린다.

매일 산책로에서 스쳐 지나가는 여인들 중 가장 젊고 몸매가 빼어난 SM은 심심찮게 노인들 입줄에 오른다.

마스크로 얼굴을 가려 서로 얼굴 생김새도 모른 체 그냥 스쳐 가지만 그녀는 한 송이 꽃으로 노인들에게 향기를 풍긴다.

2

"철암아 잘 있냐?"

고등학교 동창으로 증권회사를 30년 넘게 다니다가 은퇴한 채성이 나에게 전화를 해 왔다.

"잘 있기는. 마냥 집콕 중인데."

"너 양재천 걸을래. 봄도 오고 날씨도 좋은데. 현영이랑 기호도 나오기로 했는데."

두 사람 다 고등학교 동창으로, 현영이는 은행에 다녔고, 기호는 공무원을 했다.

"좋지. 나갈게. 집콕 지겹다."

"그럼 내일 10시 도곡역 4번 출구에서 만나자."

"알았다. 모처럼 만에 친구들 얼굴 보겠네."

나는 전화를 끊었다.

2.5단계 거리두기가 계속 시행되어 5인 이상 집회가 금지되어 망년회 신년회가 다 취소되고 산악회에서 만나는 것도 멈춰서 친구들 얼굴을 못 본지 꽤 됐다. 나는 가벼운 복장을 하고 운동화를 신고 친구들을 만나러 가려고 전철을 탔다. 나는 선릉역에서 분당선으로 갈아탔다. 경로석이 다 차서 일반석 빈자리에 앉았다.

주위를 돌아보니 젊은이들은 핸드폰을 들여다보며 시간을 죽이고 있다.

나의 앞에 젊은 여자가 섰다. 마스크로 얼굴을 가려 얼굴 모습은 알 수 없지만 몸매가 눈에 익다. 위에 걸친 검정색 바바리코트도 눈에 익다. 나는 이 여자를 어디서 본 듯한데 누굴까, 하며 기억 속을 뒤져본다.

"안녕하세요?"

여자가 먼저 인사를 한다.

"네?"

"매일 새벽에 스치는데."

"아, SM."

나는 탄성이 절로 나왔다.

"SM이요?"

"SM WU라는 로고가 박힌 유니폼을 자주 입고 다니시어 우리들이 그렇게 불러요. 이름도 모르니…."

"아, 그러세요? 오늘 아침에 안 나오셨던데. 세 분만 도시던데."

"친구들과 양재천 걷기로 하여 아침 산책을 생략했어요."

"양재천 걷기 좋지요. 막 꽃도 피기 시작할 거고."

"이렇게 만나니 반갑네요."

"아침에 돌며 인사할까 했는데 어르신들께 제가 먼저 인사하기 뭐해서."

"우리들은 젊은 처자가 참 부지런하고 성실하여 며느릿감으로 좋겠다고 농담하며 우리 노인들이 먼저 인사를 할까 하다가 젊은 처자가 산책을 즐기는데 프라이버시 침범하는 거 같아 인사는 안 했어요. 내일부터 인사합시다."

"뭐 그럴 거까지는…."

여자의 목소리가 상냥하다.

"참 이렇게 반년도 넘게 스친 인연인데 얼굴을 볼 기회를 주시겠어요?"

나는 불식간에 만나자는 말이 터져 나왔다.

"무슨 말씀?"

"제가 점심을 모시면 하고…."

"점심이요?"

SM은 잠시 생각하더니 좋다고 했다. 나는 식당 찾기 쉬운, 삼성역에서 가까운 이태리 식당에서 12시에 만나자고 했다.

"저 여기서 내려야 하는데…."

나는 좌석에서 일어서며 말했다. 나는 SM과 전철을 타고 가는 구간이 너무 짧아 아쉬웠으나 좋은 하루 보내세요, 하고 인사를 하고 전철을 내렸다.

3

나는 SM을 만나러 시간에 맞춰 삼성역에서 전철을 내렸다. 나는 그녀의 몸매가 퍽 매력적이었는데 얼굴이 예쁠까, 궁금해 하며 전철역 계단을 올라갔다.

"어, 철암이 아냐?"

마스크를 쓰고 안경을 쓴 남자가 손을 내밀었다. 나는 바로 그를 알아보았다. 고등학교 동창 성령이다. 약국을 했었는데 나이가 들어 그만뒀다.

"어, 성령이 잘 있냐?"

"응, 잘 있지. 집콕하다가 답답하여 코엑스 몰 별나라 도서관이나 가보려고."

"좋은 취미네, 도서관 다 가고."

모처럼 만에 우연히 길에서 만난 두 친구는 한참을 서로 안부를 묻고 사는 이야기를 하며 떠들다가 헤어졌다.

나는 성령과 헤어지며 시계를 보니 12시가 조금 넘었다.

나는 이거 첫 만남부터 지각이네, 하며 걸음을 재촉했다.

항상 차로 붐비던 이태리 식당 주차장이 텅 비었다.

나는 어, 이런 날도 다 있나, 하며 식당 출입문으로 다가갔다.

휴무라고 쓴 쪽지가 왼쪽 출입문에 붙어있다. 나는 주중인데 왜 휴무지, 하며 주위를 두리번거리며 SM을 찾았다. SM이 눈에 띠지 않는다. 시계를 보니 12시 15분이다. 나는 그녀가 왔다가 간 건가, 하며 텅 빈 주차장을 휘휘 둘러보며 오늘 왜 식당이 쉬지, 하고 고개를 갸웃했다. 오른쪽 출입문에 붙은 쪽지에 코로나 19라는 문구가 보여 나는 그 내용을 읽었다.

'주차관리원이 코로나 확진을 받아 3.11일과 3.12일 오후 3시까지 식당을 쉽니다. 고객님께 불편을 드려 죄송합니다.'

나는 안내문을 읽고, 식당이 쉬는 이유를 알고, 주차관리원 확진이라고 식당이 쉰다. 주차관리원은 실외에서만 근무하는데, 식당이 왜 쉬지, 하며 두리번거리며 SM을 찾았다. 나는 그녀가 시간에 맞춰 식당에 왔다가, 식당은 문이 닫혔고, 12시가 지나도 내가 나타나지 않자 기다리지 못하고 갔을 거로 판단하며, 성령과 그냥 인사만 하고 헤어질 걸, 하고 후회하며, 이름도 모르고 연락처도 모르는 그녀에게 연락할 길이 없어 답답했다.

첫 약속에 시간을 지키지 못한 것을 사과할 길도 없어 선뜻 점심 제의를 받아들였던 그녀에게 미안했다.

다음 날 새벽, 나는 아침 운동을 나가며 SM을 스치면 어떻게 어제 상황을 설명해야 하나, 머리를 굴렸다. 나는 산책로를 걸으며 세 노인에게 어제 SM을 만나기로 했다가 펑크 난 사실을 말하지 않고 작은 비밀로 했다.

그날 SM이 새벽 산책을 나오지 않았다. 세 노인은 SM이 아픈가, 어디 여행 갔나, 하고 설왕설래했다. 다음날도 SM은 산책을 나오지 않았다. 그 다음 날도, 또 그 다음 날도 SM이 산책을 나오지 않았다.

나는 내가 그녀의 생활 습관을 깬 것 같아 마음이 찝찝하고 그녀에게 미안했으나, 이름도 모르고 어느 동에 사는지도 모르는 그녀에게 사정을 설명할 길이 없어 답답했다. 세 노인이 SM이 산책 안 나오는 사유를 궁금해하며 떠들 때, 내가 약속 펑크낸 것이 원인일 거라고 말할 수도 없어 세 노인이 그녀가 여행간 거 같다고 설을 풀 때 그냥 박자만 맞췄다.

4

춘분이 지나고 봄이 익어가자 아침 일찍 해가 떠서 내가 집을 나설 때면 어둠이 활짝 걷힌다. 봄이 왔는데 코로나는 여전하고, 빈 택시들이 줄 서서 손님을 기다리고, 텅 빈 공간이 스산한 느낌을 주는 빈 상가들은 여전히 주인을 찾지 못한다. 다른 해보다 일찍 개화한 벚꽃이 흐드러지게 하늘 공간에 하얀 수를 놓는다. 세 노인은 아침 운동을 마치고 산책로로 들어선다.

"조 회장님이 어제도 안 나오셨는데, 오늘도 안 나오시네. 어디 아프신가?"

이 회장이 휘휘 팔을 휘두르며 말한다.

"그렇게 건강하신데 아프시겠어? 시골 아들 집에 가셨나? SM 못 본 지 벌써 보름째야."

김 회장이 좀 허탈한 말투로 말한다.

"왜 두 사람 다 안 나오지?"

이 회장이 김 회장의 말에 박자를 맞춘다. 나는 '내가 SM과 만남 약속을 펑크 내서 안 나오는 걸 거요' 하는 말을 하지 못한다.

"오늘 집에 가서 조 회장님께 어디 아프시나, 전화해 볼게."

이 회장이 말한다.

확성기가 소음을 내며 도로를 지나간다.

"저거 새벽부터 왜 저렇게 시끄럽게 지져대?"

김 회장이 거리를 질주하는 서울시장 보궐선거 유세차를 보며 투덜댄다.

"저렇게 시끄럽게 새벽부터 다니며 잠 깨우면 줄 표도 안 주겠다."

이 회장이 말했다.

"얼마나 답답하면 그러겠어? 저렇게 떠들고 다닌다고 표 찍어 줄 거도 아닌데."

나는 담담한 목소리로 말했다. 산책로 양쪽에 막 피기 시작한 명자나무가 산책로를 빨간색 띠로 장식한다.

"이 좋은 계절에 매일 방콕이라니. 이놈의 코로나는 언제 끝나나?"

김 회장이 투덜댄다.

"11월이나 되어야겠지요. 백신 확보가 늦어져서 자칫 연말을 넘길지도 모르겠어요."

내가 말한다.

"자식들, K방역이라고 떠들어 놓고 제일 중요한 백신 확보는 늑장을 부려."

김 회장이 시니컬한 목소리로 말한다.

"국산 치료약 개발 기다리다 그렇게 됐다던데."

이 회장이 말한다.

"입으로만 방역하니 그렇지, 코로나 없었으면 토요일마다 광화문이 난리가 났을 텐데 코로나가 문재인 살린다."

세 사람은 문재인을 씹으며 쾌청한 봄 날씨를 흐린다.

다음날, 나는 봄기운이 대지에 힘을 불어넣어 식물들이 불쑥 하늘을 향해 기지개를 켜는 힘을 느끼며 아침 운동을 했다. 운동을 마친 세 노인이 산책로에 들어섰다.

"오늘도 조 회장이 안 나오셨네요."

나는 막 피기 시작한 명자나무 붉은 꽃망울을 손으로 만지며 말했다.

"SM, 오늘도 안 나오네. 어제 전화해 봤는데 손자가 다니는 학원 학생 중 확진자가 나와 격리 중이랍니다."

김 회장이 말했다.

"손자 다니는 학원 학생이 확진잔데 왜 조 회장이."

"손자도 학교 안 가고 격리중이래요. 선별진료소 가서 진단받는데 음성이 나왔대요. 그래도 2주 격리하라고 했대요."

김 회장이 자신 없는 목소리로 말했다.

"그래야 하는 거요?"

이 회장이 음성인데 왜 격리, 하는 투로 말했다.

"그래서 조 회장님도 완전 집콕 중이랍니다. 음식물은 딸이 사 와서 문 앞에 놓고 가고. 공원 산책도 못 나와 너무 답답하다고 하시더라고요."

"그러시겠다. 그런데 음성인데 왜 격리하지요?"

이 회장이 물었다.

"그건 나도 모르겠고 10만원 벌었다고 하며 웃으시더라고요."

김 회장이 말했다.

"10만 원 벌다니?"

"손자를 격리하라고 하며 라면 햇반 등이 든 간편식 세트를 받을 건가, 10만 원을 받을 건가 물어 10만 원 받는 것을 선택했대요."

"10만 원을 거저 주는 거요? 일전에 손자 고등학교 입학했다고 가방도 사고 교복도 사라고 30만 원 줬다고 했는데."

내가 말했다.

"그러게 말이요. 조 회장님 같은 부자가 그깟 돈 10만 원 별거 아니겠지만 전 국민에게 그렇게 막 퍼주니까 나랏빚이 막 늘지. 매년 100조 원씩 늘어 천조 원이 넘는다고 하던데."

"금년에도 재난지원금이니 하고 막 퍼줄 거니 내년에는 천 백조가 된대요."

"우리야 그 빚 안 갚고 가겠지만 젊은이들 걱정이네. 그러다 베네수엘라나 그리스 짝나는 거 아니요?"

이 회장이 말했다.

"코로나가 빨리 잠잠해져야 하는데 오늘 신문 보니 2/4분기 백신 확보에 빨간불이 켜졌다고 하던데."

김 회장이 말했다.

"그거 다 아주 높은 놈 책임이요. 제가 현직 있을 때 계약 업무를 했었는데 모르지만 백신 개발업체가 백신 개발 대금을 선금으로 좀 대고 개발에 실패해도 그 돈은 돌려주지 않는 조건으로 계약하자고 했을 거요. 실무자는 그런 계약 못 하지요. 실패하고 그 돈 떼이면 감사원 감사받고 징계받아요. 대통령이나 총리가 계약하라고 지시하면 면책이 되는데 그 친구들 K방역 성공적이라고 입선전만 했지, 그런 지시를 안 한 거지요. 그리고 백신개발 성공한 뒤에 뒷북을 치니 물량확보가 어렵지요."

내가 시니컬한 목소리로 말했다.

"그건 그래요. 그런데 오늘도 SM이 안 나오네."

김 회장이 말했다.

"산책 코스를 바꿨나, 이사 갔나?"

이 회장이 혼잣소리로 말했다.

"아, 벚꽃 벌써 다 졌네요. 일찍 피더니 일찍 지네요."

김 회장이 말했다.

"인생도 그렇지요, 선입선출. 이 좋은 봄날에 친구들과 산에라도 가서 좀 떠들어야 하는데 매일 집콕만 하니."

이 회장이 한탄했다.

"그래도 이렇게 아침에 걷잖아요. 이걸로 위로를 삼읍시다."

내가 도통한 사람같이 말했다.

5

나는 일찍 잠을 깼다. 새벽운동을 나가려면 너무 시간이 이른 거 같아 티브이를 틀었다. 채널 프로마다 재탕 삼탕이다. 매일 집콕하며 티브이를 못 살게 하다 보니 영화도 운동경기 중계도 재탕 삼탕을 다시 볼 수밖에 없다.

나는 종교 채널을 틀었다. 증산도 채널부터 기독교 채널 5개, 불교 채널

두 개, 천주교 채널이 죽 이어진다.

증산도 채널에서 태을주를 외우면 모든 괴로움이 없어지고 만사형통이라며 도복을 입고 줄을 잘 맞춰 앉은 남녀노소 신자들이 훔치훔치 태을천상원군, 하며 무슨 말인지 알 수 없는 주문을 외워댄다.

기독교 채널로 돌리니 삶은 죽음의 시작이요, 죽음은 삶의 시작이라며 가운을 입은 목사님이 하나님을 경외하면 다 치유를 주신다고 외친다.

나는 그 많은 기독교 교회에서 목사와 신자가 코로나 치유를 기원하는데 하나님을 경외하는 마음이 부족하여 하나님이 코로나를 방치하시나, 하며 채널을 돌린다.

사부중생들이 불상 앞에 무릎 꿇고 참회하며 감사하는 마음으로 부처님의 가르침을 따르겠다고 기원한다. 가톨릭 채널에서 유니폼을 입은 신부가 거룩하신 천주님께 경배를 올리면 하나님이 말씀하신 대로 다 이루어준다고 강론한다. 나는 종교 채널을 계속 돌리며, 상제님, 하나님, 부처님이 코로나를 물리쳐주길, 하고 살짝 기원해 본다.

나는 시계를 보고 티브이와 거실의 전등을 끄고 현관문을 나섰다. 나는 현관문을 나서며 정말 답답하고 지루하여 숨이 턱 막혔다. 오늘도 새벽 운동을 하고 산책하며 입을 좀 놀리고 오면 하루 종일 집콕해야 한다!

'이 무슨 형벌! 이런 생활을 언제까지 계속해야 하지?'

나는 한숨을 쉬며 공원으로 간다. 내가 아침을 먹고 책을 보고 있을 때 고등학교 동창 동수로부터 전화가 왔다.

"철암아, 잘 있냐?"

"집콕하는데 잘 있고 못 있고가 어디 있나? 동수 너는 잘 있나?"

"나도 마찬가지다. 백신 두 번 다 맞았는데 아직 집콕 해제가 안 되니."

"그래 어쩐 일로 전화했냐?"

"너 다음 주 수요일 저녁 시간 있냐?"

"이 코로나 판에 무슨 약속있겠냐?"

"그럼 음악회 와라. 롯데 콘서트홀에서 저녁 7시 반에 시작한다. R석 입장권 준비해 놓을게."

"이 코로나 4차 유행판에도 공연하나?"

"그럼. 공연 실적 있어야 시간 강사라도 하지."

"누가 하는데?"

"내 조카가 출연한다."

"조카? 성악이냐 기악이냐?"

"성악이다. 숙대 나오고 미국 가서 박사 했다."

"그래 알았다. 7시까지 갈게."

"니 표 준비해서 매표소 앞에서 기다릴게."

"그럼 다음 주 수요일 보자."

나는 전화를 끊었다.

코로나가 4차 유행하여 매일 확진자가 1,800명을 넘었다. 내가 연주회에 간다고 하자 아내는 이 코로나 판국에 무슨 음악회 가느냐고, 가지 말라고 심하게 말렸다. 나는 아내의 만류에 나 백신 두 번 다 맞았어, 하고 큰소리를 치고 집을 나섰다.

롯데몰 8층 콘서트 홀 매표소 앞은 마스크를 쓴 관객으로 가득하다. 나는 이 코로나 대유행에도 손님이 많네, 하며 마스크를 쓴 관객 속에서 동수를 찾았다. 마스크를 가린 동수를 본 적이 없어 쉽게 그를 찾을 수가 없다.

두어 번 매표소 앞을 왔다 갔다 하던 나는 핸드폰을 열고 동수에게 전화했다. 동수가 전화를 받지 않았다. 곧 공연이 시작되니 입장하라는 안내방송이 나왔다.

그 때 양복을 입은 신사가 다가와 철암이냐, 하고 손을 내밀었다. 입장 시간에 쫓기던 나는 바로 입장권을 받고, 팸플릿을 하나 사고, 공연장으로 입장하여 마스크를 쓴 안내양의 안내를 받아 자리에 앉았다. 좌석이 무대를 바로 마주 보는 가운데 둘째 줄 VIP석이라 나는 살짝 기분이 좋았다. 동수는 한 자리 비워 놓고 옆자리에 앉았다.

나는 동수에게 VIP 좌석 마련해줘서 고맙다고 인사하고 팸플릿을 펼쳤다. 1, 2부로 나눠서 하는 공연에 소프라노 두 명, 테너 4명, 바리톤 한 명이 출연한다. 연주할 작품은 내가 아는 곡도 있고 생소한 곡도 있다.

나는 여자 출연자 약력을 확인했다. 박혜련이라는 소프라노가 숙명여대를 나오고 미국 LA에 있는 대학 음대에서 박사를 했다. 숙대 강사를 하고 있다. 얼굴이 서양 여자 스타일이다. 예쁘게 생겼다.

"박혜련이니 조카니?"

내가 동수에게 물었다.

"응. 너랑 같은 아파트 사는데."

"그래? 그럼 만난 적이 있는지 모르겠네."

"길에서 스친 적은 있겠지."

그때 박수를 받으며 오케스트라 단원들이 입장했다. 나도 따라서 박수 쳤다.

오케스트라의 오페라 서곡 연주에 이어 가수들이 차례로 나와 본격적인 연주를 시작했다. 성악가들이 부르는 노래는 대부분 내가 처음 듣는 노래였다. 나는 이태리어인지 독일어인지 알 수 없는 외국어로 부르는 가사를 하나도 알아들을 수가 없고 곡도 낯설어 성악가들의 열창이 약간 소음으로 들렸다. 나는 가사를 자막으로라도 보여줬으면 했다.

나는 열창하는 가수를 올려다보며 저 치들 저 노래 배우려고 몇 억씩 썼을 텐데, 어릴 때부터 레슨비, 유학비 들여 알 수 없는 다른 나라 노래 배우며 고생 많이 했겠다. 우리나라 노래 두고 외국어까지 공부하며, 그런데 이 코로나 판국에 답답한 마음 풀까 하고 연주회에 왔는데, 성악가 자기들 즐기려고 자기들 노래만 부르네, 고객에 대한 배려가 없네, 하며 속으로 투덜대고 있을 때 테너 셋이 나와 모처럼 만에 내 귀에 익은 '오 솔레미오'를 열창했다.

나는 파파로티, 카를로스, 도밍고 세 테너의 공연 녹음을 즐겨 듣는다. 50대의 한국인 세 테너가 부르는 노래 솜씨가 파바로티 등 세 테너의 노래 솜씨에 한참 못 미치는 느낌이다.

나는 우리나라 노래나 배우지, 애써 배워도 저렇게 서양 놈들에게 뒤처지는 노래를 배운다고 고생했을까, 하며 나비넥타이를 매고 검정 연미복을 입은 가수들을 측은한 눈으로 올려다봤다.

박혜련이 박수를 받으며 등장했다. 양어깨가 다 노출된 분홍색 의상을 입고 나왔다. 적당한 키에 날씬한 몸매가 연주복과 잘 어울렸다. 얼굴도 팸플릿 사진에서 본 대로 코가 날름하고 예쁘다.

그녀는 내가 모르는 가곡 한 곡을 부르고 퇴장했다. 나는 겨우 한 곡 하고 그만이야, 하며 아쉬운 생각이 들었다.

휴식 시간 후 2부에 박혜련은 다시 등장하여 내가 모르는 노래 두 곡을 더 불렀다. 가수가 예쁘다는 것 외에 노래는 별 감흥이 없었다.

거의 세 시간 만에 연주회가 끝났다. 나는 아름다운 노래로 치유를 받고자 했으나, 오히려 고음 소음에 고문 받은 느낌으로 연주회를 감상했다. 동수의 체면을 봐서 중간에 나갈 수가 없어 앉아 있다가 연주회가 끝나자 해방된 느낌이었다.

"좋은 노래 잘 들었다. 모처럼 만에 귀 청소했네."

나는 동수에게 입치레를 했다. 그러자 동수가 앞장서서 나가며 말한다.

"그래? 이왕 왔으니 내 조카하고 인사나 하고 가라. 한 아파트에 살면서 길에서 만나면 인사라도 해야지."

나는 홀 한구석에서 출연자들과 친지들이 꽃다발을 건네며 웃고 떠들며 사진을 찍는 광경을 물끄러미 바라보고 서 있었다. 연주복을 그냥 입고 있는 연주자도 있고, 옷을 갈아입고 나온 연주자도 있다.

동수의 일행이 검정 바지를 입고 티셔츠를 입은 짙은 화장을 한 여인에게 달려가는 것이 보였다. 박혜련이 옷을 갈아입고 나온 모양이다. 나는 그녀의 몸매가 눈에 익은 느낌이었다. 나는 동수 일행이 사진을 찍고 축하가 끝나가는 것을 보고 천천히 동수 일행에게 다가갔다.

"혜련아. 삼촌 친구다. 너랑 같은 아파트에 사신다."

동수가 나를 박혜련에게 인사시켰다.

나는 꾸벅 고개를 숙여 처음 만나는 동수 조카에게 인사했다.

나를 본 박혜련이 흠칫하며 눈이 커졌다.

"아침마다 공원 산책하시는?"

혜련이 고개를 숙여 인사를 하며 말했다.

"네. 그럼 SM?"

내가 비명을 질렀다.

"두 사람이 아는 사이야?"

동수가 말했다. 나는 우리가 아는 사이인가, 아닌가 하며 세상 참 좁다, 하고 생각하며 홀 천장을 올려다보았다.

SM은 그 후 산책을 나오지 않아 우리 네 노인들이 SM을 화제에 올리는 횟수가 줄었다.

코로나는 그 후 2년 더 내 생활 반경을 옭조아 매다가 기세가 꺾여 막 꽃이 피기 시작하는 봄날에 정부는 전철에서 마스크를 벗어도 좋다고 선심을 쓰며 사회적 거리두기 족쇄를 대부분 풀었다. 문화원이 개강하고 새벽에 에어로빅 강사가 와서 에어로빅도 다시 시작했다.

나는 문화원 중국어반에 등록하여 뇌가 녹스는 것을 늦추고, 새벽 에어로빅 운동에 동참하며 몸이 노쇠하는 것을 늦췄다.

네 노인은 여전히 에어로빅 몸풀기를 마치고 공원을 산책했으며 가끔 세 노인이 SM이 산책 나오지 않으니 꽃을 못 봐 섭섭하다며 나오지 않는 이유가 뭘까, 설을 풀 때 나는 SM을 연주회에서 만난 것도 작은 비밀로 했다.

상속

1

김천수는 의사 아들과 대학교수 딸이 가까운 친인척 50여 명을 초청하여 7순 잔치를 해 주겠다고 하자, 나이 70은 청춘인데 무슨 잔치, 하며 8순 때나 해 보자고 했다.

아들딸이 그럼 해외여행이라도 다녀오시라고 하자, 니 엄마도 없는 판에 혼자 처량하게 무슨 여행, 하며 그것도 싫다고 했다.

김천수는 공대를 졸업하고 그룹 회사에 입사하여 뼈가 빠지도록 열심히 일했다. 그 덕분에 50대 후반에 CEO로 발탁되어 사장 자리를 3연임, 9년간 하고 67세에 퇴직했다.

그룹 오너 회장은 김천수가 그의 회사를 세계 500대 회사 반열에 올려준 공로를 인정하고 3년간 고문직을 줬다. 고문은 회사 일에 거의 관여할 필요가 없으나 회사는 여비서가 딸린 사무실을 배정하고, 기사가 딸린 승용차를 배차하고, 연봉은 현직 때의 10% 수준인 1억 원을 주고, 매달 300만 원 한도에서 법인카드를 쓸 수 있도록 해 주었다.

평생 밤낮없이 회사 일에 매달렸던 김천수는 한가한 고문 자리에 앉으며 그동안 아내에게 소홀했던 세월을 보상하겠다고 마음먹고 여행도 다니고 맛있는 것도 먹고 하며 유유자적 여생을 즐기려고 했다.

김천수의 아내는 남편의 결심을 조롱하듯 암이 온몸에 퍼져 수술도 받아보지 못하고 화학치료, 방사선 치료를 받다가 김천수가 고문이 된 지 5개월 만에 타계했다.

아들이 그럼 직계 가족만 모여 아버지의 7순 생일을 축하하자고 했다. 김천수는 그것마저 싫다고 하기 뭐해서 좋다고 했다.

아들이 아버지가 사는 아파트에서 가까운 인터콘티넨탈 호텔 양식당에 저녁 7시 예약했다고 했다. 그 호텔 식당은 김천수가 현직 때 접대하고 접대받으며 자주 가던 식당이다.

김천수는 아들과 며느리, 딸과 사위를 호텔 23층 식당에서 만났다.

김천수는 그가 평소 즐겨 마시던 블러드메리를 전주로 주문했다. 김천수는 토마토의 텁텁한 맛 속에 섞인 위스키가 톡 쏘며 위장에 짜릿하게 신호를 보내자 살아있다는 희열을 느끼며 칵테일을 즐겼다. 칵테일이 그를 살짝 취하게 하며 적당히 입맛을 돋웠다.

양송이 수프, 시저 샐러드가 입에 착 붙었다. 셔벗으로 입을 헹구고, 포도주를 안주하여 중간쯤 익힌 최고 등급의 스테이크의 육즙 맛을 즐겼다.

아들딸 며느리 사위가 김천수의 포도주잔을 채웠다. 김천수는 포도주에 서서히 취해 갔다.

그가 후주로 칼바도스를 마실 때쯤은 딱 호기를 부릴 만큼 취했다.

취기에 기고만장해진 김천수는 창밖의 어둠을 내다보며 그가 살아온 일생을 복기했다. 정말 참으로 열심히 살았다. 밤낮 주말 없이 회사 일에 매달렸다. 아내가 너무 일찍 죽어 회한이 남지만 거의 맨손으로 시작하여 한 회사를 세계 굴지의 회사로 키웠다.

그 공으로 회사는 그에게 사장 자리를 줬고, 국가는 그에게 금탑산업훈장을 수여했다. 운이 좋아 아직 건강하고, 죽을 때까지 궁핍하지 않게 먹고 살 만큼 돈도 모아놨다. 그는 좋은 음식에 행복해 하는 자식들을 건너다보며 가슴이 뿌듯했다.

아들놈은 S대 의대를 졸업하고 S대 대학병원에서 근무한다. S대에서 박사학위를 받았다. 딸은 E대에서 식품영양학을 전공하고 미국 아이비리그 대학에서 박사학위를 받고 모교에 재직 중이다.

알딸딸할 만큼 취한 아버지는 박사로 잘 커준 두 자식을 건너다보며 기분이 고조되어 그가 모아놓은 재산을 이렇게 물려주겠다고 기고만장하여 허세를 부리며 떠벌였다.

"이렇게 7순 생일 파티해 줘서 고맙다. 이제 70이 넘었으니 머지않아 갈 거고, 많지 않지만 재산을 너희들에게 어떻게 물려줄까 유언장을 써놓을까 했는데 오늘 이렇게 한 자리 모였으니 그냥 말로 하겠다."

아버지가 재산분배를 언급하자 아들딸 며느리 사위가 긴장하는 것 같았다.

"내 재산은 종수와 혜련이에게 똑같이 나눠주겠다. 내가 지금 사는 집은 종수에게 물려주고, 내가 사는 단지에 같은 평수 아파트가 한 채 더 있는데 그 아파트는 혜련이에게 주겠다. 대치동에 있는 상가는 종수에게 주고, 분당에 있는 오피스텔은 혜련이에게 주겠다. 상가와 오피스텔 가격이 한 10억 차이 나는데 그 차액은 내가 모아놓은 현금이 한 20억 되니 10억을 혜련이 주고 나머지 10억은 5억씩 나눠준다. 그럼 공평한 거 같은데 불만 없지."

김천수는 고개를 삐딱하게 젖혀서 두 혈육을 차례로 건너다보며 말했다.

아들딸이 불만 없다고 바로 대답했다.

"또 너의 엄마가 남겨놓은 재산이 있다."

김천수의 말에 딸이 엄마가 남겨놓은 재산, 하며 놀라는 반응을 보였다.

"내가 살림하라고 준 돈을 너희 엄마가 알뜰살뜰 살림하고 돈을 모아놨더라. 너의 엄마 죽고 장롱에서 찾았다. 현금이니 너희들 줘도 세무서에서 알 길 없을 거고, 쓸 때 세무서에 걸리지 않도록 잘 써라."

"엄마가 모아놓은 돈이 다 있어? 얼마인데?"

딸이 엄마가 얼마나 모았겠어, 하는 뉘앙스로 물었다.

"5억이다."

"뭐! 5억?"

아들과 딸이 놀라는 반응이다.

"2억 5천씩 나눠줄 테니 식사 끝나고 집에 가면서 들러 가져가라."

"아빠는 그렇게 다 주고 어떻게 사시려고?"

딸이 걱정했다.

"그거 집이랑 당장 물려주는 거 아니다. 나는 아파트와 오피스텔에서 나오는 월세, 상가에서 나오는 월세, 예금한 돈에서 나오는 이자로 넉넉히 먹고 산다. 아직 내가 건강하니 너희 신세 질 것 없다. 우리 아파트 상가에 괜찮은 식당 있고, 아직 친구들과 식사 약속도 많아 혼자 지낼 만하다. 그냥 살던 집에서 살다 가겠다. 청소는 아줌마 불러 일주일에 두 번쯤 하면 집은 깨끗할 거고, 세탁은 세탁기가 할 거니 걱정 없다. 내가 회사 은퇴하고 편히 살다 보니 좀 심심하기는 하지만 내가 할 일 찾아볼 거다. 아빠 나머지 인생 살아가는 거 너희들은 걱정하지 말아라. 재산분배 유언장 안 쓸 테니 나 죽고 나면 내가 말한 대로 유산 나누고 오누이가 재산 때문에 다투지 마라."

아들과 딸이 걱정하지 마시라고 합창했다.

김천수는 호텔에서 나와 며느리가 운전하는 아들 차를 타고 집으로 갔다. 딸도 그들의 차를 타고 따라왔다.

김천수는 쇼핑백에 나눠서 담아놓은 아내가 남겨놓고 간 현금을 아들딸에게 넘겨줬다.

거금을 현금으로 받아 든 아들과 딸은 한참을 떠들다가 돈 봉투를 들고 각자의 집으로 갔다.

아들딸이 집을 떠나자 집이 적막강산이 되었다.

잠을 자려고 침대에 누운 김천수는 옆구리가 시려 잠이 오지 않았다.

술기운이 그를 더욱 센티하게 하여 죽은 아내가 생각나고, 70평생 살아온 생이 눈앞에 주마등처럼 스쳐 갔다.

그는 거실로 나와 티브이를 켜고 NETFLEX를 열고 무협지를 보다가 불쌍하게 웅크리고 소파에서 잠들었다.

2

김천수는 고등학교 동창 일곱 명과 청계산 등산을 갔다. 그들은 고등학교 동창 중 산을 제일 잘 타는 축에 들었다. 동백회라고 이름을 짓고 한 달에 한 번 서울 근교 산을 누볐다. 도봉산을 탈 때는 포대 능선까지, 관악산을 탈 때는 서울대 입구에서 안양까지 종주했다.

보통 다섯 여섯 시간을 타야 직성이 풀렸다.

김천수는 회사 일이 바빠 석 달에 한 번꼴로 참석했다. 처음 15명 멤버였는데 지금 몇 명은 죽고 몇 명은 몸이 아파 등산모임에 참석하지 못한다. 청계산은 나이 들어 동백회에서 자주 가는 산이다.

김천수는 고문이 되고 정말 한가하게 세월을 보냈다. 우선 출근 시간이 8시에서 9시 이후로 바뀌었다. 퇴근 시간이 따로 없어 6시 전후 편할 때 퇴근하면 된다.

근무 시간에는 책을 보거나 티브이를 봤다. 회사 일과 관계되는 사람들을 접대하든지 접대 받으며 비서가 챙겨주는 조찬, 오찬, 만찬 일정에 따라 긴장하며 술을 마시고 식사했었는데, 이제 친구들과 교류하며 즐겁게 술과 식사를 즐긴다.

주말에 접대 골프로 시간을 빼앗겼었는데 지금은 자기 돈 내고 친구들과 한담을 나누며 라운딩한다. 매달 동백회도 참여한다. 티브이에서 경기 중계도 보고 바둑 프로도 보며 팔딱팔딱 뛰는 선수들의 젊음을 보며 나도 저런 때가 있었는데, 젊었으면 저런 싱싱한 여자와 결혼했을 텐데, 하며 아쉬워한다.

김천수는 옥류봉까지 오르며 숨이 차고 다리가 팍팍했다. 50대에는 50분에 오르던 산길을 1시간 20분이나 걸려 힘들게 올랐다. 옥류봉에서 물을 마시며 잠시 쉬며 이왕 왔으니 매봉까지 주파하자는 파와 힘드니 그만 하산하자는 파로 나뉘었다.

세 친구는 매봉까지 주파하겠다며 고집을 부리며 산을 계속 올랐고, 네 친구는 하산하여 예약된 식당에서 막걸리를 마시며 기다리겠다고 했다. 김천수는 하산하는 패에 끼었다.

먼저 하산한 네 친구는 묵무침을 안주하여 막걸리를 마시며 떠들었다. 등산을 하고 목이 마른 때 마시는 막걸리는 정말 별미다. 단숨에 갈증이 해소된다.

바로 위장이 알코올을 감지하고 짜릿한 신호를 보냈다.

"천수 너도 70 넘으니 한물갔네. 산을 그렇게 잘 오르더니 정상을 포기하고 하산하다니."

친구 ㄱ이 김천수를 놀렸다.

"어쩌다 보니 그렇게 됐네."

김천수가 허허거리며 말했다.

"마누라도 없어 밤에 힘쓸 일도 없을 텐데, 혼자 살며 제대로 못 얻어먹어서 그러나?"

친구 ㄴ이 놀렸다.

빈속에 퍼부은 막걸리가 바로 흡수되어 김천수는 서서히 취해 갔다. 김천수는 친구가 죽은 아내를 언급하자 문득 아내가 보고 싶었다. 그는 창밖에 보이는 산줄기를 올려다보며 선을 보고 결혼한, 타계한 아내를 떠올렸다. 그리움이 밀려왔다.

먼저 하산한 네 친구는 매봉 정상을 등정하고 호기롭게 식당에 세 친구가 들어설 때 벌써 막걸리 3병을 비우고 헬렐레해져 해롱거렸다.

뒤에 도착한 친구들이 박자를 맞추자고 강요하여 먼저 하산한 친구들이 나이에 걸맞지 않게 술을 많이 마셨다. 술에 취한 김천수는 후후, 하며 술기운을 뱉어내며 달아나려는 정신줄을 겨우 붙잡으며 전철을 탔다.

낮술에 취한 김천수는 전철에서 내려 비틀거리며 집으로 갔다.

현관에 들어서며 신발을 벗어 던지고 거실로 들어서자 술기운을 이기려고 애쓰던 의지가 무너지며 등산복을 벗을 생각도 못 하고 풀썩 소파에 쓰러졌다.

김천수는 한기를 느끼며 부스스 기지개를 켜며 잠에서 깨어났다. 그는 몸을 움츠리며 주위를 돌아봤다. 텅 빈 거실 소파에 술 취한 그가 불쌍하게 널브러져서 잠이 들었었다.

아내가 있었으면 목욕탕에 뜨거운 물을 가득 받아놓고 씻고 자라고 했을 거고, 잠이 들었으면 이불이라도 덮어줬을 거다.

김천수는 이 집에서 이렇게 쓰러져 죽어도 아무도 모르겠네, 하며 창밖을 내다봤다.

어두컴컴 해가 기운 것 같다.

그는 힐끗 벽시계를 봤다. 여섯 시가 넘었다. 두 시간도 더 잤네. 저녁을 먹어야겠지, 혼자, 하며 서글픈 생각이 들었다.

그는 주섬주섬 일어나서 안방으로 들어가서 욕조에 뜨거운 물을 틀었다. 그리고 욕조에 반듯이 누워 천장을 올려다봤다. 손을 본 지 오래된 천장이 누렇게 퇴색했다.

그는 목욕하며 뜨거운 물속에 누워서 책을 본다. 그는 반듯이 누워 돋보기를 끼고 2023 신춘문예 당선 소설집을 열었다. 금년에도 당선인 대부분이 여성이다.

그는 낮에 뜨는 달, 하며 제목을 되뇌고 작품을 열었다. 두 페이지 넘게 읽었는데 줄거리를 알 수가 없다.

주인공이 남자인지 여자인지도 모르겠다. 그는 이걸 소설이라고 썼어, 투덜대며 볼 것 없이 심사평은 작품성이 뛰어나고 어쩌고 했겠지. 소설은 사람 살아가는 이야기인데 뭐 이리 사설이 길어, 했다.

필자가 빼어난 필체를 독자들에게 자랑하며 우롱하는 거야, 하며 책을 세면대에 올려놓고 머리를 감기 시작했다.

목욕을 마친 김천수는 거실로 나와 저녁은 뭘 먹을까, 배달시켜 먹을까, 상가에 가서 혼밥할까, 하며 습관적으로 핸드폰을 열고 메시지와 카톡을 확인했다.

그는 보통 전철을 탈 때 무료한 시간을 죽이려고 메일과 카톡을 확인했으나 오늘은 술에 취해 해롱거리느라 메일도 카톡도 확인하지 못했다.

삼성생명에서 카톡이 와 있다. 보험설계사 박선영이 보낸 거다. 다음 주에 10년짜리 연금보험이 만기란다. 박선영은 지난 10년간 김천수와 거래하던 보험설계사 이름이 아니다.

김천수는 박선영, 이름을 보며 가슴이 철렁했다. 그가 고등학교 때 짝사랑했던 이웃집에 살던 1년 연상의 누나 이름이다. 좋아한다는 말도 못 해 봤고, 연애편지도 쓰지 못했다. 박선영이 70이 넘었는데 보험설계사 할 리 없지…. 동명이인이겠지.

김천수는 2억 원짜리 비과세 상품 만기가 됐다는 보험사 연락을 받고 10년짜리 비과세 상품에 다시 넣을까, 내가 앞으로 10년을 더 살 수 있을까, 고개를 갸웃하다가 다음 주에 찾을 건데 어떻게 할 것인가 천천히 생각하자, 하고 우선 저녁을 해결하자며 무엇을 먹을까, 머리를 굴렸다.

김천수는 술이 덜 깬 흐릿한 머리로 저녁 한 끼 때울 방법을 생각하다가 집에서 입던 옷에 잠바를 걸치고 상가 중국집에 가서 짜장면을 시켜 후루루 먹고 집에 돌아왔다.

그는 커피가 마시고 싶었다. 식당에서 무료로 제공하는 믹스 커피를 마시고 올걸, 하며 주전자에 수돗물을 받아 채우고 전기 스위치를 켰다. 그는 멍청하니 부엌에 서서 물이 끓기를 기다렸다.

거실 소파에서 카톡이 울었다. 그는 녀석들 밥도 안 먹고 카톡질이야, 하고 투덜대며 주전자 물을 머그컵에 가득 따르고 커피 믹스를 풀었다.

그는 커피가 가득 든 머그잔을 조심스럽게 들고 소파로 와서 자리에 앉으며 핸드폰을 열었다.

동창회 총무로부터 온 카톡이다. 박성렬의 부고다. 아남병원 영안실에 빈소가 설치되어 있으며 모래 발인이란다.

김천수는 그 녀석과 열흘 전에 같이 밥을 먹었는데, 그때 멀쩡했었는데 어떻게 죽었지, 하며 참 사는 거 별거 없네, 하며 한숨을 쉬었다. 내일 저녁때나 상가에 가 봐야지, 하며 소파에 벌떡 누웠다.

박상렬의 죽음 소식이 아내의 죽음을 떠올리게 했다.

아내는 건강하여 건강검진도 마다했었는데, 폐암에 걸려 타계했다. 수술하고 치료할 돈이 있었는데 돈 쓸 기회도 없었다.

박상렬은 부모를 잘 둬서 평생 편히 살았다. 미국 LA에 있는 대학에 유학 가서 박사를 하고 국내 일류대학 교수를 하다가 정년퇴임하고 유유자적 살았다. 그런데 갑자기 죽었다.

김천수는 삶과 죽음이 종이 한 장 사이로 갈리는구나, 살았다는 거 별 거 아니네, 하며 삭막한 마음이 되며 떠나간 아내의 빈자리를 크게 느끼며 고독을 삼켰다.

3

늦잠에서 깨어난 김천수가 아침으로 라면을 끓여 먹고 그릇을 씻어 엎어 놓고 소파로 왔다. 시계를 보니 9시 반이 넘었다.

그는 저녁 여섯 시쯤 상렬의 상가 가야지, 하며 오늘 낮에는 뭐할까, 하며 눈을 끔벅이다가 책이나 읽자, 하고 '수소폭탄 만들기' 책을 펼쳤다.

그때 핸드폰이 노래를 불렀다. 010으로 시작하는 번호가 떴다. 등록되지 않은 번호다. 그는 받지 않으려다가 할 일도 없는데, 하며 전화를 받았다. 맑고 젊은 여자 목소리다.

"저 공소진 씨 소개로 전화 드리는데,"

공소진은 10년 넘게 김천수의 재산을 관리해 준 보험설계사다.

"공소진 씨 잘 있어요?"

"아, 돌아가셨어요. 회장님 저에게 인계해 주셨어요."

"공소진 씨가 돌아가셨다고? 이제 막 60 넘었을 텐데."

"아깝게 됐어요. 선배님이 회장님 좋으신 분이라고 잘해 드리라고 했어요."

"공소진 씨가 타계했다고?"

김천수가 중얼거렸다.

"다음 주 비과세 상품 끝나는데 다음에 들 좋은 상품 소개해 드릴까 하는데요."

"아직 어떻게 할까 정하지 않았는데요."

"오늘 오후 시간 있으시면 제가 회장님 아파트로 찾아갈게요."

"시간 있어요."

"그럼 두 시 어떠세요? 제가 회장님 상가 커피숍으로 갈게요."

"좋아요. 그럼 뚜레쥬르에서 뵈요."

"네. 두 시에 뵈요."

김천수는 전화를 끊고 요즘 제2 금융권 이자가 어떻게 되지, 하며 컴퓨터를 켜고 제2 금융권 저축은행 몇 곳 사이트를 들러 금리를 확인했다.

김천수는 마스크를 쓰고 2시에 맞춰 상가에 있는 뚜레쥬르 커피점에 들어섰다.

아파트에 사는 여자들이 삼삼오오 자리를 차지하고 앉아 한담을 나누고 있다.

김천수는 고개를 휘휘 둘러 보험설계사를 찾았다.

"김천수 회장님이시지요?"

예상보다 젊은 여인이 김천수에게 다가오며 말을 걸었다.

"네."

김천수는 마스크를 쓴 단단한 몸매의 여자에게 대답했다.

"자리가 꽉 차서 겨우 한 자리 잡아놨어요."

보험설계사는 김천수를 구석 자리로 안내했다.

김천수가 자리에 앉자 설계사가 뭘 마시겠느냐고 물었다. 김천수는 "아메리카노" 했다.

그녀가 진동 벨을 들고 와서 탁자에 놓으며 김천수의 맞은편에 앉았다. 그녀가 명함을 건넸다. 박선영, 설계사의 이름이다. 그가 고등학교 때 짝사랑했던 여학생 이름! 첫 만남이지만 이름만으로도 정감이 간다.

두 사람은 공소진이 어떻게 죽었는지 잠시 말을 나눴다.

진동 벨이 울려 설계사가 커피를 받아 들고 왔다. 두 사람은 마스크를 벗었다.

마스크를 벗은 박선영을 본 김천수는 어, 했다. 그녀의 얼굴이 그가 좋아하는 배구선수 배숙자를 빼닮았다. 그는 프로 배구 경기를 보며 배숙자가 강타를 먹이고 웃는 모습을 볼 때마다 오금이 저렸다. 그는 내가 젊었으면 저런 건강하고 예쁜 배숙자에게 프러포즈하는 건데, 하며 그의 나이 듦을 아쉬워했다. 김천수는 배숙자가 그보다 머리 하나는 키가 더 클 텐데 그렇게 키 큰 여자와 연애하면 기분이 어떨까 생각하며 픽 웃기도 했다. 키스하려면 매달려서 해야 하나….

배숙자를 꼭 빼닮은 보험설계사가 10년 비과세 상품을 열심히 설명했다. 이자가 제2 금융권보다 약하다. 그는 세금 15.4%를 고려하면 이자가 비슷

하겠네, 하며 그 상품에 들겠다고 했다.

첫사랑 소녀와 이름이 같고, 그가 좋아하는 배구선수와 얼굴 생김새가 닮은 설계사에게 이자 몇 푼 더 받겠다고 야박하게 거절할 수가 없었다. 그녀는 고맙다고 하며 내일 서류작업을 하게 다시 만나자고 하여 김천수는 좋다며 시간을 정했다.

김천수는 설계사가 건넨 선물을 받아 들고 집으로 가며 기분 좋았다.

김천수는 저녁 6시에 맞춰 박상렬의 상가에 갔다. 영안실 양편으로 조화가 길게 진을 쳤다.

국화에 둘러싸여 웃고 있는 박상렬의 사진을 향해 조의를 표하고 그는 친구들이 모여 있는 식당으로 갔다.

"그 녀석 건강했었는데 어떻게 갔어?"

김천수가 친구들과 악수하고 자리에 앉으며 말했다.

"자식 자살했어."

친구 1이 김천수의 술잔에 술을 채우며 말했다.

"자살, 왜?"

김천수는 술잔을 받으며 비명을 질렀다.

"그 녀석 아버지가 부자였잖아?"

친구 1이 눈을 치뜨며 말했다.

"종로에 있는 큰 예식장 주인이었잖아. 그래 얼마 전 돌아가셨고. 장례식장 갔었는데."

"아버지가 돌아가시면서 500억 재산 중 300억을 아들 상렬에게, 딸 둘한테는 100억씩만 물려줬데. 변호사가 남편인 막내딸이 유산 상속을 조정해 달라고 유류분 청구 소송을 법원에 냈데."

"민법상 1/3씩 나누기로 되어있으니 소송할 만하네."

"가족 간 재산 유산 문제로 법원까지 간 것이 창피하여 자살했데."

"뭐라고? 그런 이유로 자살해?"

김천수가 비명을 지르자 술잔을 기울이던 친구 2가 한 마디 거들었다.

"상렬이 평생 온실에서 자랐잖아. 부자 아버지 덕에 돈 걱정 한 번 않고 대학 다니고 또 유학 가서 박사하고 귀국하여 일류대학 교수 자리 차고앉아 정년퇴직하며 고생이라고는 한 번도 안 해 봤고, 온실 밖 일은 몰랐으니 유산 문제라는 가랑비가 내리니 콩가루 집 된 거 창피하여 못 견딘 거지."

친구들은 잠시 박상렬의 이해할 수 없는 자살을 안주 삼아 입을 놀리다가 화제를 야당 대표 이재명의 쇠심줄 뻔뻔함으로 돌려 이재명을 씹었다.

장례식장을 나와 전철을 타고 집으로 가며 김천수는 이해가 가지 않는 친구의 자살 원인을 이해하려 머리를 굴리며, 우리 자식들에게 구두로 통보한 재산 상속 문제를 문서로 만들어 놔야 하나, 공평하게 나눠준다고 했으니 법정 분쟁은 안 가겠지, 하고 생각했다.

비과세 상품 건으로 김천수는 박선영을 두 번 더 만났다. 만날 때마다 박선영은 선물을 줬고 커피를 샀다. 김천수는 첫사랑 소녀와 이름이 같고 배구 시합을 볼 때마다 활짝 웃음 짓는 배숙자를 보며 내가 젊었으면 프러포즈해 보는 건데, 하고 그의 나이를 아쉬워했던 배숙자를 꼭 닮은 박선영에게 선물도 받고 커피도 얻어 마시며 내가 더 돈이 많은데, 하며 지갑을 안 열고 어물거리는 자신이 좀 딱하게 여겨졌다.

봄에 만기 되는 비과세 상품도 다시 박선영에게 신규 비과세 상품으로 예금했다. 또 세 번 만났고, 그때마다 박선영은 선물을 줬고, 커피값을 냈다. 몇 번 만나며 김천수는 그녀가 남편이 없이 보험설계사를 하며 중학교 다니는 딸을 키우고 있다는 것을 알게 됐다.

가을에 든 비과세 상품은 그가 보험 기간 10년 내에 죽으면 아들을 상속인으로, 봄에 든 비과세 상품은 딸을 상속인으로 지정했다.

여섯 번째 커피를 얻어 마신 김천수는 제가 답례로 점심을 사겠다고 했다.

박선영은 바로 좋다고 대답했다. 김천수는 다음 주 수요일 점심으로 시간을 정하며 젊은 사람이 식당을 정하라고 했다.

김천수는 빵빵한 몸매에 그가 좋아하는 얼굴인 30년도 더 젊은 여인과 점심 약속을 하고 가슴이 떨려, 아 무슨 망령, 하며 자신을 나무랐다.

김천수는 화요일 오전, 내일 11시에 같이 커피를 마시던 커피숍 앞 주차장에서 뵙자는 박선영의 문자를 받았다. 김천수는 알았다는 답장을 보내며 어느 식당에 가는데 점심시간인 12시보다 한 시간이나 일찍 차로 가자고 하는지 궁금했다.

그는 젊은 여자의 자동차를 타고 식당으로 갈 생각하며 가슴이 가볍게 떨렸다. 그는 평생 여자에게 담담하게 살았다. 고등학교 때 잠시 이웃집 소녀를 짝사랑했으나 사랑을 알리기도 전에 전학 가 버렸다.

그는 대학 때도 사랑하는 연인이 생기지 않았다. 대학을 졸업하고 취직하자 큰아버지가 좋은 규수가 있다고 중매하여 선을 보고, 큰아버지의 말이라면 끔벅 죽는 아버지의 독촉을 받고 선을 본 지 100일을 넘기지 않고 결혼했다. 그리고 부인 외에 딴 여자에게 눈길을 주지 않고 회사 일에 매달려 밤낮을 보내며 딴 여인에게 눈길을 줄 여유를 즐기지 못하고 성실하게 살아왔다.

그는 고문이 되고 자주 티브이에서 경기를 보며 배구선수, 골프 선수, 탁구 선수 등 운동선수나 여류 바둑기사 중 몇 여인이 마음에 들어 마음에 품었으나, 그냥 마음에 스쳐 가는 그림의 떡이었다.

그는 배구선수 배숙자에 꽂혀 그녀의 경기를 챙겨 보며 저런 팔팔한 여인을 애인으로 두면 세월이 꿈같이 흐르겠구나, 하고 혼자 상상의 세계에서 그녀와 연애했다.

그런데 배숙자를 뺀 박은 그가 짝사랑했던 소녀와 이름이 같은 젊은 여자의 차를 타고 어디로 점심을 먹으러 간다!

그는 가슴이 뛰고 황홀했다. 그는 혼자 사는 그녀와 육체관계까지 넘어

가는 상상을 하며 침을 삼켰다.

김천수는 그가 사놓은 옷 중 가장 스포티한 복장을 찾아 입고, 그가 쓰던 모자 중 가장 멋진 모자를 쓰고, 구두를 반짝반짝하게 닦아 신고 주차장으로 나갔다. 박선영의 승용차는 멀리서도 눈에 확 띄는 빨간색 소형차였다.

그녀가 먼저 와서 차에 붙어 서서 그를 기다리다가, 그가 다가가자 애인을 반기는 것 같은 정겨운 제스처를 하며 그를 반기고, 조수석 차 문을 열어주며 회장님과 점심을 다하다니, 영광입니다, 하고 간드러지게 말했다. 나이 든 김천수는 젊은 여자의 애교에 정신이 반쯤 나갔다.

김천수가 자리에 앉자 박선영은 차 문을 조용히 닫고 자동차 뒤편으로 돌아서 운전석 자동차 문을 열고 살포시 운전석에 앉아 안전벨트를 맸다.

"회장님 이런 기회가 또 올 것 같지 않아 이왕 점심 사신다고 하여 교외로 모실까 해요. 차가 작아 미안합니다."

박선영의 사설이 길다. 김천수는 흥흥, 그냥 좋다고 했다.

차가 출발하자 좁은 차 속에 여자 냄새가 확 풍겨 와서 김천수의 코를 자극했다. 순간 김천수는 아찔하며 몸이 뜨겁게 반응했다.

김천수는 고목에도 꽃이 피나, 하며 혼자 속으로 웃었다.

"서종 나들목으로 나가 쏘가리 매운탕 먹을까 하다가 태국 음식점 블랙 뱀부로 모실게요. 한강이 내려다보이고 조망이 좋은 식당이에요. 태국 음식 괜찮으시죠?"

"태국 음식 좋아요. 태국 출장 갔을 때 몇 번 먹어봤어요. 그런데 검은 대나무라 식당, 이름이 재미있네요."

"저는 별로 생각해 본 적이 없는데 말씀 듣고 보니 블랙 뱀부면 검은 대나무네요. 조폭들이 하는 음식점 아니에요. 젊은 사람들, 연인들이 많이 찾는 식당이에요."

"그건 신경 쓸 것 없고 바쁜 사람이 이렇게 시간 내도 돼요?"

"회장님 모실 시간은 넘쳐나요. 언제나 혼밥 혼술 싫으시면 불러주세요.

즉각 대령하겠습니다."

"허허허. 그렇게까지."

젊은 여자가 살랑거리자 김천수는 가슴이 벌렁거렸다.

김천수는 박선영이 어떻게 사나 가볍게 물어봤다.

그녀는 남편이 10여 년 전에 떠나고 딸 하나 데리고 반지하 원룸에서 살고 있다고 수줍게 말했다. 딸은 중1인데, 그래도 착해서 엄마 속을 썩이지 않는다고 했다.

"혹시 배구선수 배숙자 닮았다는 이야기 안 들어봤어요?"

"몇 번 들었지요. 그런데 배숙자는 저보다 한참 키가 큰데요."

"제가 배숙자 광팬이에요. 그래서 지금 박선영 씨랑 드라이브하며 배숙자랑 드라이브하는 거 같아 가슴이 뛰어요. 박선영 씨가 배숙자랑 눈 모습, 웃는 모습이 똑 같아요."

"하, 그러세요? 배숙자 생각하며 저를 봐주세요. 저도 배구 시합 봐야겠는데요. 회장님 좋아하는 선수가 누군가 알아봐야죠. 회장님 취미를 알아야 박자를 맞추지요. 회장님은 제가 고등학교 때 짝사랑했던 대학생과 인상이 비슷해요."

박선영이 운전대를 잡았던 손을 날려 김천수의 손을 탁 치며 말했다.

순간 감천수는 아찔하며 박선영 씨는 내가 고등학교 때 짝사랑했던 여학생과 꼭 닮았다는 말을 하려다가 꿀꺽 삼키며 이 무슨 인연, 했다.

블랙 뱀부는 언덕 위에 있었다. 주차장에 차를 세워놓고 30계단쯤 언덕을 올라갔다. 눈 아래 한강이 내려다보이고 식당 뒤로 대나무가 둘러섰다. 예약된 좌석은 한강이 환히 내려다보이는 창가 자리였다.

김천수는 젊은 여인에게 주문을 위임했다. 그녀가 메뉴를 보며 음식을 고르는 동안 김천수는 주위를 돌아봤다. 젊은이들이 좌석을 채웠다. 그의 나이 또래 손님은 보이지 않았다. 짝을 지어 온 손님은 다 젊은 연인들 같았다.

김천수와 박선영은 꼭 불륜을 저지르며 사통하는 짝으로 보일 것 같아 김천수는 목이 움츠러들었다.

 독특한 향신료 맛이 곁들여져서 음식은 먹을 만했다. 김천수는 맥주가 한 잔 들어가자 마음이 푸근해지며 앞에 앉은 박선영을 마주 볼 용기가 생겼다.

 그는 박선영을 건너다보며 그가 왜 배숙자 선수를 좋아하는지 생각했다. 배숙자는 그의 첫사랑을 닮았는데, 첫사랑 소녀는 수줍게 웃고 내성적이었다. 경기를 하는 내내 배숙자는 항상 활짝 웃고 제스처가 크고 활동적이었다. 몸매가 탱탱했다. 첫사랑 소녀의 가냘픈 모습은 없다. 나이 든 김천수에게 소박한 소녀보다 발랄한 운동선수가 더 좋은 거 같다.

 김천수 앞에 앉은 박선영은 첫사랑 소녀와 배숙자 중간 정도인 거 같다. 그렇게 크게 웃지는 않지만 웃음이 따뜻했다. 제스처가 크지 않지만 몸매가 탱탱하다.

 주로 박선영이 말을 했다. 그녀는 의외로 보수적이어서 민노총의 막무가내식 시위를 비판하고, 야당의 무조건 반대하는 태도도 비판하여 나이 든 김천수와 죽이 잘 맞았다.

 김천수는 30년도 더 젊은 여인과 마주 앉아 식사하며 순간 나이를 잊고 착각에 빠져 그녀와 육체관계를 하는 상상하며 혼자 몸이 달았다.

 예상외로 음식값이 비싸지 않아 김천수는 살짝 기분이 좋았다.

 박선영은 고객을 고객 아파트 현관 앞까지 모셔다 드렸다.

 김천수는 집에 들어가서 커피라도 한잔하자는 말이 입술까지 나왔으나 말하지 못하고 좋은 식당 소개해 줘서 감사하다며, 다음에 또 기회 되면 젊은 사람들 가는 식당 소개해 주라고 어눌하게 말했다.

 박선영은 회장님 시간만 나면 언제든지 달려오겠다는 입치레하며 생글생글 웃으며 이번에는 자기가 모시겠다며 다음 주에 연락드리겠다고 하고 손을 흔들고 빨간 차를 타고 떠났다.

젊은 여자와 헤어져서 집에 들어온 김천수는 거실이 더 크고 스산해 보이고 쓸쓸했다. 그는 그녀를 집에 끌어들이지 못한 것이 크게 후회되고 가슴이 아릿했다.

1주일 후, 박선영이 김천수에게 전화해 왔다. 지난번 점심 얻어먹은 거 갚겠다고 했다. 11시에 김천수가 사는 아파트 주차장으로 가겠다고 했다.

김천수는 간편 복장을 하고 운동화를 신고 시간에 맞춰 집을 나서며 소년같이 가슴이 설레었다. 주차장에 그녀의 빨간 차가 보였다.

김천수의 가슴이 콩당했다. 그녀가 그를 보고 손을 흔들었다.

김천수는 활짝 웃으며 그녀에게 인사하고 그녀의 차 조수석에 앉아 안전벨트를 맸다. 그녀가 손을 내밀어 악수를 청했다. 그녀의 손은 따뜻하고 부드러웠다. 젊은 여자의 손을 잡은 김천수의 세포가 환호했다.

여자는 자동차를 88도로로 진입하며 오늘은 이태리 식당으로 모시겠다고 했다. 단둘이 좁은 공간에 갇혀 달리며 김천수는 여자 냄새에 취하여 온몸의 세포가 일어서며 그녀를 막 안고 싶었다.

여자는 차를 몰며 그녀가 아침에 읽은 소설 줄거리를 이야기했다. 김천수는 그녀가 중얼대듯 말하는 소설 줄거리를 들으며 네 네, 하고 박자를 맞췄다.

그녀는 차를 큰 정원이 딸린 식당 주차장에 주차시켰다. 정원 여기저기에 큰 파라솔로 직사광선을 가린 식탁이 놓여있었다.

그녀는 4인용 식탁에 자리를 잡고 무엇을 드시겠냐고 물었다. 샐러드도 괜찮고 스파게티, 피자가 맛있다고 했다. 김천수는 알아서 시키라고 했다.

그녀가 건물 안으로 음식을 주문하러 들어갔다. 김천수는 정원을 둘러봤다. 빨간 색깔의 철쭉나무가 울타리를 쳤고, 벚꽃은 다 지고 흔적만 남았다. 붉은 울타리 너머로 라일락꽃이 하얗게 피어있다.

주중이라 정원에는 다섯 그룹의 손님들이 한가하게 음식을 들며 재잘거리고 있다. 네 명씩 짝을 이룬 40대의 주부가 두 식탁을 차지하고, 젊은 연인이 한 테이블을 차지하고, 한 테이블은 노부부가 다정하게 담소를 나누고 있다. 정말 한가하게 봄을 즐기며 여가를 즐기고 있다.

김천수는 이런 식당에 와본 적이 없다. 접대용 호텔 고급 식당은 뻔질나게 드나들었으나 이런 류의 식당은 다니지 못했다. 주말도 없이 일을 하며 이런 낭만은 즐기지 못했다.

그는 어려서부터 근검절약 국산품 애용을 세뇌받으며 살아왔다. 그래서 돈을 움켜쥐는 법을 배웠다.

그래서 돈을 좀 모았고, 모은 돈을 사회 환원하는 생각은 아예 못 하고 자식들에게 물려줘야 한다고 철칙처럼 여기고 있다.

박선영이 진동벨을 식탁에 놓으며 샐러드와 스파게티를 주문했다고 했다.

"이런 좋은 식당 안내해 줘서 고마워요."

김천수가 한가한 목소리로 말했다.

"서울 근교 양평, 청평 등에 젊은 사람들이 좋아할 식당 여럿 있어요."

박선영이 환하게 웃으며 말했다.

김천수는 그녀의 미소가 주위 꽃들과 잘 어울린다고 생각하며 고개를 들어 한가롭게 흘러가는 흰 구름을 올려다봤다.

진동벨이 울리자 그녀가 음식을 날라왔다. 음료수는 김천수 몫으로 500cc 생맥주를, 그녀는 운전해야 한다며 물컵에 생수를 담아왔다.

김천수는 생맥주를 먼저 죽 들이켰다. 바로 위장이 찡하며 알코올이 위장에 들어온 것을 감지했다. 앞접시에 음식을 덜어 먹으며 김천수는 그의 앞에 앉아서 샐러드를 먹는 젊은 여자를 건너다봤다.

봄기운을 받은 하얀 얼굴이 윤기가 나며 눈부시게 고왔다.

그는 첫사랑 소녀의 이름을 가진 그가 좋아하는 프로 여자 배구 선수 배숙자를 닮은 젊은 여인의 아름다움에 푹 빠지며, 이 좋은 환경에 젊은 여인과 마주 보고 앉아 식사하는 행복에 벅차서 야호, 하고 고함이라도 지르고 싶었다.

은퇴한 할아버지와 젊은 보험설계사는 주위의 꽃향기에 취하며 즐겁게 조잘거렸다. 생맥주가 할아버지를 더욱 행복하게 했다.

두 사람은 거의 두 시간쯤 한가한 시간을 즐기고 서울로 돌아왔다.

김천수는 여자의 차에서 내리며 그냥 헤어지기가 싫었다.

"운전하느라 물만 마셨는데 집에 들어가서 포도주 한잔 하실래요?"

김천수가 정중히 말했다. 그는 여자의 대답을 기다리며 갈증을 느꼈다.

"포도주요?"

그녀가 잠시 생각하더니 좋다고 했다.

여자를 집에 끌어들인 그는 포도주잔에 가득 포도주를 채우고 마른안주를 곁들여 내왔다. 둘은 소파에 나란히 앉아 건배하고 잔을 부딪쳤다.

쨍하는 포도주잔 부딪히는 소리가 가슴을 청량하게 했다.

두 사람은 NETFLEX를 열고 애정 영화를 보며 포도주를 마셨다. 낮술에 두 사람은 바로 가볍게 취했다. 소파에 앉아 영화를 보던 두 사람은 손을 잡고 희롱하다가 포옹하고 바로 짝짓기로 진전했다.

김천수는 박선영과 몸을 섞고 성 세계의 신천지를 경험했다. 박선영의 몸은 탄력이 넘쳤고, 그녀는 남자의 연주에 맞춰 연주하는 현악기같이 박자에 맞춰 감창을 울려 김천수를 더욱 들뜨게 하며 폭풍으로 몰아넣었다. 그가 몇십 년 아내와 치른 밤일은 호수에 조약돌을 던져 일으키는 잔잔한 파문이었으나, 박선영과의 교접은 폭풍을 동반한 거센 파도였다.

짝짓기를 마치고 김천수는 픽 쓰러졌다. 그런 그를 여자가 부드러운 손으로 어루만지며 숨을 고르게 했다.

한 번 몸을 섞은 홀아비와 과부는 주기적으로 만나 사랑을 나눴다. 교외로 나가 점심을 먹고 러브호텔에 들러 사랑을 나누고, 주말에 여자가 음식 재료를 사 들고 김천수의 아파트를 찾아와서 그녀가 요리한 음식을 포도주를 반주하여 먹고 티브이를 보며 쭉쭉 빨고 안방 침대로 가서 사랑을 나녔다.

김천수는 고목에 꽃이 핀 심정으로 그녀의 접근을 즐겼다. 김천수는 애첩을 두었나, 하며 혼자 웃기도 했으나 말년에 얻은 애인의 애교에 흠뻑 빠져 허우적거렸다.

그렇게 봄이 가고 여름이 가고 가을이 왔다.

그녀의 생일이 오자 김천수는 그녀의 가난한 첫 남편이 결혼할 때 변변히 결혼반지도 못해 준 것을 알고 그녀에게 다이아몬드 반지를 선물했다.

날씨가 추워지고 그녀가 변변한 코트가 없는 것을 알고 밍크코트를 사줬다.

김천수는 우연히 그녀가 사는 집을 들렀다가 곰팡이냄새 나는 반지하 좁은 방에서 그녀가 불쌍하게 사는 것을 보고 그가 좋아하는 여인이 그런 생활을 하는 것이 가슴 아파 그의 애인을 지상으로 끌어 올려야겠다고 마음먹었다.

더구나 젊은 여인이 나이 든 남자의 씨를 잉태할 수도 있다. 그는 두 식구, 아니 혹시 태어날지도 모르는 또 한 식구가 함께 사는 데 30평 내외 아파트면 충분할 거로 여겨졌다. 집 시세를 알아보니 20억 원은 줘야 그 정도 아파트를 살 수 있을 것 같다.

그는 20억이란 돈이 아까운 생각이 들었으나 인생 말년 그에게 기쁨을 주며 꽃을 피우게 하는 그녀에게 그 정도 선물은 해야 할 것 같았다.

그에게 당장 가용할 20억이라는 현금이 없다. 자식들에게 물려주겠다고 한 재산 중 하나를 팔아야 할 것 같다.

자식들은 빵빵한 직장을 가지고 다 먹고 살 만큼 돈을 벌며 잘들 살고 있다. 그가 재산을 물려주지 않아도 잘 살 수 있을 거다.

그는 망설이며 여러 날 고민하다가 에이, 그냥 눈 딱 감고 저지르자, 하고 딸에게 물려주기로 한 집을 30억 원에 팔았다. 그는 자식들에게는 집을 판 사실을 알리지 않았다. 당연히 인생 말년에 굴러온 애인에게 집을 사줬다는 사실은 낌새도 보이지 않았다.

20억짜리 집을 거저 얻은 박선영은 김천수를 하늘처럼 모셨다.

포도주도 잔으로 먹지 않고 입으로 머금고 입으로 넘겨줬다.

김천수는 젊은 여인에게 진기를 다 빼앗겨 젊은 여인을 사귄 지 1년도 안 돼 겨울이 오기 전에 비실대다가 타계했다.

4

이 세상에서 순간을 살고 간 김천수는 그 짧은 순간의 더 짧은 순간에 박선영과 속세 말로 바람을 피우고 그가 벌어놓은 돈 일부로 그녀에게 집을 사주고 저세상으로 갔다.

김천수를 화장하여 그의 몸을 이루었던 원소 중 타지 않는 잔재를 모아 유골함에 담아 납골당에 모신 아들과 딸은 아버지의 흔적을 지우기 시작했다. 그 일에 국세청이 끼어들었다.

아버지의 장례 절차를 마친 자매는 조의금 중 장례를 치르고 남은 7천만 원을 반으로 나눠 3천 5백만 원씩 챙겼다. 그 분배에는 국세청이 끼어들지 않았다.

7순 잔치를 대신한 생일잔치에서 아버지가 물려주겠다고 한 재산의 등기 이전을 추진하며 자매는 아버지가 물려준다고 한 아파트 한 채가 아버지 돌아가시기 3개월 전에 날아간 것을 알게 되었다.

아버지가 자매에게 그 집을 판다는 말을 한 적이 없어 자식들은 전혀 모르고 있었다. 더구나 자식들은 박선영의 존재를 전혀 몰라 그 판돈 일부가 박선영에게 넘어간 것을 알 수가 없었다.

아들과 딸은 아버지가 아들과 딸에게 똑같이 재산을 물려준다는 유언(?)에 따라 아버지가 살던 아파트는 아들이 상속하기로 했다. 상가와 오피스텔을 합치면 시세가 아파트와 비슷했다. 딸은 상가와 오피스텔을 상속받는 데 쉽게 동의했다. 현금은 나누기가 더 쉬웠다.

아버지는 현금이 20억 원 있다고 했었는데 10억 원이 더 있었다. 아버지가 말한 20억 원은 10년 만기 비과세 상품으로 예금되어 있고, 과외로 여겨지는 10억 원은 3개월 전에 예금된 것으로 5억 원은 5천만 원씩 쪼개 제2금융권에 예금되어 있고, 5억 원은 1년 만기로 예금되어 있었다.

배분 분쟁 없이 아버지의 재산을 상속받기로 한 남매는 아들 동창 세무사 사무실을 찾고 상속세를 계산 받았다.

세무사는 집 상속세가 8억 300만 원이라며 금융자산은 20% 공제 후 50% 상속세를 물어야 한다고 했다. 아들과 딸은 상속세 고지서를 받아 들고 헉, 소리를 내며 국세청이 칼만 안 든 도둑놈이라고 비명을 질렀다.

세무사는 당장 납부할 현금이 없으면 5년 분할 납부하든지 물납을 할 수 있다고 했다. 분할 납부할 때 이자는 연 1.2%라 했다.

아들은 이자가 더 높은 10년 비과세 상품이나 제2 저축은행에 저금된 돈을 깨는 대신 분할 납부를 선택했다.

딸은 오피스텔을 물납하고 나머지 세금은 5년 분납하기로 했다.

상속문제를 쉽게 매듭짓고, 남매는 그래도 많이 배운 터라 법정 분쟁 없이 아버지의 유산을 상속한 것에 자부심을 느꼈다.

유산 상속 절차를 마치고 상속세 납부 방법까지 정한 남매는 이제 아버지가 이 세상에 왔다 간 흔적은 납골당에 남은 분말뿐이라며 허전해 했다.

아버지가 돌아가신 3개월 후 국세청에서 아들과 딸에게 소명 안내문이 왔다.

〈아버님이 3개월 전에 아파트를 30억 원에 파셨는데 이번 상속 신고를 보니 그 판돈 중 20억 원이 누락되어 있다. 아버님이 집을 팔고 3개월 만에 돌아가셨으니 3개월 만에 20억 원을 다 쓸 수 없었을 거고 상속 신고에 누락되었으니 소명하라.〉

아들과 딸은 그 통고를 받고 아들 집 가까운 커피숍에서 만나 그 통고에 어떻게 대처할까 상의했다. 박선영의 존재를 전혀 모르는 아들과 딸은 그 20억 원을 아버지가 어디에 쓰셨는지 알 길이 없었다.

그들은 상속세를 계산해 준 세무사를 찾아갔다. 세무사는 그 돈의 행방을 해명하지 못하면 상속세를 물어야 한다고 했다. 아들과 딸은 아파트를 판 사실도 몰랐는데 그 돈을 어디에 쓰셨는지 어떻게 알겠냐고 억울하다는 표정으로 말했다.

세무사는 이런 일로 세무서 직원이 상속인을 만나면 상속인이 막 떼를 써서 서로 곤란하여 세무 대리인을 만나려 하니 자기가 일차 세무서 직원을 만나보고 대책을 논의하자고 했다.

세무서 직원을 만나고 온 세무사는 국세청은 아버님이 돌아가시기 전 신용카드를 2천만 원 쓰셨으니 그 금액을 공제하고 나머지 금액에 대해 상속세를 추징하겠다고 한다고 면담 결과를 전했다.

"아버님이 혹시 장학재단에 기부하거나 지방에 가난한 친척 도와주시지 않으셨어요?"

세무사가 물었다.

"전혀 모릅니다."

"그럼 두 분이 각각 거의 5억씩 상속세를 물어야 합니다."

세무사가 쉽게 말했다.

"5억씩이나? 보지도 만져보지도 못한 돈에 상속세를 물라고요?"

딸이 비명을 질렀다.

"어디에 쓰셨는지 찾지 못하면 국세청을 이길 수 없잖아요? 세금을 내셔야죠."

국세청을 이길 수 없다는 세무사의 말에 힘이 빠진 남매는 세무사 사무실을 나와 근처 커피숍에서 머리를 맞대고 아버지가 그 큰돈을 어디다 쓰셨을까 궁리했으나 짐작도 할 수가 없었다.

박선영은 국세청으로부터 20억 원 주고 아파트를 산 자금출처를 소명하라는 통보를 받고 눈앞이 캄캄했다. 늦게 바람난 늙은 애인으로부터 받았다고 할 수는 없다.

남매는 몇 번 만나 아버지가 돌아가시기 전에 집을 판 돈 중 20억 원을 어디에 쓰셨을까 상의했으나 도무지 알 수가 없었다. 남매는 아버지가 늦바람이 나서 젊은 애인에게 선심을 썼다는 것은 상상도 못했다.

남매는 세무사를 찾아가서 무슨 좋은 수가 없나 자문했다.

"그거 난처하게 됐습니다. 국세청을 이길 수는 없고 석명 못 하시면 상속세를 내야 하시는데 50% 10억을 두 분이 나눠 내야 하는데 도와드릴 방법이 없습니다."

세무사가 미안한 표정을 지었다.

"정말 무슨 좋은 방법이 없어요?"

"하책이 있긴 한데 위험해요. 원하시면 제가 다리를 놔드리지요."

"무슨 방법입니까?"

딸이 조급한 목소리로 말했다.

"한 1억 세무서 직원에게 찔러주고 9억 버는 거죠."

"뇌물을 주고 해결하라고요?"

딸이 비명을 질렀다.

"그건 어렵겠네요. 제가 사회적 지위도 있는데 뇌물을 주고 세금 피하기는."

아들도 고개를 저었다.

"잘 생각하셨습니다. 국세청에서 그런 상속 건은 부정이 많은 것을 알고 지방국세청에서 다시 조사해요. 그때 걸리면 추징금에 연체료까지 왕창 물려요."

남의 말을 하듯 세무사가 한가하게 말했다.

"부모가 부채를 남겨놓고 간 경우도 많아 자식들이 고전하는데 선생님들은 그래도 유산을 솔찬히 남겨주어 한몫 건질 수 있었잖아요. 부모가 번 돈 절반을 국가에 헌납한다고 생각하시면 속이 편할 겁니다."

세무사는 심리치료까지 하려 했다.

남매는 아무런 해결책도 찾지 못하고 우리나라 최고 수준의 세무사, 회계사, 변호사의 도움을 받는 삼성 이재용 회장도 이건희 회장이 돌아가시고 꼼짝없이 10 몇조 원 상속세를 물었다는 기사를 떠올리며, 억울하지만 국세청은 이길 수 없고 아버지가 물려준 재산에서 세금을 내는 것으로 항복 선언했다.

세금 무서운 것을 안 아들은 자기가 사는 집과 아버지가 물려준 집과 합쳐 두 채를 보유하면 연말에 왕창 종합부동산세가 나올 것 같아 아버지로부터 물려받은 집을 바로 복덕방에 내놨다.

박선영은 자금출처를 댈 길이 없어 30평 아파트를 팔고 15평 아파트로 이사 가서 차액을 세금으로 내며, 1년도 안 되는 시간 착한 할아버지에게 고목에 꽃을 피우는 육보시하고 아파트 한 채는 남았네, 15평이면 평생 딸과 사는 데 지장 없지, 하며 세금을 내려고 아파트 평수를 줄일 것을 결심했을 때 뼈를 깎듯 아까웠던 마음을 스스로 위로했다.

아르바이트

1

공학수는 고2 때 공대 갈 것인지 의대 갈 것인지 정하지 않고 이과를 선택했다. 그는 고2가 되며 처음으로 기하학을 접하고 기하학에 푹 빠졌다.

그는 초등학생 때 산수를 배우다가 중학생이 되어 수학을 배웠다. 그는 산수나 수학이나 다 수를 다루는데 왜 교과 이름이 바뀌었을까, 했다.

첫 수업 시간에 김성태 선생님은 근엄한 표정으로 기하학은 여러 공리를 바탕으로 공간의 여러 문제를 풀어가는 학문이라고 말했다.

공학수는 그 말뜻을 이해하지 못했다. 김성태 선생님은 이어서 공리를 나열했다.

제1 공리, 어떤 동일한 것과 같은 것들은 서로 같다.

공학수는 그 말뜻이 아리송했다.

김 선생님은 계속 공리를 읊었다.

"제2 공리, 같은 것에 같은 것을 더 하면 서로 같다. 제3 공리, 같은 것에서 같은 것을 빼면 서로 같다. 제4 공리, 서로 일치하는 것은 같다. 제5 공리, 전체는 부분보다 크다."

선생님은 수식으로 공리를 표시했다.

A=B이면 A+C=B+C, A−C=B−C

수식을 보고 공학수는 그 뜻을 확실히 이해했다.

공학수는 공리와 진리가 뭐가 다를까, 생각했다. 그가 생각하기는 진리는 참이다.

김 선생님이 공리는 증명 없이 참으로 인정되는 거라고 한다. 선생님이 칠판에 필서한 공리를 보니 공리는 진리의 한 부분인 거 같다.

김 선생님은 학교 선배다. 학교 다닐 때 천재로 이름을 날렸단다. 문리대 수학과에 진학하여 수학자의 꿈을 키우다가 유학 가서 더 공부할 형편이 못 되어 모교 수학 선생님으로 오셨단다.

김 선생님은 몇 가지 공리를 기초하여 도형 문제를 척척 풀었다. 공학수는 선생님의 풀이가 퍽 아름답다고 느꼈다.

세 변으로 이루어진 정삼각형은 크기가 바뀌어도 모양은 변하지 않고 모서리각이 60도 그대로다. 네 변으로 이루어진 정사각형은 모서리각이 90도 그대로다. 직선 밖의 한 점에서 그 직선에 평행한 직선을 하나이며 영원히 만나지 않는다.

그런데 사람의 얼굴은 다 다르다. 모두 눈 두 개, 코 하나, 입이 하나인데 그 생김새가 조금씩 다르고 배열이 다르다. 그 배열에 따라 미인이라 불리기도 하고 추녀라 낙인찍힌다.

삼각형에서 한 변이 길면 정삼각형이 아닌 보통 삼각형이 된다. 정사각형도 한 변의 길이가 바뀌면 사다리꼴, 직사각형, 그냥 삐뚤어진 사각형이 된다.

사람도 손발, 머리, 허리 등 다 똑같은 구성요소로 되어 있는데 길이가 다르고 두께가 바뀌면 키가 크다 작다, 삐삐하다 홀쭉하다고 한다.

공학수는 한 집에 사는 주인집 한 엄마에서 태어난 두 딸이 너무 달라 이해할 수가 없다.

공학수는 중앙시장에서 비단장사를 하는 아주머니 집 문간방에 중앙시장 입구에서 채소 노점상을 하는 어머니와 둘이 세를 들어 살고 있다.

집주인의 큰딸, 선희는 지난해 고등학교를 졸업하고 어머니 장사를 돕는다고는 하지만 거의 집에서 빈둥댄다. 동생인 영희는 고 1이다.

선희는 키가 적당히 크고 날씬하며 얼굴이 예쁘다. 영희는 키가 작고 코가 납작하며 못 생겼다.

공학수는 한 배에서 난 자매가 어떻게 저렇게 다를 수 있을까, 의아했다.

어느 날 공학수는 친구들과 시장 근처에서 놀다가 어머니가 장사를 파할 시간이 다 되어 어머니가 장사하는 장터로 갔다.

그는 팔다 남은 채소를 큰 바구니에 담아 머리에 이고 집으로 가는 어머니와 동행했다. 공학수는 어떻게 자매가 그렇게 다를 수 있나, 하고 어머니에게 물어봤다.

"그거 밭은 같은데 씨가 달라서 그렇지."

어머니가 한 마디로 그 이유를 말해 줬다.

공학수는 아, 선희와 영희 아버지가 다르구나, 그래서 두 자매가 그렇게 다르구나, 하고 이해가 되었다.

공학수는 1학기 학기말 시험을 치르고 편안한 마음으로 집으로 갔다. 그는 마지막 시험 과목인 기하를 잘 봐서 기분이 좋았다.

공학수는 초여름 햇볕이 따가워 손으로 해를 가리며 며칠 있으면 여름방학이네, 하며 한가하게 걸음을 옮겼다.

대문이 열려 있다. 공학수는 아무 생각 없이 열린 대문으로 들어섰다.

선희 누나가 마루에서 낮잠을 자고 있다. 공학수는 마루에서 두 다리를 쫙 펴고 누워 자는 선희를 보며 헉, 침을 삼켰다.

그녀가 하얀 두 다리를 다 내놓고 자고 있다. 치마가 엉덩이까지 올라가서 삼각팬티가 그대로 보였다. 삼각팬티 가운데가 도톰하게 살이 쪘다. 삼각팬티 가장자리로 검은색 음모가 삐져 나왔다. 공학수는 헉 숨을 들이마시며 젊은 여자의 눈부신 하체를 넋 놓고 쳐다보았다.

공학수는 숨이 가빴다. 아랫도리가 불끈 천막을 쳤다.

사춘기인 공학수는 친구들과 엽색 소설을 돌려보고, 플레이보이 잡지에 나온 여자 나체 사진을 보며 시시덕거렸다. 그러나 바로 눈앞에서 성숙한 여자의 반 나신을 보는 것은 처음이다.

그는 눈이 부신 듯 선희의 하반신을 훔쳐보다가 민망하여 방으로 도망쳐 들어갔다. 숨이 가쁘고 더운 날씨와 다른 열기가 공학수를 덮쳤다.

공학수는 목이 말라 침을 삼키며 선희의 반나체를 또 보고 싶어 숨을 삼키며 살며시 문간방에서 나왔다. 선희가 기지개를 켜며 일어나 앉았다.

"어, 학수 일찍 왔네."

선희가 마루에서 일어서며 말했다.

하얀 다리를 치마가 다 가렸다.

"학기 말 시험 쳤어요."

공학수는 무슨 잘못을 저지르다가 들킨 사람처럼 얼굴을 붉히며 더듬거렸다.

"그래 시험 잘 쳤어?"

"대강 쳤어요."

"그래? 학수는 공부 잘 하니 잘 봤겠지."

육체의 중요한 부분을 공학수에게 보여준 것을 모르는 선희는 한가하게 말했다.

그 후 공학수는 선희 누나를 볼 때마다 그녀의 하얀 다리가 떠올랐다. 혼자 있을 때도 그녀의 반 나신이 떠올라 몸에 열기가 돌았다.

공학수는 자꾸 선희의 예쁜 얼굴 위에 그녀의 하얀 다리와 두툼하게 살이 오른 음부가 겹쳐서 떠올라 열이 오르고 쑥스러웠다.

그의 가슴에는 자신도 모르게 그녀를 향한 사랑의 불꽃이 자라갔다. 그렇다고 그의 감정을 연상인 집주인 딸에게 표현할 수는 없다. 한 집에 산다고 대화를 나눌 기회가 많은 것도 아니고, 보고 싶다고 볼 수 있는 처지도 아니다. 집 밖에서 만나자고 할 처지는 더더욱 아니다.

공학수는 혼자 그녀를 그리며 짝사랑에 빠져 허우적거렸다.

아침에 세수하려 우물가에 가다가 그녀와 마주치면 그녀를 마주 보지 못하고 말을 더듬거렸다. 화장실 가다가 만나면 공학수는 그녀의 하얀 다리를 떠올리며 숨이 막혔다.

공학수는 선희와 단둘이 만나 손을 잡고 껴안고 싶었다.

선희는 일요일에 열심히 집에서 좀 떨어진 시내에 있는 큰 교회에 간다. 아침 열 시 반쯤 나가서 점심시간이 조금 지나면 집에 온다.

공학수는 선희가 가는 교회에 따라가기로 한다.

선희는 공학수가 교회에 데려가 달라고 하자 좋다고 했다.

공학수는 선희와 같이 교회에 가고 나란히 앉아 예배 보고 같이 집에 오는 시간이 정말 행복했다.

공학수는 매일 매일이 일요일이었으면 했다. 일요일이 7일 만에 한 번 오는 것이 안타까웠다.

선희는 공학수의 안타까운 마음을 아는지 모르는지 그를 남자가 아닌 그냥 동생으로 대했다. 그렇다고 공학수는 선희에게 그의 마음을 털어놓을 수도 없어 답답했다.

어머니는 눈치가 빨랐다. 아들의 마음을 눈치 채고 일요일에 교회에 갈 시간이 되면 교회에 가지 못하게 번번이 심부름을 시켰다.

그래도 공학수는 자꾸 선희와 같이 있는 시간을 가지고 싶었다. 그는 그것이 사랑인지 모른다.

공학수는 평행한 두 직선은 만날 수 없는 공리를 떠올리며 선희와 그는 두 평행선이라 만날 수 없나, 했다.

고3이 되자 공학수의 형편을 알고 있는 담임선생님이 공학수에게 가정교사 자리를 알선했다. 초등학교 6학년 민수를 가르친다. 주인은 중앙시장에서 크게 철물점을 하는 돈푼깨나 있는 사람이다. 숙식을 제공하고 수업료를 내주고 한 달이 정말 쥐꼬리만큼 용돈을 준다. 민수는 성품이 착하고 공부를 썩 잘했다.

공학수는 민수를 특별히 가르칠 것이 없다. 그냥 같이 앉아서 공부하면 된다.

공학수는 이제 선희와 반경 5km나 떨어진 공간에 산다. 세수하면서도 화장실을 가면서도 그녀를 볼 수가 없다. 일요일에 교회에 가서 볼 수 있으나 나란히 앉아서 예배를 볼 수가 없다.

교회에서 집으로 가는 방향이 달라 나란히 걷지도 못한다. 예배 시간에 공학수는 2층 앞자리에 앉아 선희가 어느 자리에 앉아 예배를 보나 찾는다. 못 찾는 날이 더 많다.

예배가 끝나면 공학수는 부리나케 교회 문 앞에 나와 선희가 나오기를 기다렸다. 교인들과 떠들며 나오는 선희를 보고 달려가면 선희는 아는 체할 때도 있고 옆 사람과 떠드느라 공학수를 보지 못하고 지나치기도 한다. 그럴 때마다 공학수는 서럽다.

공학수는 가정교사를 하며 좌판에서 채소를 파는 어머니에게 의존하지 않고 학교를 다닐 수 있어 좋았지만 선희를 보지 못하는 것이 너무 아쉬웠다.

공학수의 어머니는 월세가 싼 시내에서 더 멀리 떨어진 동네로 이사 갔다. 어머니는 날품팔이하는 시장과 거리는 멀어졌지만 절약된 집세를 모아 공학수가 대학에 들어가면 등록금을 대려는 계획이다.

공학수는 어머니가 이사 가서 선희와 만나는 기회가 완전히 사라졌다.

공학수는 선희와 키스하는 상상도 하고 때로는 섹스하는 상상도 하며 선희를 그리워했다.

공학수는 고3에 가정교사를 하며 숙식과 수업료를 벌며 서울은 훨씬 더 크니 가정교사를 하며 대학을 다닐 수 있겠구나, 생각했다.

공학수는 서울대학교 공과대학에 턱 붙었다.

공학수는 고3 때 미적분을 배우며 수학의 아름다움에 푹 빠졌다. 그는 대학에서 수학을 전공하고 싶었다. 그러나 막상 대학 원서를 쓰려 하니, 담임 선생님이 수학을 전공하면 대학을 졸업하고 취직할 곳이 거의 없고, 대성하려면 유학을 가야 하는데 공군 집안 형편으로 유학 가기는 어려울 거며, 현실적으로 꿈을 이루기 어려우니 공대를 가라고 권고했다.

공학수는 대학을 졸업하면 버젓이 취직하여 어머니를 날품팔이에서 해방시켜 드리고 싶었다. 그도 김 선생님처럼 유학갈 형편이 못 된다. 큰 수학자가 되는 꿈은 접어야 할 거다. 대학 졸업하고 중고등학교 교사 자리도 못 찾고 실업자가 되면…. 그는 고민하다가 취직이 잘되는 공대에 입학원서를 냈다.

어머니는 아들이 일류 대학에 붙은 감격에 몇 십 년 고생이 다 보상받은 듯 기뻐하셨다.

국립대학인 서울대학교는 등록금이 싸서 선희네 집에서 변방으로 이사 가며 절약하여 모은 월세 차액으로 얼추 첫 등록금을 낼 수 있었다.

공학수에게 또 다른 행운이 찾아왔다. 공학수가 가르친 민수가 그의 부모가 바라던 중학교에 턱 입학했다. 민수 아버지는 보너스로 서울대학교에 들어간 수재, 공학수의 첫 등록금을 대줬다.

공학수는 서울로 올라가기 전 마지막 일요일에 선희를 보러 교회에 갔다. 그는 2층에서 예배를 보며 아래층 어디에선가 예배를 볼 선희를 열심히 찾았다.

선희는 1층 중간쯤에서 예배를 보고 있다.

공학수는 목사가 축도를 시작하자 바로 일어서서 교회 로비로 나와 예배를 마치고 나오는 선희를 기다렸다.

선희가 문 앞에 줄 서 있는 목사와 인사하고 나오는 것이 보였다.

공학수는 숨을 몰아쉬며 선희에게 다가갔다.

"선희 누나 안녕하세요?"

"어, 학수야 서울 안 갔어?"

선희가 반갑게 공학수의 인사를 받았다.

"누나한테 인사는 하고 가야지요."

공학수의 얼굴이 빨개졌다.

"점심 먹으러 가자. 학수 좋은 대학 입학 기념으로 내가 점심 사 줄게."

선희가 앞장서서 교회를 나갔다.

두 사람은 교회에서 좀 떨어진 중국집 2층으로 들어가서 거리가 내려다보이는 창가 자리에 앉았다.

선희는 탕수육을 주문하고 학수 이제 대학생 됐으니 술 한 잔 해도 되지, 하며 고량주를 주문했다.

탕수육도 고량주도 공학수는 처음 먹어본다.

단무지와 고량주가 먼저 나왔다. 고량주 잔이 정말 작았다. 선희가 엄지손톱보다 조금 큰 잔에 허리가 가는 흰 병에 담긴 액체를 따랐다. 그녀가 잔을 들며 건배했다. 선희와 단둘이 마주 앉은 공학수는 가슴이 뛰고 손이 덜덜 떨렸다.

그는 기어드는 목소리로 건배하고 잔을 죽 들이켰다. 입에서 불이 나고 그 불이 목구멍을 타고 위장으로 내려가더니 위장에 불을 질렀다.

공학수는 몸을 가볍게 떨며 선희를 쳐다봤다.

그녀의 얼굴이 보름달같이 환하다. 빨간 입술이 고혹적이다.

"학수 고량주 처음 마셔?"

선희가 활짝 웃으며 말했다.

공학수는 수줍게 웃으며 고개를 끄덕였다.

선희가 우리 학수 귀엽네, 하며 손가락으로 공학수의 얼굴을 콕 찔렀다. 공학수는 숨이 콱 막혔다.

"이제 서울 가면 학수 교회에서도 못 보겠네."

선희가 푹 한숨을 쉬며 말했다.

공학수는 주말마다 누나 보러 내려올게요, 하고 나오려는 말을 꿀꺽 삼켰다.

주로 선희가 이야기하고 짝사랑하는 연상의 여인과 마주 앉은 공학수는 벙벙한 정신으로 대답했다.

탕수육은 고소하고 쫄깃하며 맛이 있었다. 공학수는 탕수육을 안주하여 고량주를 물처럼 마셨다.

독주를 거침없이 마신 공학수는 금방 술이 올랐다. 술이 오른 공학수는 숨이 가쁘고 정신이 흐물거리며 자꾸 선희를 만지고 싶었다.

공학수는 말이 자꾸 해롱해롱 헛나오려고 하여 민망했다.

"학수 나 좋아하지?"

선희가 공학수를 빤히 쳐다보며 빨간 입술을 나불거렸다.

공학수는 수줍게 고개를 끄덕였다.

'바보같이 좋아하면 좋아한다고 말하지.'

선희가 손을 뻗어 공학수 어깨를 탁 쳤다.

공학수는 휘청하며 속으로 내가 좋아한다고 하면 나랑 만나줄 거야, 하고 말했다.

짜장면을 먹고 둘은 헤어졌다. 헤어지며 선희는 서울 가면 편지 줘, 하고 웃으며 말했다. 그 말에 공학수는 선희 누나가 나를 좋아하나, 하며 정신이 몽롱해지며 대답도 못했다.

2

공학수는 친구 권오중과 같이 상경했다. 권오중은 고대에 입학했다. 그는 대학 신입생 오리엔테이션에 다녀오며 자취할 방을 구해 놓고 왔다.

공학수는 차비가 아까워 신입생 오리엔테이션에 가지 않았다.

공학수는 입주 아르바이트를 구할 때까지 권오중의 자취방에서 신세지 기로 했다.

권오중의 자취방은 동대문구 숭인동에 있었다.

공학수는 자취집에서 종묘역까지 걸어 나와 전철을 타고 청량리까지 가서 신공덕행 버스로 갈아타고 대학교에 간다.

첫날 수업을 마친 공학수는 학생처에 가서 입주 아르바이트 자리가 있나 확인했다. 담당자는 시간제 아르바이트 자리는 세 곳 추천의뢰가 왔으나, 입주 자리는 없다고 하며 오는 대로 연락 주겠다고 했다.

토요일 오후 공학수와 권오중은 입학 기념으로 술을 한잔했다.

살짝 술이 취한 공학수는 죽도록 선희누나가 보고 싶었다.

선희누나와 반경 몇 km 거리 내에 있을 때는 이렇게 사무치게 보고 싶지 않았었다. 그녀가 반경 200km나 떨어진 곳에 있다고 생각하니, 손을 뻗어도 도저히 닿을 수 없는 거리에 있다고 생각하니, 그녀가 더 그리웠다.

그녀의 빨간 입술이 떠오르고, 환한 얼굴이 떠오르고, 훔쳐봤던 하얀 다리와 도톰했던 불두덩도 떠올랐다.

공학수는 일요일 첫차를 타고 누나를 보러 갔다. 그는 예배 시간에 맞춰 평안교회에 도착했다. 그는 항상 하던 대로 2층 맨 앞자리에 앉아 아래층 어디에 선희누나가 앉아 있나 찾았다. 맨 앞줄부터 죽 들러봤지만 선희누나는 보이지 않는다.

그는 두 번 세 번 꼼꼼히 둘러보며 아래층을 뒤지듯 선희누나를 찾았다. 그녀는 보이지 않았다. 누나가 오늘 늦게 나와 2층에 앉았나, 하며 고개를 뒤로 돌려 2층을 둘러봤다. 고개가 뻣뻣하도록 뒤돌아봤으나 누나는 보이지 않는다.

목사가 막 축도를 시작하려고 할 때 공학수는 황급히 자리에서 일어나 교회당 앞문으로 가서 예배를 마치고 나오는 교인들을 훑어보며 선희를 찾았다. 마지막 교인이 교회당을 떠날 때까지 선희는 나오지 않았다.

선희누나가 몸이 아파 교회에 나오지 못했나, 아니면 어디 놀이라도 갔나?

공학수는 중앙시장에 가서 선희 어머니가 하는 비단 가게에 들러 그녀를 찾던지 집으로 가서 그녀를 찾고 싶었으나 그럴 용기는 나지 않았다.

그는 아쉬움을 안고 상경했다.

월요일 오전 수업 중에 과사무원이 학생처에서 연락이 왔다며 학생처에 가보라고 했다.

학생처 담당자는 고2 남학생 입주 과외 지리인데 갈 거냐고 물었다.

공학수는 좋다고 했다. 학생처 직원이 어디로 전화하더니 4시에 청량리 역전 4거리 2층에 있는 상록수 다방에 가보라고 했다.

학생의 아버지는 초등학교 선생님이며 집은 명륜동에 있다고 했다. 택시 30대를 가진 부자라고 했다.

공학수가 학교에서 버스를 타고 나와서 바로 만날 수 있도록 청량리에 만나는 장소를 정했다고 했다.

공학수는 버스에서 내려 바로 다방을 찾아갔다. 약속 시간이 20분 남았다. 다방은 한가했다. 그는 창가의 자리에 앉아 거리를 내다보며 시간을 보냈다.

상고머리를 한 40대 후반의 남자가 공학수씨요, 하며 그의 앞에 앉았다. 학부모가 초등학교 선생이라고 했는데 앞에 앉은 신사는 덩치가 크고 얼굴은 말쑥하나 깡패같이 보였다.

"학생처에서 추천했으니 신분은 확실할 거고 우리 아들 서울대 안 되면 연고대 넣고 싶으니 잘 가르쳐주소."

상고모리가 단도직입적으로 말했다.

"조건은 학생처에 미리 말했으니 알고 있을 거고 비싼 커피 마실 거 없이 당장 집으로 가게 나갑시다."

상고머리가 자리에서 일어섰다.

공학수는 어정쩡하게 따라 일어났다. 상고머리는 모퉁이에 세워놓은 택시로 가서 운전석에 타며 공학수에게 타라고 했다.

공학수는 어리둥절하며 그의 옆자리에 탔다.

"지금 있는 집이 어디요? 내가 집까지 태워다 줄게."

상고머리가 시동을 걸며 말했다.

공학수는 학부모가 선생님이라고 했는데, 웬 운전, 하며 숭인동이라고 말했다.

"숭인동이면 가는 길이네. 안내해요. 우리 집에 택시가 한 30대 되는데 운전수들이 뼹땅을 하도 처먹어 얼마나 뼹땅 처먹나 알아보려고 내가 운전을 직접 하며 수입이 얼마나 들어오나 봐요. 1학년 담임인데 교장선생한테 뇌물 바치고 수업 끝나면 바로 퇴근할 수 있도록 허락받았어요."

상고머리가 상황을 설명했다. 공학수는 초등학교 선생님이라는 주인의 거침없는 말투와 외모에 주눅이 들었다.

상고머리는 공학수가 거처하는 집까지 가며 공학수의 가정 사정을 묻고 채소 장사하는 홀어머니 아들이 서울대 들어갔으면 개천에서 용났네, 하며 자기 가족은 선생님이 가르칠 아들 재선이, 중학교 1학년 딸, 그리고 식모가 있는데 식모는 재선 어머니 4촌 여동생으로 고등학교 나오고 취직하러 서울 올라왔는데 취직 못 하고 우리 집에서 식모 노릇 하고 있다고 소개했다. 그는 꼭 재선이를 최소 연고대는 넣어달라고 다시 부탁했다.

상고머리는 택시에 공학수의 짐을 싣고 그의 집까지 갔다. 택시가 궁전 같은 벽돌담을 둘러친 집 소슬대문 안으로 들어갔다. 대문 옆에 사랑채가 있고, 테니스 코트 두 면 크기의 넓은 마당이 있다. 마당과 집 사이에 탱자나무 울타리가 있고 안채로 들어가는 입구에 작은 문이 있다.

상고머리는 작은 문 앞에 택시를 세웠다. 상고머리는 마중 나온 중년 여인에게 재선이 선생님, 하고 공학수를 인계하고, 나 돈 벌러 간다, 하며 바로 택시를 몰고 영업을 나갔다.

문을 들어서니 정원이 있고, 대궐 같은 한옥 안채가 있다. 작은 문 옆에 또 사랑채가 있다. 부잣집 냄새가 났다. 사랑채에서 식모가 기거했다.

중년 여인, 재선의 엄마는 속이 보이는 얇은 원피스를 걸치고 있었다. 가정주부답지 않게 빨갛게 입술을 칠하고 짙게 화장했다.

재선엄마는 공학수를 건넛방으로 안내하며, 여기가 재선이 방이에요. 이 방에서 재선이랑 기거하며 가르칠 거니 짐 푸시지요. 재선이 곧 하교할 거요, 하고 방을 나갔다. 그녀가 나간 자리에 화장품 냄새가 꼬리로 남았다.

재선은 아버지를 닮지 않고 가냘프고 퍽 착하게 생겼다. 실제 성품도 착했다. 학교 성적은 중상위권이었다. 바짝 공부하지 않으면 아버지가 바라는 연고대를 갈 수 없는 성적이다.

재선의 아버지는 고등학교 때 껄렁껄렁하게 살아 집은 부자였으나 대학을 진학하지 못하고, 부자 아버지의 힘으로 초등학교 교사가 되었단다.

집이 부자인 덕에 대학 나온 아내를 얻었다. 재선의 아버지는 술만 먹으면 아내가 자기를 무시한다고 폭력을 행사했다.

공학수는 일요일에도 재선을 가르쳐야 해서 선희를 만나러 갈 수가 없었다. 그는 학교 수업하고, 재선이 가르치며 시간에 쫓겼다.

선희가 반경 200km가 넘게 공간적으로 떨어져 있어 그녀에게서 전해 오는 텔레파시가 약해 선희를 행한 그리움이 점점 희미해졌다.

공학수는 재선의 집에서 두 여인으로부터 유혹을 받았다.

재선의 어머니는 잠옷 바람으로 재선을 가르치는 중에 차나 과일을 들고 재선의 방에 건너왔다.

분홍색 얇은 잠옷이 각선미를 그대로 드러냈다. 파인 원피스 앞깃에 노출된 하얀 가슴살이 눈길을 끌게 했고, 살짝 보이는 유방의 계곡이 한참 젊은 공학수의 관능을 자극했다. 그녀는 잠옷 차림인데도 짙게 화장하여 화장품 냄새가 진동하고 빨간 입술이 성욕을 유발했다.

토요일, 공학수는 강의가 없는 날이라 재선은 학교에 가고 혼자 고등수학 문제를 풀고 있었다. 그는 편미방의 완전함에 푹 빠져 문제를 푸는 데 몰두했다.

노크도 없이 재선의 엄마가 다리와 엉덩이 곡선이 그대로 노출된 얇은 원피스를 입고 찻잔을 들고 방에 들어왔다. 공학수는 의자에서 벌떡 일어났다.

재선의 어머니가 바로 옆 의자에 앉으며 앉지, 했다.

공학수가 의자에 앉자 재선의 어머니가 빨간 입술을 나불거렸다.

"학수 학생 애인 있어?"

"애인요?"

공학수가 의외의 질문에 당황하며 대답을 못했다.

"그래 내가 예쁜 여자 소개시켜 줄까?"

공학수는 40대 여자의 빨간 입술을 보며 말이 잘 나오지 않았다.

"순진하긴. 얼굴 붉히네. 여자랑 관계 한 번도 못 해 본 숫총각이지?"

공학수는 재선의 어머니가 그를 놀리는 것 같아 기분이 별로였다.

그녀는 남편이 허우대가 크고 멀쩡한데 밤일이 시원찮다고 투덜댔다. 공학수는 40대 여인이 왜 남편이 밤일이 부실하다고 가정교사한테 넋두리하나, 하며 당황했다. 그녀는 화장품 냄새를 풍기며 한참 나이의 청년에게 성욕을 유발하는 간지러운 고백을 하다가 방을 나갔다.

풍만한 여체의 압박에서 벗어난 공학수는 휴, 한숨을 쉬며 밤일이 부실한데 나더러 어떻게 하라는 거야, 하며 허공에 시선을 두고 혼란스러워 하다가 다시 책을 펼쳤다.

공학수는 구조역학 문제에 매달리며 편미방 수학의 아름다움에 푹 빠져들었다.

그때 식모가 스르륵 문을 열고 방에 들어왔다. 공학수는 무슨 일인가 하며 방에 들어서는 20대 초반의 식모를 쳐다봤다.

"언니 외출했어요. 점심 먹고 온다고 했어요."

식모가 스스럼없이 공학수의 옆 의자에 앉으며 말했다.

그녀에게서도 화장품 냄새가 났다.

식모는 예쁘게 생겼다. 식모로는 아까운 미모다. 몸매도 빵빵하다. 차려입고 나서면 잘 생긴 여대생 같을 거다.

"이거 꿀물인데 언니와 형부만 드는 거요. 아껴 먹느라 재선이도 안 줘요."

식모가 그녀의 끗발로 주인 부부만 드는 특식을 가져왔다고 했다.

"선생님 공부하시며 힘드신데 보하시라고 가져왔어요."

식모가 아내가 남편에게 하는 말투로 말했다.

공학수는 식모가 주인 몰래 가져온 꿀물을 마셔야 하는지 판단이 서지 않았다.

"지금 집에 우리 둘뿐이에요. 마음 놓고 드세요."

그녀가 다시 한 번 집에 둘뿐이라는 말을 강조했다.

공학수는 우리 둘뿐이니 섹스라도 하자는 말인가, 하고 생각을 비약하며 팔팔 뛰는 생선같이 싱싱한 여체를 훔쳐봤다.

그녀는 언니가 취직시켜 준다고 하여 상경했는데 식모 시키고 있다고 투덜댔다. 자기는 고등학교를 졸업하여 대학을 나온 남자의 짝으로 부족함이 없는데 식모를 하고 있으니 대학 다니는 총각이 자기를 쳐다보겠느냐고 투덜댔다. 그녀는 가정교사를 하는 너나 식모를 하는 나는 동급이라며 공학수가 자기 애인이 될 수 있다는 투로 말했다.

공학수는 그녀를 그의 방에서 쫓아낼 수도 없고 그렇다고 그녀의 장단에 맞춰 단둘이 있는 집에서 사랑놀이를 할 수도 없어 어떻게 이 자리를 피할까, 전전긍긍했다.

공학수는 약속이 있다며 자리를 피했다. 식모는 이런 좋은 기회에 자기를 넘어트리지 않는 공학수를 바보 같다는 투로 비꼬았다.

강의가 없는 날, 공학수는 아침을 먹고 두 여인을 피해 어디로 도망칠까, 생각하고 있을 때 재선의 어머니가 잠옷 바람으로 그의 방에 들러 10시쯤 어디 같이 가자고 했다.

공학수는 그의 고용주의 말에 외출을 못하고 엉거주춤하게 시간을 보냈다.

화사하게 차려입은 재선의 어머니가 나가자고 했다. 옷을 입고 외출 준비를 하고 있던 공학수가 바로 따라나섰다.

집을 나서며 바로 택시를 잡아탔다. 그녀가 내품는 화장품 냄새가 택시 안을 가득 채웠다. 그녀가 동대문 시장으로 가자고 했다.

재선의 어머니는 양복지 가게에 들렀다. 그녀는 양복지를 고르며 어느 색이 마음에 드냐고 공학수에게 물었다. 양복을 입어 본 적이 없던 공학수는 그냥 검정색 복지가 무난할 거라고 했다. 돈을 지불한 재선의 어머니는 다시 택시를 타며 명동으로 가자고 했다.

그녀는 거리낌 없이 양복점으로 들어갔다. 누나가 옷 한 벌 맞춰주려고, 하자 재단사가 공학수에게 몸의 치수를 재자고 했다. 그때야 재선의 어머니가 비싼 양복을 맞춰주려는 것을 알고 공학수는 어리둥절했다.

"누나가 맞춰주는 건데 좋은 대학 들어간 선물이야. 매일 군복 물들인 것만 입고 다녀 초라해 보여서."

그녀가 살살 웃으며 말했다. 나불거리는 빨간 입술이 선정적이다.

공학수가 몸의 치수를 다 재자 재선의 어머니가 파닥거리는 현금으로 양복 맞춘 값을 지불했다. 그의 한 달치 아르바이트 값이다. 재봉사가 3일 후 가봉하러 오라고 했다.

공학수가 어쩔 줄 몰라 하자 재선의 어머니가 이왕 나왔으니 점심이나 먹고 가자며, 내가 맛있는 거 사줄게, 하며 앞장서서 양복점을 나섰다.

거리에 나서자 누나랑 팔짱 끼고 갈까, 하며 재선의 어머니가 팔짱을 꼈다. 팔로 전해 오는 따뜻하고 부드러운 감각과 코를 간질이는 화장품 냄새가 젊은 총각의 관능을 자극했다.

공학수는 고용주가 낀 팔짱을 풀지도 못하고 어정쩡하게 따라갔다.

명동성당을 지나 골목으로 들어가서 신정이라는 간판이 보이는 집으로 들어갔다. 비싼 집으로 보였다. 재선어머니는 애인을 대하듯 공학수를 챙겨 먹였다. 공학수는 고기를 끓는 육수에 익혀 먹는 난생 처음 먹어보는 징기스칸 요리를 맛있게 먹었다.

점심을 먹고 나자 영화나 보고 집에 가자고 했다. 식당에서 큰길로 나가니 바로 중앙극장이 있다. 한낮이라 극장은 한산했다. 둘은 다른 관객과 떨어져 앉아 영화를 보았다. 동생과 영화를 보니 좋다, 하며 그녀가 공학수의 손을 잡았다.

공학수는 양복까지 사 준 고용주의 손을 빼지 못하고 여자의 부드러운 손에서 전해 오는 따뜻한 온기에 취하여 영화 줄거리를 놓치며 어둠 속에 앉아있었다. 재선의 어머니는 영화를 보고 나오며 나 갈 데 있으니 혼자 가, 하며 공학수를 놔줬다.

풍만한 40대 여인의 육체 유혹에서 벗어난 공학수는 휴 한숨을 쉬었다.

저녁때 집에서 만난 재선의 어머니는 낮의 유혹은 없는 체하며 주인 여자로 공학수를 대했다.

밤 11시가 넘어 공학수와 재선은 잠자리에 누웠다.

공학수가 막 잠이 들려고 할 때 안방에서 큰 소리가 났다.

"이 화냥년 같은 여편네 낮에 어느 놈팽이랑 팔짱 끼고 명동을 누볐어?"

재선 아버지의 고함소리가 집을 울렸다.

공학수는 그게 난데, 생각하며 잠이 확 달아났다.

누가 그런 헛소리해, 하고 재선 어머니가 맞대응했고 우리 택시 기사가 다 봤어, 하고 재선 아버지가 고함쳤다.

치고 받고 하는 소리가 들리고 이어 나 죽어, 하는 비명이 들렸다. 재선

여동생과 식모가 공학수 방에 뛰어 들어와서 바들바들 떨었다. 식모가 가서 싸움을 말리라고 공학수에게 사정했다. 공학수는 자기 때문에 벌어진 주인집 부부 싸움에 끼어들 수도 없어 천장만 쳐다봤다.

다음 날 아침 공학수는 재선의 어머니가 퍼렇게 멍든 눈자위를 달걀로 문지르는 것을 보고 몸둘 바를 몰랐다.

일주일 후 공학수는 양복을 양복점에서 찾아왔다. 찾기 전에 양복점에서 완성된 양복을 입어 보니 몸에 딱 맞고 멋있었다.

그는 학교 가는 만원 버스 속에서 밀리며 양복이 다 구겨질 것 같아 아까워서 학교 갈 때 입을 수가 없을 것 같아 양복을 옷장에 모셔놨다.

이틀 후 밤에 막 잠이 들었던 공학수는 비명소리에 잠에서 깼다.

"이 화냥년 샛서방을 집에 들여."

"선생님 다 들어요. 쪼그만 목소리로 말해요."

"왜. 샛서방 들을까 겁나?"

공학수는 자기를 두고 싸우는 것 같아 자리에서 벌떡 일어나 앉았다.

"샛서방? 무슨 오해가 있는 거 같은데요."

"오해? 너 양복까지 해줬잖아. 당장 방에 들어가서 들고 나올까?"

"우리 애 잘 가르쳐 주라고 옷 한 벌 해 줬어요. 그게 뭐 잘못됐어요?"

"애 잘 가르치라고? 붙어먹고 좋아서 옷 사준 거 아냐?"

"가난한 학생 옷 한 벌 사준 거 가지고 뭐 그래요? 당신 돈 많잖아요."

"돈 많다고? 그것 한 벌 값 벌려면 내가 며칠 운전해야 하는지 알아?"

"누가 당신더러 운전하라고 했어요. 당신 좋아서 하면서."

"내가 좋아서 한다고? 한 집에 샛서방이랑 함께 살 수 없으니 당장 내보내."

"이 밤중이 어디로 가라고요?"

"그걸 내가 어떻게 알아. 나한테 맞아 죽지 않으려면 당장 내보내."

공학수는 이러지도 저러지도 못하고 엉거주춤하게 서서 안방에서 부부가 싸우는 소리를 들었다.

"당장 안 내보내?"

"나 죽네. 그래 나 죽여라."

남편이 폭력을 행사하는 것 같았다. 식모가 공학수 방으로 뛰어 들어오며 말려요, 했다. 재선의 여동생도 방으로 뛰어 들어오며 오빠를 붙잡고 벌벌 떨었다.

공학수는 부부 싸움판에 들어가서 결백을 밝혀야 하는지 판단이 서지 않았다.

당장 안 쫓아낼 거야, 하는 남편의 고함에 이어 나 죽네, 하는 여자의 비명이 들렸다.

공학수는 자신도 모르게 방에서 뛰어나가 우리 아무 일도 없었어요, 하고 고함쳤다.

"너 잘 나왔다. 남의 마누라랑 붙어먹은 놈이 대학생이야?"

재선의 아버지가 손을 들고 공학수를 칠 기세였다.

"저 붙어먹은 적 없어요."

"명동 거리를 히히덕거리고 다니고 같이 영화관 가는 거 본 사람이 있는데 아니라고 시침을 떼. 두 연놈 패 죽이기 전에 당장 이 집에서 나가?"

"나가라면 못 나갈 줄 알아?"

공학수가 열이 받쳐 고함쳤다.

공학수가 방에 들어가서 간단히 짐을 싸고 들고 나왔다. 양복은 그대로 옷걸이에 두었다.

재선 아버지는 내가 택시 서비스는 하지, 하며 일을 마치고 들어온 택시 기사에게 이 친구 가자는 데까지 태워다 줘, 하고 말했다.

막상 집을 나온 공학수는 갈 곳이 없었다. 그는 숭인동 권오중 자취집으로 가기로 했다. 운전기사는 공학수를 위로한다고 평소 재선 아버지의 횡포를 떠벌렸으나, 안주인과 간통 누명을 쓰고 쫓겨나온 공학수의 귀에는 하나도 들리지 않았다. 그는 권오중 자취방 들어가는 입구에서 택시를 내렸다. 그는 가방을 들고 권오중이 자취하는 집으로 갔다.

방에 불이 꺼져 있다. 그가 방문을 두드렸으나 아무 기척이 없다. 문 두드리는 소리에 주인집 아주머니가 나와 학생 시골에 상 치르러 갔어요, 했다. 주인도 없는 방에 들어갈 수가 없다. 그때 통금 예비 사이렌이 울렸다.

공학수는 근처 여인숙을 찾아갔다.

공학수가 막 여인숙 방에 들어서자 통금 사이렌이 울렸다.

공학수는 지난 몇 시간에 이루어진 상황이 혼란스러웠다.

그는 재선어머니 손도 한 번 제대로 못 잡고 붙어먹었다는 누명을 쓰고 쫓겨났다.

그는 어쩌다가 이런 오해를 받고 쫓겨났는지 알 수가 없었다. 전혀 간통한 적이 없는데 간통했다고 누명을 썼다. 그리고 쫓겨났다. 수학은 답이 분명하다. 틀린 답이 나오면 바로 알 수가 있다.

그런데 인간사는 참 엉터리다. 전혀 육체관계를 할 엄두도 안 냈는데 양복 한 벌 얻어 입고 이 무슨 창피야. 누가 들으면 정말 간통한 줄 알겠다.

하얀 다리를 다 내놓고 낮잠 자는 선희누나, 건장한 부자 남편을 두고 스무 살이나 어린 공학수에게 잠옷 바람으로 육체미를 과시하며 막 사춘기가 지난 젊은 총각을 유혹하는 재선어머니, 자기 분수도 모르고 몸을 열 것처럼 암시하며 공학수를 유혹하는 식모. 그 식모가 사촌 언니를 연적으로 여기고 형부에게 양복 사 준 것을 고해 바쳤다.

선희누나, 재선어머니, 식모도 다 공학수의 짝이 될 수 없는데 주위를 맴돌며 공학수를 괴롭힌다.

공학수는 계속 여인숙에 머물 수는 없고 당장 잘 곳을 찾아야 한다. 잠들지 못하고 뒤척이며 그에게 몰아친 여난을 복기했다.

공학수는 학생처에서 아르바이트 자리를 소개받은 지 한 달도 안 돼 쫓겨나고 또 아르바이트를 구해달라고 할 용기가 나지 않았다.

잠 못 이루고 고민하다가 그는 아침 일찍 신문사를 찾고 입주 과외 자리를 찾는 광고를 냈다. 신문사에서는 석간에 광고를 내주겠다고 했다. 그는 학교를 다녀와서 석간이 배달될 시간인 오후 5시부터 여인숙에서 전화를 기다렸다.

전화를 기다린 지 10분도 안 돼 여자로부터 전화가 왔다. 고3 남학생을 가르칠 용의가 있냐고 물었다. 좋다고 했다. 그럼 만나자고 했다. 휘경동에 집이 있다며 만날 장소를 알려줬다. 휘경동은 숭인동에서 가까워 30분 안에 가겠다고 했다.

학부모는 50대 초반 여인으로 얼굴은 예쁘장하게 생겼으나 신경질적으로 보였다. 자기 아들의 학교 성적이 반에서 40등 내외라고 했다. 서울대를 다니는 선생님을 두면 선생님 다니는 대학에 보낼 수 있지 않겠느냐고 했다.

공학수는 그 말이 황당했으나 재선이를 가르칠 때보다 보수를 더 주겠다고 하고, 당장 잘 곳이 없어 최선을 다해 가르치겠다고 약속하며 가정교사 자리를 수락했다. 그럼 바로 짐을 옮기라며 집의 위치를 알려줬다.

공학수는 전화를 빌려준 여인숙 주인에게 약간의 돈을 쥐어주고 짐을 챙겨 이사했다. 그가 가르칠 재홍의 집은 한옥으로 안채와 바깥채 사이에 서너 평 되는 뜰이 있었다. 재홍의 아버지는 경제부처 국장이라고 했다. 대학 다니는 딸은 공학수를 적대적으로 대했다.

문간방에 짐을 옮기자 공학수보다 덩치가 큰 재홍이 엄마가 서울대 보내라고 했지요, 하고 물었다. 그렇다고 하자, 재홍은 저는 서울대 합격해도 안 다닐 겁니다, 했다. 공학수는 황당한 제자의 말을 이해하지 못하고 잘못 들었나, 했다.

며칠이 지나도 재홍의 아버지를 볼 수가 없었다. 공학수는 해외 출장을 갔나, 했다.

재홍은 선생님이 떠먹여 주는 음식만 먹었다. 자기가 먹고 싶은 것을 먹을 생각을 안 했다. 수학 문제도 풀 생각을 안 했다. 선생님이 푸는 것을 구경만 했다. 그렇게 수동적으로 공부해서는 성적이 오를 수가 없다. 공학수는 경험을 바탕으로 시험에 나올 만한 문제를 골라 암기하라고 했다.

다음 달 본 모의시험에서 그는 반에서 37등을 했다. 그전 성적에서 겨우 3등 올랐다. 재홍이 어머니는 서울대생을 선생님으로 뒀는데 겨우 3등 올랐다며 불만을 토로했다.

재홍의 아버지는 첩과 딴 살림을 살고 있었다. 한 달에 한 번 월급을 봉투째로 들고 본가를 찾는다. 재홍의 어머니는 봉투째 월급을 받는 재미로 남편이 딴 살림 차린 것을 묵인했다. 재홍의 아버지는 월급을 다 본처에게 가져다주고 첩과는 뇌물로 사는 모양이다.

공학수는 콩가루 집이 창피하여 대학생 딸이 그에게 적대적으로 대하는 심정을 이해했다.

재홍은 아버지가 머리가 좋아 서울대 나왔는데 가정을 버린 패륜을 저질렀다며 자기는 그런 패륜아를 기르는 서울대는 안 가겠다고 했다.

공학수가 재홍의 집에 들어간 지 20일쯤에 재홍의 아버지를 처음 만났다. 안경을 쓰고 깐깐하게 생긴 그는 공학수에게 동문의 후배가 재홍을 가르치게 되어 다행이라며, 서울대 입학시키면 졸업할 때까지 공학수의 등록금을 대주겠다고 했다. 공학수는 자기 아들을 그렇게 모르나, 서울에 있는 대학에라도 들어가면 다행인데, 하고 속으로 생각했다.

과사무실에 공학수에게 편지가 와있었다. 발신인은 한옥숙이다. 여자 이름인데 공학수는 그런 이름의 여자가 누군지 생각이 나지 않았다.

공학수는 그런 촌스런 이름을 가진 여자가 누구일까, 하며 텅 빈 교실로 가서 편지를 뜯었다.

재선이 어머니가 보낸 편지였다. 양복을 전해 줄 테니 이번 토요일 오전 11시에 청량리역 주차장에서 만나자는 내용이다. 일이 있으면 전화하라고 했다. 공학수는 나갈 수 없다고 전화하고 싶었으나 그의 전화를 식모가 먼저 받으면 재선이 선생님이 집을 나가서도 언니와 만난다고 형부에게 일러바칠 것 같아 전화할 수가 없었다.

토요일 오전 공학수는 재홍에게 다음 주에 볼 모의고사를 준비하며 가르치다가 잠시 볼일이 있어 외출한다고 말하고 숙제를 내주고 혼자 공부하라고 하고 청량리역으로 갔다.

공학수가 역구내 주차장에서 두리번거리자 빨간 입술이 눈을 확 끄는 재선의 어머니가 검정 승용차에서 나오며, 여기야 하고 손을 흔들었다.

재선 어머니가 차를 타라고 했다.

공학수는 엉겁결에 재선 어머니의 옆자리에 앉았다.

"택시를 타니 프라이버시가 보장 안 돼 그동안 운전면허 따고 차 하나 뺐어."

그녀가 차에 시동을 걸며 말했다.

공학수는 양복만 받고 바로 가고 싶었다.

"이왕 나왔으니 점심은 먹어야지. 내가 좋은 식당 알아."

재선 어머니가 차를 도로로 몰며 말했다.

공학수는 바로 가야 한다는 그의 의사를 내비치지도 못하고 그녀의 승객이 됐다.

자동차의 좁은 공간에 화장품 냄새가 가득했다. 화장품 냄새가 공학수의 관능을 자극했다. 공학수는 몸의 반응에 놀랐다. 그의 전신이 가볍게 떨렸다.

재선의 어머니는 한강이 내려다보이는 식당 앞에 차를 세웠다. 2층은 민박이라고 쓰여 있다.

재선의 어머니는 이 집 쏘가리 매운탕 맛있어, 하며 식당으로 들어갔다.

화장을 짙게 한 재선의 어머니와 마주 보고 앉은 공학수는 어색하고 수줍고 긴장되어 몸이 덜덜 떨렸다.

"대학생이니 술 한 잔 해야지."

재선의 어머니가 소주를 주문했다.

재선어머니의 말처럼 매운탕이 맛있었다. 여자의 강권에 공학수는 몇 잔 소주를 마셨다. 재선의 어머니도 몇 잔 소주를 마셨다. 아직 술 마시는데 이골이 나지 않은 공학수는 소주 몇 잔에 취기가 올랐다.

식사 마친 재선의 어머니는 음주 운전은 어렵다며 좀 쉬었다 가자고 했다. 두 사람은 2층 민박 방으로 올라갔다.

창가에서 한강을 내려다보며 재선의 어머니가 공학수를 그녀의 옆으로 오라고 했다. 공학수는 자석에 끌리듯 덜덜 떨며 그녀의 옆에 섰다.

성숙한 여자가 추워, 하며 여자 경험이 없는 총각을 덥석 안았다. 기습적으로 여자의 품에 안긴 총각은 뭉클하는 여자의 유방을 온몸으로 느끼며 정신이 몽롱해졌다.

이 귀여운 거 떨기는, 하며 여자가 남자의 머리를 그녀의 가슴에 품었다. 풍만한 유방 사이에 얼굴이 박힌 총각은 전신이 떨리고 황홀했다. 여자가 슬슬 총각의 등을 쓸며 기분을 끌어올렸다.

여자의 품에 갇힌 총각은 완전히 여자의 포로가 되어 여자가 노를 젓는 대로 이끌려 갔다. 40대의 여인은 총각을 태우고 능숙하게 노를 저었다.

동정을 잃은 공학수는 부끄러워 재선의 어머니를 쳐다볼 수가 없었다.

재선의 어머니는 콧노래를 부르며 운전하여 공학수를 청량리 역전에 내려주고 또 보자고 하며 떠나갔다. 공학수는 양복을 들고 멍청하니 재선 어머니의 차가 멀어지는 것을 쳐다봤다.

공학수는 꼭 큰 죄를 지은 것 같았다. 그는 죄책감에 움츠러들며 재홍의 집에 들어갔다.

마루에 앉아 있던 재홍어머니가 어깨를 움츠리고 대문을 들어서는 공학수에게, 선생님 모의고사가 내일모렌데 어디를 쏠쏠거리고 다니다 오는 거요, 하고 표독스럽게 말했다. 공학수는 고개를 숙여 죄인처럼 미안합니다, 하고 방으로 도망쳤다.

제홍이 선생님 술하셨네요. 멋지다, 양복도 맞추시고. 엄마 투덜대는 거 무시하세요, 하고 선생님을 위로했다.

공학수는 바로 재홍과 공부를 시작했다. 재홍이는 어머니 들으라는 듯이 큰 소리로 책을 읽었다.

한 시간쯤 재홍의 공부를 봐주던 공학수는 목욕탕에 가서 재선이 어머니와 뒹굴며 더럽혀진 몸을 씻었다. 그는 성기를 비누로 박박 문지르며 씻었다. 속도 없게 자극받은 성기가 발기했다.

재홍은 모의고사에서 반에서 39등을 했다. 지난번보다 2등 떨어졌다.

재홍의 어머니가 공학수를 불렀다. 두 사람은 마루에 마주 보고 앉았다.

"우리 학생한테 자선사업하려고 비싼 돈 들여 과외시키는 거 아니에요. 서울대생이라 좀 나을까, 했는데 똑같네요. 당장 나가라면 너무 야박하니 이틀 여유 줄 테니 나가요. 무슨 할 말 있어요?"

재홍의 어머니 목소리가 칼 같다.

공학수는 아무 말도 못하고 재홍의 방으로 도망쳤다.

"또 선생 바꾸네."

재홍이 힘없이 방에 들어서는 공학수를 보며 중얼거렸다.

공학수는 당장 살 집을 구해야 했다. 신문사에 광고를 내도 내일 광고가 나갈 거고, 재홍의 집 전화를 빌려야 하는데 재홍의 어머니와 한 공간에 앉아 있기 싫었다. 그는 이렇게 두세 달마다 가정교사 자리에서 쫓겨나면 4년간 대학 다니며 몇 집을 전전해야 하나, 하며 한숨이 절로 나왔다.

그는 다음 날 학생처에 가서 담당 직원에게 성적이 오르지 않는다고 쫓겨났어요, 하고 변명하고 추천의뢰가 있는지 물었다

"고2 대학교수 자제가 있는데요."

공학수는 대학교수면 깐깐할 거 같아 망설여졌으나 보리밥 쌀밥 가릴 처지가 아니어서 좋다고 했다. 담당 직원은 어디다 전화하고 오후 3시에 사범대학 학장실로 가보라고 했다.

안경을 쓴 조 학장은 근엄하게 보였다.

공학수의 가정 상황을 묻고 홀어머니 밑에서 자랐다고 하자 잠시 뜸을 들이더니 아들이 고2인데 성적이 별로라 서울에 있는 대학이라도 넣어 보려고 과외를 시킨다며 집이 돈암동인데 학교 다니기에 좀 먼데 괜찮겠냐고 물었다.

공학수는 전철을 타고 종로로 나와 전철을 갈아타고 청량리까지 가서 버스를 타면 되니 괜찮다고 했다.

조 학장은 약도를 그리며 지세하게 집을 찾아가는 길을 알려주고 집에 전화해 놓을 테니 가보라고 했다.

공학수는 바로 조 학장의 집을 찾아갔다. 학장 부인이 아빠한테 전화 받았다며 공학수를 반갑게 맞이했다. 약간 뚱뚱하게 보이는 50대의 안 주인이 후덕하게 보여 공학수는 마음이 놓였다.

조 학장은 정원이 있는 한옥 서재에서 주로 시간을 보냈다. 부인은 하녀처럼 때때로 차를 타들고 서재를 들락거렸다. 대학을 나온 재선의 어머니는 고등학교만 나온 남편을 깔봤었다. 박사 학위를 가진 조 학장은 고등학교만 나온 아내를 무시했다.

식구는 공학수가 가르칠 고2생, 동수 외에 초등학교 6학년 딸이 있었다. 동수는 덩치는 컸으나 순진했다. 과외선생님의 말을 잘 따랐다.

조 교수는 학장 임기를 마치고 안식년이 되어 1년간 미국 대학으로 재충전하러 떠나며 아들과 딸을 공학수에게 맡겼다. 나이 지긋한 가정부가 가사를 돌보도록 했다. 공학수는 쫓겨나지 않고 그런대로 주인 행세하며 학교를 다닐 수 있게 됐다.

서울에 와서 부대끼며 살다 보니 선희에 대한 미련이 많이 얇아졌다. 더구나 재선어머니의 육탄공세에 넘어가서 여자를 알고부터 여자에 대한 신비가 조금은 벗겨져서 선희의 하얀 다리를 보고 품었던 유혹의 정체가 조금은 희화됐다.

동수의 집에서는 그를 유혹하는 여인이 없어 좋았다. 50대의 가정부는 성적으로 서로 밀당할 그런 상대가 아니다. 동수 여동생은 너무 어리다. 공학수는 학교 다니기는 좀 멀었지만 처음 두 번 했던 가정교사 자리보다 마음 편하게 학생을 가르치고, 자기 생활을 했다.

처음 두 번 가정교사를 했을 때보다 더 자기 공부에도 집중할 수가 있었다. 가끔 재선의 어머니가 해준 양복을 입고 외출하며 그녀와 벌렸던 춘사가 떠올라 온몸이 달아오를 때도 있었지만 픽 웃으며 젊음이 부르는 욕정을 날렸다.

과사무실에 편지가 왔다. 한옥숙이 발신인이다. 공학수는 그녀가 또 쏘가리탕을 먹고 그 짓을 하자는 편지로 치부하고 개봉도 하지 않고 좍좍 찢어 휴지통에 버렸다.

2주일 후 과사무원이 막 강의가 끝나 교실을 나서는 공학수에게 여자 손님이 찾아왔다고 했다. 공학수는 그를 학교까지 찾아올 여자가 없는데, 하며 과무실로 갔다.

"학수 학생, 잘 있었어?"

공학수가 과사무실에 들어서자 짙게 회장을 하고 화사한 옷을 입은 재선의 어머니가 활짝 반겼다. 공학수는 죄를 짓고 도망치다가 경찰을 만난 것 같이 움찔하며, 안녕하세요, 하고 떨리는 목소리로 말했다.

"나가지."

그녀가 앞장서서 과사무실을 나갔다. 과사무원에게 비밀을 들킨 것 같아 당황했던 공학수가 얼른 그녀를 따라나섰다. 공학수는 어쩔 수 없이 그녀의 차를 탔다. 그녀가 우리 악수도 안 했네, 하며 옆자리에 타는 학수의 손을 잡았다. 그녀의 손은 따뜻하고 부드러웠다.

그녀가 차를 몰고 대학 정문을 나섰다. 30분에 한 번 다니는 버스가 정문 앞에 서있다. 공학수는 재선 어머니에게 저 저기 책방에서 숙제할 책 하나 사가지고 올게요, 했다. 재선의 어머니가 책을, 하며 차를 세웠다.

차가 잠시 멈추자마자 그는 차에서 내렸다. 그는 가게에 가는 척하며 달려가서 막 떠나려는 버스에 올랐다. 그녀는 버스를 타고 도망치는 공학수를 멍청히 쳐다봤다.

어머니가 편지로 군대 징집장이 나왔다고 알려왔다. 조 교수가 안식년을 보내며 미국 가 있는 동안 고등학교 다니는 아들과 초등학교 다니는 딸을 돌봐주기로 한 공학수는 군대에 갈 수가 없었다. 그는 입영 연기원을 냈다.

재선의 어머니는 더 이상 편지를 보내지 않았고, 학교로 찾아오지도 않았다. 술 한 잔 하면 공학수는 재선 어머니의 몸이 생각났으나 그냥 생각에 그쳤다.

동수의 부모가 귀국했다. 공학수는 그의 짐을 덜고 한겨울에 입영하여 학병으로 1년 반 최일선에서 복무했다.

3

그는 완전한 청년이 되어 6월 중순 제대했다. 새 학기를 시작하려면 2개월 반은 남았다. 그동안 그는 어머니와 함께 살까도 생각했으나, 날품팔이 하는 어머니에게 기대기가 싫었다.

그는 복학 신청을 하고 바로 학생처를 찾아 학병으로 복무하고 재대 복학했다며 가정교사 추천의뢰가 있는지 확인했다.

두 번 공학수에게 아르바이트 자리를 알선했던 학생처 직원은 공학수를 알아보고 자리가 있다고 했다.

국회의원을 했고 개인사업을 하는 집 고3이라고 했다.

학생처 직원이 주인이 될 전 국회의원 이름을 댔으나 공학수는 그 이름이 생소했다.

전 국회의원의 아들 철진의 집은 같은 모양 같은 크기의 한옥 몇 채가 길가에 나란히 서 있는 집 중 한 채였다. 그는 외아들이다.

철진의 어머니는 예의가 바르고 젊고 예쁘게 생겼다. 철진의 어머니는 철진의 나이와 비교해 퍽 젊어보였다. 재선의 어머니처럼 잠옷 바람에 불쑥 공부하는 방을 쳐들어오지도 않았고, 헤프게 굴지도 않았다.

철진의 집은 운전기사와 50대의 가정부가 있어 철진네 식구 세 명과 고용인 3명이 한 집에 가족으로 산다.

공학수는 아침에 거실에서 신문을 보는 철진의 아버지를 몇 번 봤다. 사업하느라 항상 바빠서 얼굴 보기가 어려웠다.

철진의 얼굴에는 항상 어두운 그림자가 드리워 있다.

공학수는 그 이유를 알아볼 생각도 않고 제자를 가르쳤다. 아직 등록하지 않아 등교할 필요가 없는 공학수는 철진이 등교하면 집을 나와 도서관에서 새 학기에 대비 복습을 하거나 책을 읽다가 철진이 하교할 시간에 맞춰 집에 들어갔다.

어느 토요일 오후, 철진이 친구들과 약속이 있어 늦겠다고 공학수에게 미리 말했다. 공학수는 알았다고 했다.

철진의 하교가 늦자 철진의 어머니가 철진이 왜 늦느냐고 공학수에게 따지듯 물었다. 친구 생일 파티에 간 것 같다고 말했다. 철진의 어머니는 고3이 무슨 생일 파티, 하며 정말 생일 파티에 갔냐고 다그쳤다. 그런 것 같다고 하자, 같다는 것이 무슨 말이냐며 선생이 학생 잘 다스려야지, 하며 질책했다.

공학수는 아들이 하루 좀 늦는 것 가지고 뭐 저리 예민하게 구나, 하고 노기 띤 철진의 어머니 얼굴을 멍청히 쳐다봤다.

철진의 어머니는 제자 잘 단속하라고 일침을 놓고 방을 나갔다.

철진이 저녁을 먹고 들어왔다. 어머니가 막 화를 냈다고 하자, 철진이 그 여자가 내가 어머니 만나고 왔나, 하고 신경질 부린다고 했다.

공학수는 어머니를 그 여자라 부르자 그게 무슨 말버릇이냐고 제자를 나무랐다. 한참 천장을 쳐다보고 있던 철진은 선생님도 아셔야 할 것 같네요, 하며 가정사를 털어놨다.

지금 안방을 차지하고 있는 여자는 아버지의 세컨드란다. 국회의원 때 비서였단다. 아버지를 홀려 본처를 내쫓고 안방을 차지하고 있단다.

어머니는 수원에서 혼자 사신단다.

아버지가 매달 생활비를 보내준단다. 오늘 어머니 만나러 다녀왔으며 그 여자는 철진이 어머니 만나는 것을 아주 싫어한단다.

공학수는 이 집도 사연이 있네, 하며 좀 먹고 살 만한 집은 어떻게 가정이 평탄한 집이 없나, 하고 생각했다.

철진이 전 선생님은 자기가 어머니 만나러 가는 것을 막지 못했다며 쫓겨났다고 했다.

그 말을 듣고 공학수는 다 큰 학생이 어머니 만나러 가는 것을 어떻게 과외교사가 막을 수 있어, 하며 심한 갑질이네, 하고 생각했다.

한 달 후 그런 처벌을 공학수가 받았다. 철진은 학교를 파하고 어머니 생일을 챙기러 수원을 다녀왔다.

진돗개 같은 후각으로 그 사실을 알아낸 철진의 어머니는 제자가 집에 오기를 기다리고 있는 공학수를 안채로 불렀다.

"철진이 지금 수원 갔지요. 지 에미 생일 챙기려고."

공학수는 오늘이 철진 어머니의 생일인 줄 몰랐다.

"제가 경고했지요. 철진이 어머니 집에 못 가게 하라고. 더 말할 것 없어요. 당장 보다리 싸서 이 집 나가요."

철진 어머니가 표독하게 말했다.

공학수는 변명 한 마디 못하고 방에 들어와서 멍하니 천장을 보고 있을 때 철진의 어머니가 흰 봉투를 들고 와서, 이거 한 달치 월급이요. 아직 줄 때 안 됐지만 더 주는 거니 당장 나가요, 하고 소리치고 봉투를 방바닥에 던져놓고 나갔다.

공학수는 심한 모욕감을 느꼈다. 그는 짐을 챙기고 철진의 어머니에게 인사도 않고 집을 나왔다. 공학수는 숭인동 권오중의 자취집을 찾아갔다.

공학수는 입주 과외가 싫어 권오중과 생활비를 분담하기로 하고 그 집에 기거하며 시간제 가정교사 자리를 구했다. 남영동에 홀어머니와 사는 고2, 수미를 가르치게 되었다.

신문 광고를 보고 전화를 통화하고 만난 수미 어머니는 50대의 화장을 짙게 한 미인이었다. 동대문 시장에서 일수놀이를 한다고 했다. 수미가 자기 유일한 혈육이니 잘 가르쳐 달라고 했다.

대학만 넣어주면 두둑이 보너스를 주겠다고 했다. 화류계 생활을 하던 수미 어머니는 잠시 사랑에 빠진 남자와 동거하며 수미를 얻고 남자는 도망쳤다고 했다.

수미는 고2 치고 조숙했다. 어머니의 피를 받아서인지 몸이 풍성하고, 얼굴이 고혹적이다. 저녁 7시부터 두 시간 과외를 하는 시간에 어머니는 집에 잘 들어오지 않아 단둘이 공부하게 된다.

수미는 공학수를 과외선생이 아닌 남자로 대하려 했다. 공학수가 몇 살 연상이지만 연애 상대로는 나이 차이가 크지 않다고 생각하는 것 같았다. 그녀는 처음 며칠은 열심히 공부하는 척했다.

일주일이 지나자 그녀는 책상에 나란히 앉아 공부하며 책을 보는 것이 아니라 공학수의 얼굴을 빤히 쳐다보며 해살거렸다.

공학수는 선생님의 권위를 세우며 공부에 집중하라고 근엄하게 말했지만 그녀는 실실 웃으며 공부 그만하고 이야기나 하자고 하며, 선생님 눈이 참 예쁘다, 입술이 섹시하다, 콕 깨물고 싶다, 하며 선생님을 가지고 놀았다. 공학수는 선생님을 놀리는 여제자를 어떻게 하지 못하고 당황했다.

그렇게 공학수를 난처하게 하던 수미가 노골적으로 집에 아무도 없는데 우리 공부 그만하고 키스도 하고 서로 포옹도 하고 시간 보내자고 했다. 어떻게든 두 시간 있다 가면 월급 받으실 건데 왜 힘들게 뭘 가르치려고 하느냐며 공학수의 팔을 잡고 흔들며 애교를 부렸다.

공학수는 수미의 관능적인 유혹에 몸이 반응하는 것에 놀라 움찔하며 오늘 그만 하자, 하고 수미집에서 도망쳐 나왔다.

공학수는 더 이상 수미 과외를 갔다가 무슨 일이 벌어질 줄 몰라 과외를 시작한 지 보름 만에 월급도 받지 못하고 과외를 그만 뒀다.

다음 과외는 고3 남학생 5명그룹 과외였다. 수학과 영어를 한 시간 반씩 가르친다.

수입이 좋아 대입 시험 때까지 과외를 하면 등록금을 내고 돈이 남아 어머니에게 조금 송금해 줄 수 있을 것 같았다. 남학생들을 가르치니 성적으로 신경 쓸 일이 없고 학생들 가정 형편에 신경 쓸 일이 없어 편했다.

그룹 과외를 한 지 두 달 만에 그룹이 깨졌다. 두 학생이 독선생에게 배우겠다며 그룹에서 탈퇴했다.

다음 과외 자리로 고3을 세 시간 가르치는 자리가 나왔다. 전직 국회의원을 했던 부잣집이었다. 택시를 30대 가진 재선의 집보다 훨씬 부자 같았다. 정원이 200평은 되고 대문을 들어서며 왼편에 있는 경비실에 운전수가 거했다. 가정교사가 세 명 있었다.

고3 현홍을 가르치는 공학수와 고1 딸을 가르치는 가정교사는 시간제였고, 초등학교 6학년 아들을 가르치는 가정교사는 입주하여 경비실의 한 방에서 기거했다. 현홍의 집에서 저녁을 제공했다.

40대의 안 주인은 잘 먹어서 살이 피둥피둥하게 찌고 얼굴에 개기름이 흘렀다. 그녀도 재선의 어머니처럼 남편이 밤일이 시원찮다고 투덜댔지만 그 집에 거주하지 않는 공학수는 귓등으로 들었다.

현홍은 공부를 썩 잘했다. 공학수는 왜 돈 들이며 가정교사를 두는지 이해가 되지 않았다. 현홍은 서울대 의대에 합격했다. 보너스로 양복 한 벌 얻어 입었고, 고2가 되는 딸 가정교사 자리를 인계받았다.

딸은 얼굴이 반지르르하니 영양 상태가 좋은 것이 그대로 드러났다. 코가 날름했는데 일본 가서 성형수술을 했다고 했다. 그녀는 저항아였다. 공학수를 선생님이 아닌 고용인 대하듯 하여 공학수는 자주 속이 상했으나,

군대까지 다녀오며 산전수전 다 겪은 공학수는 이를 악물고 참았다.

권오중이 졸업하고 군대 가는 바람에 공학수는 거처를 초등학교 동창 성판대 집으로 옮겼다. 성판대는 서울 일류 초등학교 선생님이다.

조선일보 뒤편, 방 2개에 거실이 있는 2층 집에서 전세로 산다. 그는 방 하나에 칠판을 걸고 책상을 들여놓고 초등학교 6학년 그룹 과외를 한다.

방 하나는 잠자는 방이다. 매년 그가 가르친 학생을 서울 일류중학교에 입학시킨 실적이 소문이 나서 서로 그에게 과외 받으러 줄을 섰다. 그는 성적이 뛰어나고 가정 형편이 좋은 학생 6명을 골라 과외시킨다. 그는 과외를 하며 돈을 벌어 시골 부모에게 논 다섯 마지기를 사줬다.

아들이 은행 등 좋은 직장에 다니지 않고 초등학교 선생을 하는 것에 불만이었던 부모는 이제 돈 잘 버는 아들을 자랑으로 여긴단다.

공학수가 시간제 과외를 마치고 집에 들어가면 학생들이 수업을 마치고 집에 돌아간다. 그는 거실에 이불을 깔고 잠을 잤다.

성판대는 시간제 과외를 그만두고 너 정도 간판이면 쉽게 자기가 학생을 모아줄 수 있으니 그룹 과외를 하라고 했다.

현홍의 부모가 이혼했다. 현홍의 아버지는 20대 후반의 영문과를 졸업한 처녀와 열애에 빠져 그녀에게 힘을 다 쏟아 아내를 돌볼 힘이 남아있지 않았다. 남편의 외도를 눈치 챈 현홍의 어머니는 경비실에 기거하는 막내아들 가정교사와 불륜을 저지르며 나도 젊은 남자와 놀아날 수 있다는 능력을 과시하며 남편에게 복수했다.

현홍의 아버지는 살던 집과 재산 일부를 위자료로 주고 열애 중이던 젊은 처녀와 결혼하고 막내아들을 데리고 집을 나갔다. 현홍과 딸은 어머니 집에 남았다. 막내아들 가정교사는 막내아들이 떠났는데도 계속 그 집에 머물며 몸을 바치는 대가로 숙식을 해결하고 용돈을 받으며 학교를 다녔다. 그 딸은 콩가루가 된 집안이 창피하여 공학수에게 반항하는 거다.

공학수는 불륜을 저지르는 안주인을 보기 민망하여 그 집 가정교사를 그만두고 성판대가 말한 초등학교 6학년 그룹 과외를 시작했다. 성판대는 그가 거하던 방에 칠판을 걸고 책상을 배치하고 학생을 모아주었다.

그는 그가 가르치는 중점 사항을 요약한 유인물을 공학수에게 넘겼다. 성판대는 자기가 장소를 제공하고, 학생을 모아주고, 학습자료까지 챙겨준다며 과외 수입을 5:5로 나누자고 했다. 공학수는 그렇게 나눠도 수입이 학생 한 사람을 가르칠 때보다 두 배는 많아 좋다고 했다.

공학수는 초등학생을 가르치며 훨씬 편했다. 학습자료는 성판대가 다 챙겨줬고, 과외를 하러 오고 갈 필요가 없다. 단골 한식집에서 저녁을 사먹고 기다리면 학생들이 시간 맞춰 찾아온다.

공학수는 매달 수입에서 얼마를 어머니에게 송금하며 자식 된 도리를 하는 거 같아 기분이 좋았다.

주말에는 낮에 과외하고 저녁 시간에는 성판대와 재선 어머니, 현홍 어머니가 맞춰준 양복을 입고 집에서 가까운 르네상스에서 고전음악을 들으며 대학생활의 낭만을 처음으로 즐겼다.

고등학교 3학년 때 1년, 대학교에서 4년간 가정교사를 하며 부유한 인사들의 겉으로는 번지르르하나 속으로 곪아터진 가정사를 스치며 학교를 다닌 공학수는 졸업을 앞두고 대기업 입사시험에 우수한 성적으로 합격하여 사회인이 되었다. 가정교사 집 주인의 눈치를 보던 세상에서 상사의 눈치를 보는 세계로 들어섰다.

공학수는 정릉 문간방에 방 두 개짜리 전세를 얻고 어머니를 모시고 왔다. 아는 사람도 없는 서울에서 아들 두 끼 밥해 주는 것 외에 할 일이 없어 심심해 하시던 어머니는 집주인을 따라 교회도 가고 하셨다.

그래도 세월을 보내기 심심하여 길음시장에 노점상 자리를 잡고 아들의 반대를 무릅쓰고 채소 장사를 시작하셨다.

AI 작가

1

나는 오후 6시 30분 시작하는 한국기술인협회 세미나에 참석하려 30분 일찍 회사를 퇴근했다.

특강의 주제가 '문학과 수학'이라 흥미롭고, 또 강사가 고등학교 동창 이도수라 그 친구가 무슨 설을 푸는지 듣고 싶었다. 이도수는 시인으로 등단한 지 20년이 넘는 중견 문인으로 10권도 넘게 시집을 냈다.

특강이 끝나면 만찬이 이어진다.

특강 제목이 특이해서인지 내가 도착하니 세미나실이 거의 다 찼다. 나는 빈자리를 찾고 자리에 앉았다.

정확하게 6시 30분 행사가 시작됐다. 협회 회장의 짧은 인사말에 이어 사회자가 연사의 경력을 소개했다. 나는 이도수가 시집을 여러 권 낸 것은 알았지만 문학상을 그렇게 여러 번 받은 것은 몰랐었다.

콤비를 입고 파란 넥타이를 맨 이도수가 단상에 올라 청중을 죽 둘러보더니 내가 온 것을 알아채고 눈인사를 보냈다.

"여기 오신 기술자분들은 문학과 수학은 서로 만날 수 없는 평행선이라 생각하실 겁니다. 감성적인 문학과 지성적인 수학은 딴 세계같이 느껴질 겁니다. 그러나 문학 작품에 수학적인 표현으로 문장을 더욱 살찌게 한 여러 작품이 있습니다."

이도수는 말을 멈추고 단하를 죽 둘러봤다.

"예를 들어 신경숙의 산문집, 아름다운 그늘에서 우리들의 권태가 50퍼센트를 향해 나귀걸음을 하고 있다고 하였고, 일본 작가 아쿠타가와 류노스케의 나생문에서 하인은 60퍼센트의 두려움과 40퍼센트의 호기심에 이끌려 한동안은 숨 쉬는 것도 잊고 있었다면서 작가는 이 작품에서 숫자를 이용하여 언어로 표현하기 어려운 심리상태를 잘 표현하고 있습니다."

이도수는 수학으로 표현을 압축한 작품 몇 개를 열거했다.

그는 먼저 이상의 '오감도'를 화면에 띄웠다.

"제1 아해가 무섭다고 그러오/ ……/ 제13의 아해가 무섭다고 그러오/ 13인의 아해는 무서운 아해와 무서워 하는 아해 그것뿐이요."

이도수는 천재 시인 이상의 오감도를 구성지게 읊고 나서 이 시는 일제 강점기에 지식인의 고뇌를 나타내는 것으로, 13 숫자를 사용한 것은 서양의 불길 수를 원용하여 공포심이나 불안감이 항상 존재함을 나타낸 수작이라고 평하며 한참 오감도를 해설했다.

나는 그의 해설을 들으며 참 다양하게 해석하네, 하며 살짝 감탄했다.

그는 김삿갓이 함경도 부잣집에서 푸대접받고 숫자로 표현한 시로 주인에게 한 방 날리며 복수한 멋진 풍자시도 소개했다.

"二十樹下 三十客/ 四十安中 五十食/ 人間蓋有 七十事/ 不如歸家 三十食. (스무나무 아래 서러운 나그네가/ 망할 놈의 집안에서 쉰밥을 먹네/ 인간 세상 어찌 이런 일이 있으리오/ 차라리 집으로 돌아가 선밥을 먹으리.)"

이도수는 소설에 나오는 수학적 표현도 나열했다. 그는 조세희의 '난장이가 쏘아올린 작은 공' 작품의 첫 번째 작품 '뫼비우스 띠'를 인용하며 뫼비우스 띠와 그 응용에 대하여 길게 설명하였다.

다음은 2004년 일본 요미우리 소설상을 수상한 오가와 요코의 '박사가 사랑한 수학'을 열거했다.

박사는 가정부 전화번호 576-1455를 보며, 1에서 1억까지 소수 숫자가 5,761,455개이므로 좋은 전화번호라고 한다. 신발사이즈 24는 4의 계승 4×3×2×1로 해석한다. 박사는 야구장의 좌석번호 7-15, 7-16으로부터 미국의 전설적인 홈런왕 베비 루스와 행크 아론의 홈런 수, 715와 716을 연상한다. 그는 또 두 수를 보며 소인수를 생각한다. 715=2×3×7×17로 내 소수의 곱이며, 716=5×11×13으로 세 소수의 곱이다. 2+3+7+17=29로 5+11+13=29로 합이 같다.

이처럼 수학 박사에게 수는 세상을 보는 눈이 된다.

이도수는 거울 속에서는 모든 것이 반대로 보이는 루이스 캐롤의 '이상한 나라의 엘리스'를 인용했다. 엘리스가 붉은 여왕에게 손을 잡히고 한없이 달리지만 우리 세상과 반대인 거울 세계에서는 제자리걸음을 한다.

우리 세계에서 속도는 '거리/시간'이지만 거울 속에서는 '시간/거리'이므로 아무리 달려도 제자리걸음이다. 거울 속에서 수학적 감각이 넘쳐난다.

나는 꿈보다 해몽이네, 녀석 자료 모으느라 고생했네, 하며 이도수의 강의를 들었다.

이도수는 수학은 가장 간략하고 정확하게 세상을 표현하는 수단으로 황금찬 시인의 말처럼 시는 꼭 해야 할 한마디 말로, 수학은 시보다 더 압축된 언어의 표현이다. 제가 가장 좋아하는 아름다운 수식은 $E=MC^2$이며 이렇게 간단한 수식이 질량과 에너지가 같다는 진리를 담고 있으며, 보들레르의 뱀은 길다고 한 시와 일맥상통한다고 하면서 수학의 추상적 사고, 논리적인 분석으로 문제를 해결하는 이런 접근은 문학 작법에 크게 도움을 줄 수 있다 강조하며 강의를 마쳤다.

특강을 마치고 이웃한 음식점으로 옮겨 만찬이 시작되었다.

이도수는 회장단이 앉는 헤드 테이블에 앉지 않고 내 옆자리로 왔다. 이도수와 나는 안부를 주고받고 포도주를 따라 잔을 부딪치며 건배했다.

"잔에 술을 따르시기 바랍니다."

협회 회장이 자리에서 일어서 핸드마이크를 잡고 큰소리로 외쳤다.

"이 자리에 참석한 기술자 중 가장 연장자인 세기그룹 박정차 회장님께 건배사를 부탁합니다."

회장단 좌석과 가까운 곳에 앉아있던 머리가 하얀 신사가 자리에서 일어섰다. 총무가 날쌔게 핸드마이크를 신사에게 건넸다.

"저는 이제 이런 건배사 할 군번이 한참 지났지만 회장이 말하니 하겠습니다. 제가 머리 써서 하기는 귀찮고 챗GPT에 의존하겠습니다."

노신사는 핸드폰을 꺼내 켜고 핸드폰에 대고 지시했다.

"오늘 한국기술자협회 특강 이후 만찬이 이어지는데 건배사 해."

노신사가 마이크를 핸드폰 소리 나는 쪽에 가져다 댔다. 노신사의 지시에 핸드폰에서 바로 건배사가 술술 나왔다.

"존경하는 기술자 여러분, 오늘 이렇게 건강한 모습으로 뵈니 반갑습니다. 여러분은 우리나라 기술입국의 선구자들이십니다. 이 모임을 계기로 서로 기술정보도 교환하시고 우의를 다지시기 바랍니다. 협회의 발전과 여러분 회사의 번창, 가정의 평화와 건강을 위하여 건배, 이 모든 것을 위하여!"

회원들은 기계음의 선창에 잔을 들고, 위하여, 하고 외치고 잔을 부딪쳤다.

"박 회장이 91세야, 대단하시다."

내 옆에 앉은 회원이 감탄사를 뱉었다.

"무슨 앱을 쓰셨어요?"

참석자 중 한 사람이 좌석에 앉은 채 큰 소리로 물었다.

"BING을 썼어요. 무료로 다운 받을 수 있어요."

박 회장이 간단히 대답하고 자리에 앉았다.

이도수가 내 팔을 툭 치며 감탄했다.

"기술자들 모임에 오니 인공지능으로 인사를 하네. 와."

내가 친구의 말을 받아 말했다.

"90이 넘은 노인이 대단하네. 챗GPT를 활용하고."

"챗GPT가 뭐니?"

"인공지능, 챗인공지능이야. Generative Pre-trained Transformer로 출시한 지 얼마 안 됐는데 90세가 넘는 노인이 사용하다니."

내가 설명했다.

"니 말 무슨 말인지 잘 모르겠다. 술을 AI가 대신 마셔줄 수 없을 테니 술이나 마시자."

이도수가 잔을 부딪쳐 왔다.

이도수와 나는 버섯 불고기를 안주하여 몇 잔째 포도주를 마셨다.

둘은 거나하게 술에 취했다.

"현수, 너 고등학교 다닐 때 백일장도 나가고 제법 시를 잘 썼었는데 지금은 시 안 쓰니?"

이도수가 나에게 물었다.

"시? 공대 간 놈이 무슨 시?"

"이공계 전공하신 시인 여러분 계신다. 너 시 써놓은 거 있으면 다섯 편 보내주면 내가 상춘문학으로 등단시켜 줄게."

"너 상춘문학작가회의 회장이지?"

"응, 내가 20여 년 전 상춘문학을 통해 등단했다. 계간지 상춘문학은 발행한 지 한 30년 가까이 됐지, 회원이 800명쯤 된다. 그중 한 100명만 모임에 열심히 참석한다. 나머지는 등단 후 활동이 거의 없다. 작가회의 회장은 그냥 회원들 친목 도모하는 장을 마련해 주는 심부름꾼이다. 너 시 써놓은 거 있으면 다섯 편 나에게 보내주라. 내가 편집인에게 추천할게."

이도수와 나는 시 이야기는 그 정도 하고 동창들 근황, 세상 돌아가는 이야기를 하다가 만찬이 파해 헤어졌다.

나는 집에 돌아와서 90이 넘은 박 회장이 챗GPT를 쓰는 것을 보고 60도 안 된 내가 너무 뒤처진 것 같아 기분이 벌쭉해지며 바로 컴퓨터를 켜고 챗GPT를 열고 회원으로 가입했다.

나는 바로 봄을 주제로 시를 창작해, 하고 AI에 지시문을 쳐넣었다.

바로 시가 죽 떴다.

"봄/ 봄바람 불어오는 언덕에/ 꽃들이 활짝 피어나는 계절/ 따스한 햇살 아래/ 새로운 노래가 들려온다/ 작은 싹 틔우는 땅에/ 눈부신 녹음 번져간다/ 그림자 없이 펼쳐진 들녘에/ 행복의 미소 피어난다/ 봄비가 내리면 하늘이 웃고/ 대지는 살아나는 기운을 간직하여/ 우리도 마음 가벼이 하여/ 새로운 꿈을 피우고 피어나리다/ 봄이여 너의 속삭임/ 우리는 삶의 아름다움을 느낄 것이다/ 뜨거운 열정으로 하나 되어/ 희망의 꽃이 피어나리라"

나는 지시하는 순간 바로 뱉어내는 시를 보며 숨이 탁 막혔다.

나는 AI가 쓴 시를 큰소리로 낭독하며 술이 확 깨는 것 같았다.

나는 자리에 누워 창작 영역까지 침범한 AI가 어느 정도까지 우리를 지배할까, 상상하며 뒤척였다.

2

나는 아침을 먹고 공원으로 산책하러 나갔다. 안개가 잔뜩 끼어 시야가 짧다. 나는 내가 평소 즐겨 읊던 헤르만 헤세의 〈안개 속에서〉를 읊조리며 공원을 돌았다.

"안개 속에서/ 헤르만 헤세/ 안개 속을 방황하니 야릇한 마음 깊어만 간다/ 나무도 돌도 고독하고 한 그루 나무가 딴 나무를 이해하지 못하니 모두가 하나같이 외롭기만 하구나./ 그래도 세상이 밝았을 때는 주위에 벗들로 소복했었는데 시방 안개 걷힌 숲속에는 단 하나의 벗의 얼굴도 찾을 수 없구나/ 인생은 무상이다/ 만상과 나를 떼어놓은 이 어두움 어두움을 모르는 자 결코 행복하지 못하리라./ 안개 속을 방황하니 야릇한 마음 깊어만 간다."

나는 산책을 다녀와서 샤워하고 컴퓨터를 켜고 챗GPT와 대화를 시작했다. 나는 헤르만 헤세의 〈안개 속에서〉를 속으로 암송하며, 같은 제목으로 챗GPT에게 창작을 지시하면 어떤 시가 나올까 궁금했다.

나는 챗GPT에게 〈안개 속으로〉 제목을 주고 시를 창작하라고 지시했다. 바로 시가 화면에 죽 떴다.

"안개 속으로 나아가는 길/ 시야가 가려진 모든 것들/ 머리 위로 떠오르는 노을의 빛/ 나는 혼자 걷고 있어/ 단 한 걸음씩/ 가늠할 수 없는 미래로/ 바람이 나를 감싸고/ 얼굴을 적시며 속삭이고 있어/ 비밀스러운 이야기로/ 안개 속에서 시간이 느리게 흐르고/ 마음은 자유롭게 떠돌아다닌다/ 모든 것이 숨어 있는 곳/ 그리고 나는 그 안개 속에서/ 자신을 찾고 있어/ 빛과 그림자 사이에서/ 안개 속에서 비밀을 풀기 위해/ 나는 계속 나아가겠지/ 그곳에서 찾아야 할 것을 위해/ 안개 속에서의 풍경은 신비로워/ 그곳에서 순간들은 아름다워/ 나의 여정은 계속되고 있어."

나는 챗GPT가 뱉어놓은 시를 웅얼거리며 두 번 세 번 낭독했다.

헤르만 헤세의 시와 비교하면 좀 덜 세련된 것 같으나, 시를 잘 모르는 공돌이 눈으로 보니 훌륭한 한 편의 시다. 나는 놀람을 감추지 못하고 챗GPT가 쏟아낸 시가 줄 서 있는 컴퓨터 화면을 멍하니 쳐다봤다.

순간 이세돌과 알파고 간의 바둑 시합이 떠올랐다. 그때 인간 최고수 바둑 기사를 이긴 AI에게 넋이 나갔던 기억이 되살아났다.

문득 일본의 나오키 문학상을 탄 작가가 소설 플롯을 짤 때 AI와 협업한다는 기사가 떠올랐다.

나는 이도수의 제안을 생각하며 AI가 창작한 시 다섯 편을 보내볼까, 과연 심사위원들이 AI가 쓴 것을 밝혀낼 수 있을까, 하고 장난기가 발동했다.

나는 제목을 다양하게 하여 챗GPT에게 창작을 지시했다. 고독, 향수, 물망초, 구름, 첫사랑 등 다섯 개 제목으로 시 창작을 지시했다.

줄줄 시가 나왔다.

나는 그 시를 인쇄하여 이도수에게 보냈다.

2주일 후 나는 이도수의 전화를 받았다.

"현수야, 시인 등단 축하한다. 니가 보낸 작품들을 심사위원들이 심사한 결과 신인상으로 결정됐다."

"뭐라고? 심사 통과했다고?"

나는 순간 그거 챗GPT가 쓴 건데, 하는 말이 튀어나올 것 같아 바로 감사하다, 하고 얼버무렸다.

이도수는 다음 달 넷째 월요일에 상춘문학 시낭송회가 있고 그때 신인상 수상이 있으니 나오라며 시간과 장소를 알려줬다.

나는 챗GPT가 쓴 시로 신인상을 받는 것이 꼭 사기를 치는 것 같아 망설여졌으나, 이도수의 강권에 시간에 맞춰 시인회관에 갔다. 문 앞에서 기다리던 이도수를 따라 3층 소강당으로 갔다.

벌써 먼저 온 여러 회원들이 삼삼오오 둘러서서 노가리를 풀고 있다. 여자 회원이 훨씬 많다. 나는 잔뜩 긴장하여 이도수를 따라 실내를 돌았다. 이도수는 회원들에게 이번에 시로 등단한 내 친구 이현수, 하며 나를 소개했다.

단상 위쪽에 '제145회 시낭송회 및 신인상 수상식' 하는 현수막이 걸려 있다.

"시간이 되었으므로 신인상 수상식과 낭송회를 시작하겠습니다."

여자 사회자가 마이크로 시작을 알리자 모두 자리에 앉았다. 나는 사회자 옆에 별도로 마련한 수상자 자리에 여자 두 분과 나란히 앉았다. 회장 이도수의 인사말에 이어 신인상 수상이 이어졌다. 상춘문학 편집인이 시상했다. 내 옆에 앉았던 두 여인은 한 사람은 시, 한 사람은 수필로 등단한 신인으로 가족과 친지들이 꽃다발을 전달하며 등단을 축하했다.

나는 등단 사실을 아내에게도 알리지 않아 내 축하객은 없었다. 사진을 찍느라 잠시 장내가 소란했다.

시상식에 이어 시낭송회가 이어졌다. 타블로이드판을 반으로 접어 인쇄한 책자에 수록된 작품들을 순서대로 나와서 읽었다. 나더러 오늘 신인상을 탄 작품을 낭송하라고 하여 5편 보낸 작품 중 '고독'을 읽었다. 난생처음 문인들 모임에 참석하여 시를 낭독하며 목소리가 떨렸다.

7시 넘어 낭송회가 끝나고 식당으로 자리를 옮겨 회식이 이어졌다. 이도수는 나를 편집인과 원로들이 앉는 자리로 안내하여 그들에게 나를 소개했다. 원로분 중 두어 분은 시인으로 이름을 알고 있던 분이다.

편집인은 등단을 축하하며 석 달에 한 번, 작품 두 편을 보내달라고 했다.

나는 문인들이 권한 몇 잔의 소주에 가볍게 취하여 헤퍼지려는 입을 입술을 깨물며 잠겄다.

나는 아내에게 신인상 소식을 전하지 않았다.

3

나는 2개월 후 또 챗GPT가 토해낸 작품 두 편을 상춘문학에 보냈다. 편집인은 그 작품을 신작으로 실어줬다. 나는 상춘문학에 내 이름으로 실린 작품을 보며 큰 죄를 저지른 것 같은 죄책감이 들었다. 남의 눈을 속이고 귀중한 것을 훔친 것 같았다.

다음에 작품을 보낼 때는 챗GPT가 토해놓은 작품을 첨삭하며 손을 대기 시작했다. 어느 구절은 아예 삭제하고 새 구절을 써넣기도 하고, 단어를 고치기도 했다. 그렇게 나는 10%, 20%, 30%씩 챗GPT가 쓴 작품에 내 색깔을 씌웠다.

나는 시작법 책을 사서 읽고, 백화점에서 여는 시 창작반에 등록하고 시작법을 배웠다. 나는 백화점 창작반에서 등단했다는 사실은 숨기고 문학 지망생 행세를 했다. 시작법을 공부하며 챗GPT가 쓴 작품을 손보는 데 더 많은 시간을 소비하게 됐다.

그렇게 1년이 흐르고 나는 문인협회, 시인협회에 가입하여 문인단체의 회원이 되었다. 내가 소문을 내지 않았는데 아내가 내 등단을 알게 됐다. 가족이 알게 됐고, 직장동료가 알게 됐고, 동창들도 알게 됐다.

공돌이가 시인으로 등단한 것은 대단한 쾌거라며 격려도 받았다.

상춘문학 등 문인지는 물론 회사 사보, 동창회 회보에 실릴 작품 청탁도 받아 챗GPT와 협업하는 건수가 늘어났다. 이도수는 나를 몇몇 시낭송회 회원으로 가입시켜 줬다. 나는 챗GPT와 협업한 작품을 낭송했다.

나는 문학 세미나도 참석하고, 문학기행도 따라가며 문인행세를 했다. 아내는 1+1은 2인 것밖에 모르는 공돌이가 문인행세 하는 것을 신기하게 여겼다.

등단한 지 일 년 반이 지나자 내가 발표한 작품이 50여 편 되었다. 70여 편 작품이면 시집을 낼 수 있다고 했다. 나는 이왕 등단한 것 내 시집을 내고 싶었다. 시집을 내려면 20여 편 작품을 더 써야 한다.

나는 일 년을 더 기다려서 발표한 작품이 모이면 낼까, 하다가 시인들이 낸 작품집을 자주 받으며 나도 등단한 지 일 년 반이나 되었는데, 하며 받은 작품집에 내 작품집으로 답장을 보내야 하는 거 아냐, 하며 조급증이 일었다.

나는 먼저 시 제목 20개를 선정했다. 챗GPT에 제목을 입력했다. 컴퓨터가 30분도 안 되어 20편의 시를 뱉어냈다.

나는 보름 이상 컴퓨터가 뱉어낸 시를 손을 보며 내 시로 만들었다. 어느 시는 50% 정도 내 체취를 넣었고, 어느 시는 10% 정도 손을 봤다.

다른 사람들 시집을 보니 1부, 2부, 3부 등으로 나눠 편집돼 있다. 나는 내 시를 고향, 업장, 사랑, 자연 등 4부로 나눴다. 시집 제목을 짓는데 3일을 고민했다. 나는 챗GPT와 협업한 시를 모아 시집을 내며 꼭 세상에 사기를 치는 기분이었다.

나는 푸시킨의 시, 생활이 그대를 속일지라도, 하고 이어지는 시에서 힌트를 얻어 시집 제목을 〈세상이 그대를 속일지라도〉로 정하고, 내가 세상을 속이는 못된 짓을 시집 제목으로 하며 죄스러운 마음을 전했다.

나는 상춘문학 편집인에게 정리한 시집 초고를 보내며 시집을 내달라고 부탁했다. 다른 시집과 같이 시평을 쓸 평론가를 선정하는 것도 편집인에게 맡기고 출판비를 송금했다.

편집인이 선정한 평론가가 시집에 실을 내 시를 평한 평론을 출판 전 내게 보내왔다. 나는 그 평론을 읽으며 얼굴이 붉어졌다. 문인단체 부이사장 직함을 가진 평자는 '사유와 감정이 어우러져'란 제목으로 거의 아부라고 느껴질 만큼 내 시를 높이 평가했다.

나는 내(?) 시집 500권을 납품받아 초중고 대학 동창, 직장동료, 이렇게 저렇게 알게 된 친지에게 우송했다.

내 책을 받은 분 중 여러분이 책 보내준 것에 감사하며 출간 축하 메시지를 보내왔다. 친구들 모임에서 내 시집 출간을 축하하는 말을 들을 때마다 그들에게 무슨 죄를 지은 것 같아 얼굴이 뜨거워졌다.

이제 시집까지 낸 나는 완전한 문인 대접을 받고 문인행세를 했다.

한 시낭송회 회장을 새로 맡은 분이 나더러 총무를 해달라고 했다. 이도수가 너 총무 잘할 거라며 수락을 종용했다. 나는 엉겁결에 시낭송회 총무를 맡고 연락책 노릇까지 하게 됐다.

아내는 내가 시인이 된 것을 잘 인정하지 않으려 했다. 마치 내가 챗GPT에서 뽑아낸 시로 시인행세를 하는 것을 아는 것처럼. 아내는 내 시집을 그녀의 친구에게 보내며 누구에게도 자랑하지 않았다.

첫 시집을 낸 나는 시작법도 읽고, 문화강좌도 일 년이나 들어 어느 정도 시를 쓸 바탕이 되었다고 생각하며 챗GPT의 도움이 없이 내 시를 써보려

했다.

공원을 걷다가 떠오른 시상을 시로 옮기려 하니 정말 어려웠다. 챗GPT는 제목만 주면 바로 시를 쏟아냈는데 내가 직접 쓰려니 열흘이 지나도 시 한 편을 마무리할 수가 없었다. 나는 창작의 어려움을 실감하며 인공지능 덕에 얼렁뚱땅 시인이 되며 세상에 사기를 친 것에 자주 죄책감을 느꼈다.

나는 학생들이 과제 논문을 챗GPT의 도움을 받아 작성하여 제출하나 그 것을 찾아낼 수 없다는 신문 기사를 보며, 나의 시를 높이 평가한 평론가의 평론을 떠올리며 쓴웃음을 지었다.

4

상춘문학 편집인이 축하한다며 이번 15회 상춘문학상 수상자로 선정됐다고 알려왔다. 나는 그 전화를 받으며 사기의 클라이맥스, 하며 얼굴이 붉어졌다. 이제 내가 쓴 작품이 아니라며 수상을 거부할 수도 없다.

이도수가 이번 수상자 선정에 자기가 거들었다는 뉘앙스를 풍기며 축하를 해 왔다.

나는 인공지능의 도움을 받아 등단하고 시집을 낸 것까지는 그럭저럭 양심의 가책을 견딜 수 있었지만, 문학상을 받을 만큼 양심에 털이 나지 않아 어떻게 수상을 거절할까, 고민했다.

사실 내가 챗GPT를 활용하여 시를 창작하고 시집을 내고 문인행세를 한 것은 다른 사람들에게 피해를 주지 않았다. 나 혼자 양심의 문제였다. 그러나 수상은 다르다. 영혼을 불사르며 작품을 쓴 다른 작가가 탈 상을 내가 빼앗은 것이다.

나는 무슨 업장을 쌓은 것 같아 마음이 무거웠다. 처음 장난삼아 챗GPT가 지은 시 다섯 편을 이도수에게 건넸다. 심사위원들의 눈이 삐어 챗GPT가 쓴 시를 구별해 내지 못하고 등단시켰다. 그리고 나는 별생각 없이 계속 챗GPT와 협업하며 시를 발표했다.

그동안 나 나름대로 시작 공부를 하며 지금은 챗GPT가 뱉어놓은 시를 손봐서 내 경험과 감정을 섞어 50%쯤 내 시로 만들어 발표한다. 이젠 완전히 챗GPT와 협업한다.

일본 나오미상을 받은 소설가는 인공지능과 소설 플롯을 짤 때 협업한다고 당당히 발표했다. 기업에서는 중요 기업 방향을 결정할 때 인공지능과 협업하여 결정을 내린다.

기업 CEO는 인공지능 도움을 받는 것에 전혀 양심의 가책을 받지 않을 것이다. 최근 그림을 그리고 사진을 보정하는 앱이 출시되고 있다. 다 무료로 사용할 수 있도록 공개되었다. 그렇게 손을 본 작품이 버젓이 돌아다니고 있다.

그런데 나는 내가 챗GPT와 협업한 작품을 발표하는 것이 양심에 꺼림칙하다. 꼭 무슨 죄업을 짓는 것 같다. 업장은 말과 행동으로 짓는 죄라는데 챗GPT와의 협업은 무슨 죄가 될까?

어쨌든 나는 챗GPT와 협업한 작품으로 문학상을 받는 것이 싫었다. 내가 챗GPT가 쓴 시로 문인행세를 했다고 실토하고 수상을 거부하면 나를 문인으로 등단시킨 심사위원, 상춘문학 편집인, 이번에 수상작으로 선정해 준 심사위원들을 바보로 만드는 것이다.

그래도 수상만은 싫다. 하기야 인공지능이 작곡한 음원을 20명의 전문가에게 보냈더니 누구도 AI가 작곡한 걸 알아채지 못했다고 한다.

심지어 콜로라도 주립박람회 미술대회에서 한 게임 기획자가 제출한 '스페이스 오페라극장'이 1등으로 당선됐다. 수상자가 그 작품은 인공지능의 작품이라고 SNS에서 고백했다. 이 사건으로 미술계에서는 인공지능 사용을 창조적인 거로 인정해야 하는지 논쟁이 벌어졌다. 심지어 게임 기획자는 작품의 지적 소유권까지 요구했으나 법원이 받아들이지 않았다.

어쨌든 나는 인공지능과 협업한 시로 문학상을 받는 것이 부담스럽다.

내가 성당이라도 다녔으면 신부에게 고해성사라도 할 수 있고, 절에 다니면 스님과 상의라도 할 수 있겠는데 절도 다니지 않는다. 주위에 상의할 선배가 없다.

계속 업장을 지어 가는 것 같은데 풀 방법이 마땅히 없다.

'옴마니 반매 흠⋯⋯.'

나는 나를 등단시킨 이도수와 상의하기로 하고 그를 술집으로 불러냈다.

20일 만에 보는데 그가 초췌해 보인다.

"어디 아프니?"

나는 막걸리를 권하며 말했다.

"나 당분간 술 못 먹는다."

"왜, 그 좋아하던 술을 끊었냐?"

"끊은 게 아니고 참는다. 나 수술했다."

"수술? 무슨?"

"전립선. 열한 군데 조직검사를 했는데 한 포인트에서 암이 발견되어 수술했다."

"그랬어? 몰랐다."

"다빈치라는 로봇으로 수술했는데 구멍을 네 개 뚫고 마쳐서 잘 모르는데 한 구멍은 조직 부위 사진을 확대 촬영하고, 두 구멍은 로봇 팔이 들어가서 암 발생 부위를 절단한 거 같더라. 로봇 사용비가 천만 원도 넘었다."

"그럼 의사는 뭐 하는 거야?"

"기기 조작하는 거지."

"의사가 수술한 거 아니잖아?"

"그렇지. 그래도 의사가 수술한다고 하지."

"그런가? 로봇이 수술했는데 의사가 한 것으로 친다?"

나는 내가 챗GPT를 활용하여 시를 쓴 것과 무슨 차이가 있을까, 하며 막걸리를 마셨다.

나는 암 수술을 했다는 이도수에게 내 잘못을 말하지 못하고 술자리를 파했다.

떨떠름한 기분으로 집에 돌아와서 조간을 펼쳤다.

〈신약 개발부터 합성연구까지 인공지능 플랫폼 역할 강화〉라는 제목이 눈에 확 들어왔다.

나는 그 기사 제목을 보며 그렇게 개발한 신약 특허도 내고 할 텐데 개발자를 인공지능이 했다고 할 건 아니고, AI에게 지시한 연구원 이름으로 내고 그가 신약을 개발한 사람으로 대접받고 상도 타고 할 텐데….

인공지능으로 개발한 기술의 소유권은 개발자에게 있단다.

내가 챗GPT에 지시하고 그 생산물로 시인행세 하는 것과 뭐가 다르지….

우리는 끊임없이 문명의 이기를 활용하여 새로운 제품을 개발하여 쓰고 있다. 내가 챗GPT를 활용하여 시를 쓰는 것이 잘못인가?

나는 자기 합리화를 하며 허허 웃었다.

나는 문학상 수상식에 주최측에서 달아준 꽃을 가슴에 차고 참석했다.

아내가 수상 소식을 알고 아들딸을 데리고 꽃다발을 들고 참석했다.

요즈음 가족에게 신나는 일을 해 준 적이 없던 나는 아들과 자식이 나를 존경하는 눈으로 바라보는 시선을 느끼며 양심적인 체하며 수상을 거부하지 않은 것을 잘했다고 생각했다.

나는 상패를 받아 들고 가족과 사진을 찍으며 앞으로 챗GPT와 협업하여, 챗GPT를 도구로 사용하여 더 좋은 작품을 써야겠다고 마음먹었다.

짝사랑

1

나는 승용차를 몰고 지하철 2호선 잠실종합운동장역으로 갔다. 산골, 장수초등학교 동창 친구들이 부부 동반으로 공주 한옥마을에 모여 2박 3일 봄놀이를 하기로 했다. 아내는 동창들과 모임 약속이 있다며 빠졌다. 코로나로 여행객을 찾지 못한 관광버스가 도로변을 따라 죽 주차되어 있다.

나는 공간을 찾고 차를 주차하고 차 문을 열고 아시아 공원 쪽으로 나갔다. 벌써 와서 기다리고 있던 공무원을 했던 성호와 선생을 했던 종규가 손을 들며 반가워했다. 초등학교 때부터 60년이 넘도록 친구인 세 사람은 활짝 웃으며 악수했다. 성호 부인이 수줍게 인사한다.

종규는 3년 전 상처했다.

우리는 맨몸으로 냇가에서 헤엄을 치며 자라오며 서로의 사생활 비밀을 다 알고 있다. 친구들이 벌였던 연애사는 물론 심지어 친구들이 사귀었던 애인들 이름까지 다 안다.

한옥마을은 공주에 사는 순기가 예약했다. 전주에서 부부가 같이 공무원을 했던 진호 부부가 올라올 거다.

"큰 차가 아니라 불편할 건데 미안하다."

나는 차를 출발시키며 뒷좌석에 앉은 성호 부부에게 인사했다.

"야, 이 나이에 운전해 주는 것만도 고맙지."

조수석에 앉은 종규가 내 어깨를 툭 치며 말했다.

불알친구들은 옛날이야기로 떠들며 소풍을 가듯 나들이를 즐겼다.

정안휴게소에서 한 번 쉬고 순기의 집으로 갔다. 순기는 협동조합을 정년퇴직하고 서울을 떠나 공주에 정착했다.

순기의 집은 2층 양옥이다. 집 앞뒤로 3백여 평이 넘는 뜰이 있다. 순기는 뜰 일부에 소나무 묘목을 키우고, 나머지 땅에는 여러 종류의 채소를 가꾼다. 뜰 한쪽 구석에 닭장을 짓고 닭도 키운다.

순기는 그가 기른 닭을 잡아 닭백숙을 점심으로 준비했다.

나는 순기의 집 앞마당에 차를 진입시켰다. 우리가 탄 승용차가 마당으로 들어서는 것을 보고 순기 부부가 두 손을 들어 환영했다. 진돗개가 꼬리를 흔들며 반긴다.

"이이가 9시부터 토종닭 세 마리를 잡아 가마솥에 약재를 넣고 삶아놨어요."

순기 부인이 환하게 웃으며 보고했다.

"세 마리나? 우리 나이에 그렇게 많이 못 먹는데."

성호가 호들갑을 떨며 말했다.

"먹다가 모자라면 안 되잖아."

순기가 넉넉한 목소리로 말했다.

"진호는 아직 안 왔네."

종규가 전주 친구를 챙겼다.

"응, 진호 녀석 차를 몰고 오다가 어지러워서 집으로 돌아갔어."

순기가 보고했다.

"어지러워서? 녀석도 다 됐네. 고향 막걸리 다섯 병 가져온다고 했는데."

성호가 아쉬워했다.

"자, 우리라도 먹자. 정자 위로 올라가자."

순기가 말했다. 순기는 집과 나란히 두 평 남짓한 정자를 지어놓고 그 위에서 앞뜰과 뒷산을 내다보며 노년을 즐기고 있다.

"진호 녀석 안 됐다. 퍽 보고 싶어 했는데. 여기서 전주 한 시간이면 가니 내가 가서 데려올게."

내가 정자에 오르며 말했다.

"뭐? 전주 가서 데려온다고? 종엽이 아직 청춘이네. 우리 여기까지 싣고 오더니 또 전주까지 가서 진호 데려온다고?"

종규가 놀라는 목소리로 말했다.

"그래, 우선 배고프니 점심 먹고 가자. 종규 너 혼자 왔으니 나랑 같이 가자."

내가 종규를 보며 말했다.

"홀아비도 서러운데 나더러 가자고? 그래 별수 없지. 종엽이 니가 가자면 가야지."

종규가 고개를 끄덕이며 내 제의에 답했다.

나는 진호에게 전화하여 3시쯤 데리러 갈 테니 기다리라고 했다. 진호는 노인이 어떻게 오냐고 오지 말라고 한다. 나는 여기 떠날 때 전화할 테니 그리 알라고 말하고 진호가 더 말하기 전에 전화를 끊었다.

오랜 친구들은 푹 삶은 닭을 뜯으며 막걸리를 마시고 어린이같이 떠들었다. 운전해야 하는 나는 막걸리 반 잔을 아껴서 마시며 쫄깃한 토종닭의 육감을 즐겼다.

한 시간 반쯤 나이 든 친구들은 정말 화기애애하게 점심을 즐겼다.

"종규야. 점심 얼추 먹었으니 진호 데리러 가자."

내가 종규를 쳐다보며 말했다.

"응. 종엽이가 가자면 가야지. 누구 명이라고."

종규가 포기한 듯한 목소리로 말했다.

나는 차의 시동을 걸며 옆자리에 앉은 종규에게 우리가 지금 떠난다고 한 시간쯤 걸릴 거니 집 주소 내비에 찍고 가게 알려주라고 전화하라고 했다. 진호와 통화한 종규가 진호가 집까지 올 것 없고 전주역 바로 옆 파출소 앞에서 기다리고 있다고 했다고 알려준다.

전주까지 가는 내내 막걸리에 취한 종규가 타계한 아내에게 잘못했던 일을 복기하며 후회하는 넋두리를 했다.

파출소 옆 도로변에서 기다리던 진호 부부를 쉽게 찾고 차에 태웠다.

진한 감사 인사가 이어지며 차 속이 시끌벅적했다.

차가 고속도로로 들어섰다.

진호 부인이 송영자와 통화하겠냐고 종규에게 물었다.

송영자는 초등학교 동창으로 초등학교부터 중고등학교까지 남자 동기들에게 제일 인기가 있었던 여학생이다. 우리 동기 중 몇 놈은 그 집 앞을 기웃거리며 환심을 사려 했었다.

종규가 좋다고 했다.

진호 부인이 전화를 걸고, 언니 지금 국민학교 동창들하고 놀러 가는데 종규 씨 바꿔 줄게요, 했다.

송영자는 진호 부인의 중고등학교 선배가 된단다. 전화를 바꾼 종규는 술기운과 반가움이 겹쳐 초등학교 동창 여학생과 신나게 떠들어댔다.

어마, 그런 일이 있었어, 우린 몰랐네, 하며 호들갑을 떨었다.

두 초등학교 동창은 20분도 더 넘게 통화했다.

"깨가 쏟아진다. 어떻게 해 보려고 하나? 영자 남편이 퍼렇게 살아있는데."

종규의 통화가 길어지자 진호가 농담을 던졌다.

종규가 가만히 있어, 하며 진호에게 투덜대며 통화를 계속했다.

"뭐, 90까지 살면 맛있는 고기 사주겠다고?"

종규가 큰 소리로 떠들며 나와 진호를 쳐다보며, 니놈들 90까지 살면 영자가 고기 사준단다, 하고 통화 내용을 중계했다.

"이왕이면 안심 사주라고 해라."

진호가 한마디 했다.

종규가 전화를 끊고 나를 쳐다보며 호들갑을 떨었다.

"너 왕애자 알지?"

종규가 나에게 물었다.

"알지. 초등학교 선생 했던 애. 우리 동창 아니냐?"

"그래 동창. 초등학교 때부터 예쁘장하게 생겼고 공부도 잘했던 종엽이 너를 짝사랑했단다. 60년 만에 영자가 그 비밀을 말한다고 하더라."

"나를 짝사랑했다고? 나 몰랐는데. 진작 알았으면 마누라가 바뀔 뻔했네."

내가 농담조로 말했다.

"니가 중학교 가고, 고등학교 가고, 대학 가고 할 때마다 너를 오매불망 사모해서 니 말을 많이 했단다. 무심한 놈, 여자가 그렇게 좋아하면 어디 손이라도 잡아주지."

종규가 나를 쳐다보며 힐난했다.

"나 전혀 몰랐는데, 초등학교 졸업하고 딱 한 번 만났는데. 전주 놀러 갔다가 친구들 만나는 데서 만났는데 초등학교 선생 한다고 하여 그러나, 하고 몇 마디하고 말았는데. 나를 좋아했다고?"

"그래, 평생 너를 못 잊어 했대. 지금 남편 죽고 혼자 고향 장수에 살고 있대. 한 번 찾아가서 위로해 줘라."

"70 넘은 노인이 찾아가서 뭘 하라고?"

"그거야 내가 모르지. 구혼 여행이라도 가던지."

"미친놈, 별소리 다 하네."

나는 순간 나를 짝사랑했다는 그녀의 얼굴을 떠올리려고 했으나 뚜렷한

윤곽이 잡히지 않았다. 공부를 잘했으면 알 텐데, 잠시 만났을 때 별 인상적인 얼굴이 아니라 잘 기억나지 않는다.

종규가 메시지 왔네, 영자가 애자 핸드폰 번호 보내왔네, 종엽이 너한테 보내줄 테니 둘이 잡아먹든지 삶아 먹든지 알아서 해라, 하며 송영자가 보낸 왕애자의 핸드폰 번호를 내 핸드폰에 전달해 줬다.

"종엽이 그런 여복이 있었는지 몰랐네. 애자 까무잡잡하니 섹시하게 생겼었는데. 아주 똑똑하고."

진호가 놀렸다.

"그래, 우리 그런 사연 까맣게 몰랐다."

종규도 거들었다.

공주 한옥마을에 방을 두 개 잡고 남자와 여자가 따로 방을 썼다.

60년도 훨씬 넘게 사귄 늙은 동창들은 무령왕릉도 들르고, 공주산성도 들르고, 갑사도 들르며 맛집을 찾아가서 맛있는 음식 먹으며 즐겁게 이틀을 보냈다.

나는 문득 평생 한마디 말도 못 하고 60여 년 넘게 나를 짝사랑했다는 왕애자가 불쌍하게 느껴져서 그녀를 떠올리려 하였으나 뚜렷이 얼굴이 떠오르지 않았다.

여행을 마치고 헤어지며 종규가 나에게 왕애자가 혼자 살고 있으니 여자가 한을 품으면 한여름에 서리가 내리는 법이니 한 풀고 가게 한 번 만나서 회포를 풀어주라고 했다.

나는 미친놈, 하며 종규의 어깨를 툭 쳤다.

2

공주를 다녀온 한 달 후, 초등학교 동창들이 서울 메기탕 집에서 만났다. 메기탕을 안주하여 막걸리를 마셨다.

"종엽아, 너 왕애자 연락해 봤냐?"

종규가 술잔을 들고 내 잔에 부딪히며 느글느글한 목소리로 말했다.

"연락은 무슨 연락."

내가 탈탈 터는 목소리로 말했다.

"종엽이 너 독한 구석이 있네. 전화 한 번 해 주면 될 텐데 그게 뭐 어렵냐?"

진호가 지청구를 줬다.

"참 왕애자가 종엽일 짝사랑했다고 했지? 자식 한 번 연락하고 만나보지."

순기도 거들었다.

"얼굴도 잘 생각 안 나는데 무슨 연락?"

내가 비명을 질렀다.

"얼굴이 까무잡잡하여 섹시하게 생겼다. 똑 부러지게 똑똑했다."

순기가 말했다.

"그래? 그럼 뭘 하니 이제 다 늙었는데."

내가 막걸리로 목을 축이며 방어하는 투로 말했다.

종규가 누구에게 전화를 걸었다.

"나야. 강종규."

종규가 호들갑스럽게 전화를 걸었다.

"응, 우리 촌놈 동창들 만났다. 순기도 왔고, 진호도 왔고, 종엽이도 왔다."

종규가 전화에 대고 오늘 모임에 참석한 동창 인원을 보고했다.

"그래, 참 종엽이 왔는데 통화해 봐."

종규가 전화기를 나에게 건네며 왕애자다, 통화해 봐라. 옛사랑 목소리라도 들어야지, 하며 눈을 찡긋했다.

나는 엉겁결에 전화기를 받고 할 말이 생각나지 않아 더듬거렸다.

"애자냐, 잘 있었냐? 몇십 년 만이냐?"

여자는 숨을 들이켜며 바로 답하지 못했다.

"교사 정년퇴직하고 고향에 산다며?"

내가 말을 이어갔다.

"네. 고향에 살아요."

왕애자가 가늘게 대답했다.

"야, 우리끼리 무슨 존댓말이냐? 나 장수 가면 너 한 번 찾아갈게."

나는 지나가는 말로 했다.

"언제 오실 거예요?"

여자의 목소리가 떨렸다.

"가기 전에 연락할게."

"꼭 연락주세요."

여자의 목소리가 간절하다.

"또 연락하자."

나는 전화를 끊었다.

"몇십 년 짝사랑한 여자와 전화하며 겨우 몇 마디냐? 가슴이 떨려 말이 안 나오냐?"

종규가 나를 놀렸다.

"만나기로 하는 거 같던데 장수 한 번 가서 손도 잡아주고 안아주며 여자 한을 풀어주라."

진호가 놀리는 목소리로 말했다.

나는 허허 웃음으로 그들의 농담을 받아넘겼다.

동창들과 헤어져서 전철을 타고 집에 가며 그녀의 애잔한 목소리가 자꾸 떠올라 술에 가볍게 취한 가슴이 애틋했다.

그 후 나는 가끔 내가 그녀를 만나러 간다고 했던가, 하며 고개를 갸웃했다. 내 빈말에 그녀가 기대를 걸고 나를 기다리나, 하고 문득 생각했다.

'내가 그녀에게 한을 심어줬나?'

나는 그녀가 나를 좋아하는지 전혀 모르고 살았는데, 무슨 한을 심어줘, 하며 무슨 쓸데없는 동정, 하며 쓴웃음을 짓기도 했다.

서양 사람들도 동양의 윤회사상에 관심 두기 시작했다는 책 구절이 떠올랐다. 근사체험과 임종체험을 한 사람들을 조사한 바, 죽음은 모든 것의 끝이 아니라, 차원을 바꿔 다시 태어난다고 했다. 이생에서 해결 못 한 일들은 죽음으로 끝나는 것이 아니라 내세에서 다시 짊어지고 가서 해결해야 한다고 한다.

'왕애자는 이생에서의 한(?)을 짊어지고 내세에 가서 다시 짝사랑의 아픔에 매달리나?'

나는 문득 어렸을 때 물놀이 사고를 평생 후회로 안고 살아왔던 일이 떠올랐다.

우리 동네 가까운 곳에 폭이 거의 100m쯤 되는 저수지가 있다.

내가 열두 살 때, 이웃집에 사는 동수와 그 저수지를 헤엄쳐서 건너자고 했다. 그 저수지를 헤엄쳐서 건너면 친구들 사이에서 영웅 취급을 받는다.

동수와 나는 팔다리를 흔들며 준비운동을 하고 마음을 다잡으며 천천히 저수지로 걸어 들어갔다. 물이 배꼽을 넘자 헤엄치기 시작했다. 한 10m쯤 헤엄쳤을 때 뱀이 고개를 들고 헤엄쳐 왔다. 나는 뱀이 무서워 도망치듯 저수지 둔덕으로 도망쳐 나왔다.

동수는 뱀을 보지 못했는지 계속 헤엄쳐서 저수지 가운데로 들어갔다. 뱀에 쫓겨나온 나는 물속에 다시 들어갈 용기가 나지 않았다.

동수가 저수지 반을 건너갔다. 나는 녀석이 헤엄쳐서 건너고 뻐길 일을 생각하며 입맛이 썼다.

저수지를 2/3쯤 건너던 동수가 허우적거리는 것이 보였다. 나는 동수가 허우적거리는 것을 멀리 건너다보며 저 녀석이 왜 저러지, 했다.

동수가 물속에 잠겼다가 허우적거리며 다시 올라오곤 했다. 동수가 몇 번 자맥질하자 나는 사태를 알아챘다. 나는 헤엄쳐서 가서 동수를 구할 수가 없다. 나는 논으로 달려가서 논일하는 동네 어른들에게 동수가 저수지에 빠졌어요, 하고 큰 소리로 외쳤다.

동네 어른들이 내 말을 알아듣고 저수지로 달려왔다. 어른들과 저수지로 달려왔을 때 동수는 보이지 않았다.

몇 시간 후 동수는 저수지 배수구 근처에 시체로 떠올랐다.

동수가 물에 빠져 죽은 것에 내 잘못은 없다. 그러나 나는 평생 내가 뱀이 무서워 저수지에서 나오지 않고 같이 헤엄쳤으면 동수가 친구와 같이 헤엄치며 힘을 얻어 죽지 않았을 텐데, 아님, 헤엄치지 말자고 미리 말렸으면 동수가 죽지 않았을 텐데, 하며 후회가 되었다.

나는 평생 왕애자가 나를 좋아했던 것을 모르고 살았다.

그녀는 말 한마디도 못 건넨 짝사랑이 한이 되었을 거다. 그녀가 한을 품고 저세상으로 가면 그 한을 저세상에서라도 풀어야 한단다.

나는 그녀가 나를 짝사랑한 것을 몰랐었지만 그녀가 한을 품고 저세상에 가게 하는 것은? 한을 풀어줄 방법이 없을까?

내가 그녀에게 만나러 간다고 한 거야? 그냥 빈말로 한 건데, 그녀가 내 연락을 기다리고 있으면…. 그리고 내가 간다고 빈말하고 가지 않으면 그것도 또 다른 한이 되나?

왕애자가 어떻게 생겼지?

나는 얼굴이 잘 떠오르지 않는 왕애자를 만날 것인가 말 것인가, 만나봐야 결혼을 해 줄 수도 없는데, 하고 혼자 씨름하다가 만나기로 마음을 정했다. 나는 왕애자에게 전화했다.

"박종엽이다."

나는 왕애자가 전화를 받고 누구냐는 물음에 대답했다.

"종엽 씨 어떤 일로?"

그녀의 목소리가 떨렸다.

"나 장수 가는데 만날 수 있어?"

"언제 오시는데?"

"다음 주 화요일에 갈까 하는데"

"다음 주 화요일? 좋아요."

"그럼 어디로 찾아갈까?"

"버스 시간 알려주면 버스정류장으로 나갈게요."

"내 차로 갈 건데."

"승용차로 이 멀리."

"멀기는 세 시간 운전하면 가는데."

"그럼 12시에 국민학교 옆 은행나무 아래에서 만나요."

내가 다니던 초등학교 바로 옆에 몇백 년도 더 된 은행나무가 있다. 밤에는 나무귀신이 나온다는 전설이 있는 마을의 이정표가 되는 나무다.

가을이 되면 정말 원 없이 은행알이 떨어져서 길을 지저분하게 하고 악취를 풍겼었다.

"그럼 다음 화요일 12시 은행나무 아래에서 만나자."

"기다리고 있을게요."

나는 간절한 왕애자의 목소리를 들으며 전화를 끊었다.

나는 몇십 년 나를 짝사랑했다는 여인을 만나러 간다고 하고 가볍게 가슴이 설레어 다 늙은 할아버지 가슴도 떨리네, 하며 신기해 했다.

3

나는 화요일 오전 승용차를 몰고 장수로 향했다. 나는 얼굴도 잘 생각나지 않는 초등학교 여자 동창을 만나러 가며, 무엇하러 만나러 가지, 하면서도 묘령의 여인을 만나러 가는 것같이 가슴이 가볍게 설레어 이 무슨 조화, 했다.

나는 고속도로를 달리며 왕애자의 얼굴을 떠올리려 했으나 기억이 나지 않았다. 초등학교 때 우리 반 여학생이 한 30명 되었는데 왕 씨면 성씨도 특이한데 왜 기억이 나지 않지, 하며 그 당시 우리 반 여학생들 얼굴과 이름을 돌려가며 떠올려 봤으나 왕애자의 얼굴은 잘 떠오르지 않았다.

세 시간 남짓 운전하여 장수 톨게이트에 들어섰다. 어렸을 때 추억이 어린 광경들은 내가 고향을 떠난 수십 년 사이 다 바뀌었다. 돌담집이 없어지고 2층 3층 건물이 들어서고 상가가 줄 서 있다.

그래도 은행나무는 아직도 그 자리에 서 있다. 나는 약속시간보다 약간 늦게 은행나무 밑에 차를 정차했다. 꽃무늬가 있는 원피스를 입고 왕골 모자를 쓴 할머니가 차에 접근했다.

"애자, 잘 있었어?"

나는 차에서 내리며 아는 척 반가운 척했다.

종규가 말한 대로 그녀의 얼굴은 거무튀튀했다. 곱게 늙은 할머다.

그녀의 얼굴을 보고 초등학교 때 그녀의 기억이 겨우 떠올랐다. 그녀는 그림을 잘 그렸었다.

"종엽 씨, 먼 길 오시느라…."

그녀가 말을 맺지 못했다.

"우리 점심때 지났는데 어디 가서 점심부터 먹자."

내가 할머니의 손을 강제로 잡고 흔들며 말했다. 그녀의 손은 부드럽고 따뜻하여 여자의 손을 잡은 기분이 들었다.

"나, 여기 떠난 지 오래라 잘 모르니 식당은 니가 안내해."

"제가요? 그럼 차 가지고 오셨으니 덕산 가요."

"덕산, 거기 차로 갈 수 있어?"

덕산은 읍내에서 30리쯤 떨어져 있는 첩첩산중이다. 내가 초등학교 때 동네 친구들과 큰마음 먹고 두 번인가 세 번 갔었다. 그곳에는 용이 승천했다는 깊은 용소가 있다.

"개발되어 차로 갈 수 있어요."

"너 무슨 존댓말? 국민학교 동창끼리."

"그래도. 어떻게 종엽 씨같이 훌륭한 분한테."

"야, 이 늙은이보고 무슨 훌륭? 반말로 해. 덕산 가자고, 용소가 있는."

"거기 유원지로 개발하여 차가 갈 수 있고 산책로도 만들어 놨어요."

그녀가 수줍게 말했다.

"야! 존댓말 하지 말라니까. 그럼, 거기 가자. 자 차 타. 그리고 나 길 모르니 내비 해라."

그녀가 조심스럽게 조수석에 타며 안전띠를 맸다.

여자와 좁은 공간에 나란히 앉자 화장품 냄새, 여자 냄새가 났다.

나는 운전을 하며 여자를 느끼며 가슴이 뛰려고 하여 그녀 몰래 깊은숨을 들이쉬었다. 이정표와 그녀의 안내를 받아 덕산 가는 길로 들어서자 2차선 외길이라 더 이상 안내가 필요 없었다.

"은퇴하고 뭐하고 살아? 애들은?"

"응, 그림도 그리고 책도 읽고 남산도 오르고 하며 잘 지내고 있어."

그녀는 어색하게 말을 놓았다.

"딸 둘 있는데 큰딸은 독일로 유학갔다가 독일 사람과 결혼하고는 그냥 독일에 눌러 살고, 둘째 딸은 옥포 대우조선 다니는 사람과 결혼하고 옥포에 살아, 종엽 씨는?"

"씨는 무슨 씨. 그냥 종엽이라 불러. 아들딸 둘인데 다 장가 시집 보내고 지금 마누라랑 둘이 살지."

서로 같이 경험한 세월이 없는 두 사람은 가족에 대해 몇 마디 말하고 나서는 더 이상 대화거리가 없다.

승용차 속이 침묵으로 채워졌다. 어색한 분위기가 이어졌다.

나는 애자가 풍기는 여자 냄새에 가볍게 반응하는 몸을 신기하게 느끼며, 남자 동창들 이야기를 주절댔다.

종규는 상처하고 혼자 살고 있고, 순기는 공주에 2층 단독 주택을 짓고 전원생활을 즐기며 살고 있고, 성호는 서울 근교에 살고 있고….

동창들 살아가는 이야기를 하는 사이 차가 골짜기 빨간 지붕을 이은 전원주택 마을 앞에 도착했다.

"여기가 덕산유원지 주차장이야."

나는 주차장에 차를 세우며 상전벽해 됐네, 이 산골에 전원주택이라니, 하며 감탄하는 눈으로 주위를 둘러봤다. 주차장 위로 계곡을 밀어 부지를 조성하고 전원주택 수십 채를 줄 세워 지었다.

애자가 식당으로 앞장서서 들어가서 자리를 잡고 나에게 묻지도 않고 산채정식을 주문했다.

"여기 산채 전부 덕산에서 뜯은 자연산이야. 보약이지 맛도 있고."

애자가 혼잣말처럼 중얼거렸다.

애자의 말처럼 정말 산채가 부드럽고 향기가 났다.

두 사람은 마치 다툰 사람같이 입을 다물고 밥을 입에 퍼 넣었다. 나는 무엇인가 말을 해야 하는 것 같았으나 막상 할 말이 떠오르지 않았다.

술이라도 한잔하면 입이 열릴 텐데, 곧 운전하여 서울까지 가야 하니 술을 입에 댈 수가 없다.

나는 초등학교 때 동네 친구들과 덕산에 왔던 이야기를 주절거렸다.

그녀는 나를 힐끔거리며 고개를 끄덕이며 듣고 있다는 표시를 했다.

어색한 분위기에서 식사를 마쳤다.

"여기 산책길을 잘 닦아 놨어. 6m가 넘는데 산도 계곡도 좋아. 관광버스를 타고 오는 사람들은 버스가 여기다가 관광객을 부려놓고 반대편에 가서 관광객을 기다려요. 그런데 우린 그럴 수가 없네요."

"왕복 12km는 힘들 거고 중간쯤 가다가 돌아오자. 너무 늦으면 서울 어두울 때 가야 하는데 나 밤에 운전하기 어렵다."

"주무시지 않고 오늘 올라가실 거에요?"

그녀가 의외라는 투로 말했다.

나는 당연한 것을 왜 묻냐는 투로 그녀를 쳐다보고 대답은 안 했다.

두 사람은 산책로를 따라서 걸었다. 계곡을 흐르는 물소리의 박자에 맞춰 웅장한 산세가 이어졌다. 대화할 공통 주제가 없는 두 사람은 입을 닫고 걸었다.

나는 무슨 말을 해야 할 것 같았다. 동창들 이야기는 다 했으니 또 할 수도 없고, 그렇다고 종교나 철학을 논하는 것은 그렇다. 더욱 정치 이야기는 분위기에 안 맞는다. 나는 남자 동창들과 한 달에 한 번 만나는데 봄가을로 부부 동반으로 여행했던 이야기를 했다.

제주도, 통영, 삼천포, 여수, 속초, 대천 등 여러 곳에 여행 갔던 이야기를 주절댔다. 그녀는 고개를 끄덕이기도 하고 박자를 맞추며 내 이야기를 들어줬다. 내가 여자 동창들 소식을 물었다.

"수덕사에 갔을 때 서영희가 그곳에 비구니로 있었는데 다음 갔을 때 전남 어디 암자로 갔다고 하던데, 잘 있어?"

"영희? 죽었어. 몇 년 전에."

"그래? 엄정희는 여행사 한다고 우리 회사 찾아와서 출장 갈 때 자기 여행사를 통해 비행기 표를 끊으라고 하여 몇 번 해 줬는데 소식이 없어."

"정희도 죽었어."

"허, 남자 동창도 여럿 죽었는데 여자 동창도 몇이 죽은 모양이네. 우리가 그런 나이가 되었나?"

"그런 나이가 되었지."

그렇게 걷다 보니 3km 남았다는 이정표가 나왔다.

"여기서 돌아가자. 그리고 이렇게 만났는데 다른 등산객들은 서로 손잡고 다정히 가는데 우리도 손잡고 가자."

내가 뒤돌아서서 가며 말했다.

"손잡고 가자고?"

"국민학교 동창이 몇십 년 만에 만났는데 그 정도 스킨십은 해야지."

내가 강제로 그녀의 손을 잡았다.

얼굴이 홍당무가 된 그녀는 뿌리치지 않았다.

나는 나이 든 그녀의 손이 의외로 부드럽고 따뜻하여 살짝 당황했다. 그녀의 손은 아직 여자의 손이었다. 손을 잡고 걷다 보니 잠시 어색했으나 바로 옥토퍼시 호르몬이 작용하여 그녀의 입이 터졌다.

그때부터 그녀가 대화를 주도했다. 선생님 할 때 이야기도 하고 살아온 이야기도 했다. 그렇게 한 시간 넘게 걷다 보니 둘은 퍽 친숙해진 분위기가 되었다.

산책을 마치고 나는 그녀를 처음 만났던 은행나무 밑까지 태워다 주고 작별을 고했다. 그녀는 여기까지 와줘서 고맙다고 하며 이별을 아쉬워했다. 나는 서양식으로 이별할까, 하며 그녀를 껴안았다.

내 의외의 행동에 그녀는 몸을 움츠렸다.

나는 잠시 그녀를 안는 동안 그녀에게서 나는 여자 냄새와 부드러운 촉감에 아찔하며 갑자기 성욕이 일어 당황했다. 나는 그녀의 손에서 전해지던 따뜻한 체온과 안았을 때 났던 여자의 냄새와 촉감을 떠올리며 다 져가는 꽃에서도 향기가 나네, 하며 고속도로를 달렸다.

그녀는 내가 힘들게 장수까지 자기를 보러 왔으니 이번에는 답례로 자기가 나를 보러 서울로 올라오겠다고 전화했다. 나는 망설이지 않고 바로 좋다고 하며 버스 타면 시간 알려주라고 했다.

그녀가 오전 8시 전주에서 떠나는 고속버스를 탔다고 연락했다. 11시 반쯤 고속버스터미널에 도착할 거라고 했다. 나는 마중 나가겠다고 했다.

나는 그녀가 점심시간에 서울에 도착하는데 어디서 점심을 대접할까, 하고 고민했다. 고속터미널에 있는 엘리엇호텔에서 대접할까, 신라호텔로 갈까, 아님 잠실 롯데호텔로 가서 점심 먹고 123층 롯데 타워나 구경시켜 줄까, 그러지 말고 남산 타워에 올라 서울을 내려다보며 점심을 먹고 남산 둘레길을 걸을까?

나는 시간에 맞춰 고속버스터미널 호남선 하차장에서 그녀를 기다렸다.

그녀는 지난번 장수에 갔을 때 입었던 그 옷을 입고 왔다. 나는 그녀는 옷이 그것밖에 없나, 하며 반갑게 그녀를 맞으며 악수를 청했다.

나는 그녀를 택시 정류장으로 안내하여 택시에 타고, 운전사에게 남산 케이블카 타는 곳으로 가자고 했다. 그녀는 어디 가는지 묻지 않았다. 수인사를 마치고 할 말이 없어 나는 동창들이 너랑 내가 만났는지 궁금해 한다고 말했다.

"왜 궁금해 해요?"

"그게⋯, 송영자가 니가 나를 평생 좋아했다고 뻥을 쳤거든."

나는 그 말을 하고 그녀의 비밀을 까발리는 것 같아 말실수, 하며 아찔했다.

"영자 고 기집애 입이 싸긴."

그녀가 발끈했다.

나는 더 할 말이 없어 입을 닫았다. 택시가 반포대교를 건너 남산 제3터널 쪽으로 달려갔다.

"저 담이 미8군 영내고 저쪽으로 조금 더 가면 국방부가 나오는데 그곳에 윤 대통령이 청와대 안 가고 이사한 청사가 있어."

특별히 할 말이 없던 나는 여행 가이드를 했다.

"저 위에 남산 타워 보이지? 그곳에서 점심 먹을 거야?"

"와, 그럼 서울 시내가 다 보이겠네요?"

"응, 그런데 너는 아직도 존댓말이니?"

"그래도 그게⋯."

"거리감 느껴진다. 편하게 말해."

"그래도⋯."

나는 택시가 달리는 곳을 안내하며 침묵을 깼다. 주중이라 손님이 적어 우리는 바로 케이블카를 탈 수가 있었다.

그녀는 무서운지 내 곁에 딱 붙어 섰다. 여자 냄새가 진하게 전해 와서 나는 순간 성욕이 일었다. 나는 나의 몸의 반응에 민망하여 두리번거리며 휙휙 지나가는 남산의 숲을 내려다봤다.

케이블카에서 내려 남산 정상의 봉화대 등 몇 곳을 둘러보고 엘리베이터를 타고 타워 식당에 올라가서 점심을 먹었다. 그녀는 내가 선택한 식당에 퍽 만족해 했다. 우리는 맥주도 한잔했다.

알코올이 그녀의 입을 열게 하여 그녀는 살아가는 일상을 조잘거렸다.

점심을 먹고 나는 국립극장 쪽으로 내려가는 산책로를 따라 하산하자고 했다. 그녀는 잘 모르니 하자는 대로 하겠다고 했다.

녹음에 싸인 산책로는 한가했다. 나는 완만한 경사의 산책로를 걸으며 분위기도 좋으니 손잡고 가자고 했다.

그녀는 잠시 망설이다가 손을 줬다. 한 번 손을 준 그녀는 힘껏 내 손을 잡았다. 우리는 손을 잡고 다정한 연인처럼 주절거리며 하산했다.

3호선 전철역 동국대역 근처 커피숍에 들어갔다.

"전주에서 장수 가는 막차가 6시에 있어 5시 반까지는 전주 가야 하는데."

"지금 두 시 조금 안 됐으니 커피 마시고 바로 고속버스터미널 가자. 여기서 전철로 몇 정거장 안 되니. 한 10 몇 분이면 갈 거야."

"그럼 20분 여유 있네. 이렇게 좋은 곳 구경시켜 주고, 시간 내줘서 고마워."

"고맙기는. 나는 너랑 남산길 데이트할 것 꿈에도 생각 못 했다."

"그러네. 이렇게 종엽이 자기 만나니 좋다. 장수 왔을 때도 서울 왔을 때도 자기가 다 돈 쓰는데, 나 돈 쓸 기회 주라."

"그래? 그럼 다음 만났을 때는 니가 밥값 내."

"우리 또 만나는 거야?"

"모르겠는데."

"내 부탁 하나 있는데 들어 줄 거야?"

"들어 줄 수 있는 거면 들어줄게."

"아주 쉬운 건데. 우리 동남아로 3박 4일쯤 여행 가자. 모든 비용은 내가 댈게."

그녀가 얼굴을 붉히며 내 눈치를 보며 말했다.

"동남아 여행? 못 갈 거 없지."

나는 문득 그녀와 섹스를 떠올리며, 이 나이에 무슨 섹스, 하고 생각하며 쉽게 대답이 나왔다.

"고마워, 어려운 부탁 들어줘서. 내가 집에 가서 인터넷 뒤져 근사한 곳 가는 프로그램 두어 개 골라 보낼게. 자기가 정해 주면 내가 예약할게."

그녀가 들뜬 목소리로 말했다.

나는 문득 아내의 얼굴이 떠올라 그녀의 말에 장단을 맞출 수가 없었다.

"버스 타러 갈 시간 됐네."

그녀가 자리에서 일어서며 말했다.

나는 고속버스터미널에 가서 전주 가는 차표를 사주고 그녀가 탄 버스가 떠날 때 손을 흔들어 주고 집으로 가며 내가 무슨 약속을 한 거야, 마누라가 알면 박살이 나겠네, 평생 짝사랑했다는 여자가 신혼여행 가자는데 평생 원 풀어주는 건데, 그것도 죄인가, 하며 그녀와 여행을 가서 벌릴 육체적 접촉을 상상하며 가볍게 흥분하여 그녀가 해외여행 가자는데 쉽게 대답한 잘못(?)을 포장했다.

4

우리는 여행지로 인도네시아 족자카르터로 정했다. 단체 그룹 여행 일행은 열다섯 명이었다. 일행은 우리를 다정한 노부부로 여겼다.

족자카르터에 도착하여 가이드는 저녁을 먹이고 쉐라톤 호텔로 안내했다. 호텔 로비에서 보이는 앞산 봉우리에서 하얀 김이 뭉게뭉게 피어올랐다. 화산이 숨을 쉬는 거라고 했다.

나는 방 열쇠를 받고 그녀와 같이 605호실로 갔다. 트윈 베드 룸이다. 방에 들어서며 70이 넘는 나이의 내 가슴이 가볍게 뛰고 얼굴에 열기가 났다. 그녀가 짐을 풀지 말라고 하며 방을 나갔다.

그녀가 조금 있다 들어와서 방을 옮기자고 했다. 나는 무슨 말인지 몰라 가방을 끌고 그녀를 따라갔다. 그녀는 621호 방문을 열고 앞서 들어갔다. 더블베드 룸이다.

"몇십 년 만에 기회가 되어 왔는데 다른 침대에서 떨어져 자는 것, 그렇지?"

그녀가 나를 쳐다보며 얼굴을 붉히며 수줍게 말했다.

나는 순간 짝짓기가 연상되어 얼굴에 열이 났다.

"나 먼저 샤워하고 나올게. 밤 화장도 해야 하니."

그녀가 갈아입을 옷을 들고 목욕탕으로 먼저 들어갔다. 목욕탕에서 나는 물소리가 나를 흥분시켰다. 나는 이 나이에 무슨, 하며 흥분을 잠재우려 했다. 그녀가 분홍색 잠옷을 입고 목욕탕에서 나와서는 당신 차례라고 했다.

나는 뜨거운 물로 여독을 풀며 나도 모르게 발기한 놈에 샤워 꼭지를 대고 따뜻한 물로 마사지했다. 잠옷을 준비하지 않은 나는 러닝에 팬티 차림으로 목욕탕에서 나와 바로 침대 속으로 기어들어 가서 반나신을 숨겼다. 그녀는 밤 화장을 하고 있었다. 아내는 요사이 내가 보는 데서 밤 화장을 하지 않는데, 아내 아닌 여자가 밤 화장을 하는 것을 보니 기분이 묘했다.

밤 화장을 마친 그녀가 불을 끄고 침대로 들어와서 머리를 내 가슴에 묻고 팔로 내 몸을 감았다. 화장품 냄새가 내 본능을 강하게 자극했다.

"이거 꿈 아니지요?"

그녀가 내 가슴을 쓸며 말했다.

나는 말 대신 그녀를 꼭 안아줬다.

수십 년 결혼생활을 하며 짝짓기를 했던 남녀는 비록 나이가 들었으나 바로 능숙하게 짝짓기 동작을 시작했다.

폭풍이 지나고 본능의 욕구를 푼 두 나이 든 남녀는 조금 어색해졌다. 그녀는 나를 꼭 껴안고 가볍게 숨을 내쉬었다.

"종엽 씨, 감사해요. 내 평생 바라던 꿈을 이뤘어요. 저 얼마나 많이 종엽 씨와 사랑 나누는 것을 상상했는데요. 고마워요."

그녀가 울먹이며 말했다. 나는 토닥토닥 그녀의 등을 두드려줬다.

우리는 같이 여행하는 일행에게 사이 좋은 노부부로 부러움을 샀다. 힌두교 사원, 불교 사원, 화산이 김을 품는 골짜기 등 관광지를 들러보고 3박 4일간 여행을 마쳤다.

인천공항에는 밤 11시가 넘어 도착했다. 우리는 공항 터미널로 가는 막차를 겨우 탔다.

"이렇게 꿈같은 시간이 끝나네요. 모든 것은 다 흘러가서 끝나게 되어 있어요. 우리 나이 이제 곧, 이 세상도 끝나겠지. 평생 꿈을 이루게 해 줘서 고마워요. 이제 오늘 헤어지면 다시 연락하지 맙시다. 종엽 씨 부인이 알면 얼마나 속상하겠어요."

그녀가 내 손을 꼭 잡고 말했다.

"정말 감사해요. 이걸로 우리 잔치를 끝내요. 더 연장하면 추악한 치정이 돼요."

그녀가 어둠이 덮인 한강을 내다보며 말했다.

공항 터미널에서 그녀는 호텔까지 데려다주겠다는 내 제의를 완강하게 뿌리치고 택시를 타고 도망쳤다.

그녀는 60년 넘게 품었던 짝사랑 연정을 3박 4일의 여행으로 퉁 치고 홀홀 떠나갔다. 나는 미련이 남아 그녀를 그렇게 보내는 것이 아쉬워졌다.

나는 내 욕심이 우스워 허허 웃으며 이렇게 이생의 한 업장을 태워버렸나, 했다.

인연

1

시집간 딸이 나를 찾아왔다.

딸이 나 혼자 사는 집 거실과 부엌을 둘러보고 소파 옆자리에 앉으며 말했다.

"그래도 집은 깨끗하네요."

"일주일에 한 번씩 청소 아줌마가 와서 청소해 주잖나. 나 혼자 사니 어지를 일도 없고."

내가 담담하게 말했다.

"아빠, 이 큰집에 혼자 사시는데 적적하지 않아요? 혼자 살기 편한 규모의 집으로 이사 가시라니까요."

딸이 항상 하던 잔소리를 또다시 되풀이하였다.

나는 54평 아파트에서 혼자 산다. 이 집에서 30여 년 살아왔다.

아들 둘과 딸 하나를 이 집에서 낳아 키워 결혼시켜 분가해 내보내고, 한 5년 아내와 단둘이 살았었는데 아내가 나만 남겨놓고 갑자기 타계했다.

자식들은 나를 자기들 집으로 모실 생각하지 않고 큰집에 혼자 살면 적적하고 청소하기만 어려울 테니 이 아파트를 팔고 적당한 규모의 작은 집으로 이사 가라고 한다.

나는 내가 혼자 사는데 어느 규모의 집이 적당한지 모르고, 아내와 자식들과 30여 년을 살아온 정이 든 이 집을 떠나기가 싫다. 더구나 아내와 내가 피땀 흘려 이 집을 마련했다.

집 살 때 은행 다니는 친구의 도움으로 받은 융자 돈을 갚기 위해 나는 대학교수 수입으로는 상환이 어려워 다른 대학 시간 강사 아르바이트를 하고 여러 용역에 이름을 올리고 인건비를 챙겼다. 아내는 동대문시장에서 봉제공장을 하는 작은아버지 회사에 10년을 다니며 돈을 벌었다.

"그리고 아빠, 자동차 왜 팔아치우지 않아요?"

"차를 팔라고?"

"네. 집에 들어오다 보니 아빠 차 황사가 잔뜩 묻고 흉물스럽던데, 왜 쓰지도 않은 차 거기다 주차하고 보는 사람 볼썽사납게 해요."

"볼썽사납기는. 누가 남의 차에 관심 있나?"

"너무 지저분하여 보기 싫어요. 팔지 않으려면 세차라도 좀 하시지."

"세차? 오래 안 타서 배터리가 다 나가 시동이 안 걸릴 거다. 보험회사까지 불러 시동 걸고 세차할 것 없잖아."

"그럼 타지도 않는 차 보험도 들었어요?"

"책임보험 안 들면 벌금 문다."

"그럼 타지도 않는 차 보험도 들고 세금도 내는 거요?"

"당연하지."

"타지도 않을 차 뭐 하러 보험 들고 세금 내고 해요. 팔아치우지."

"그 차가 어떤 차인데. 니 엄마랑 전국을 누빈 차다. 페리호에 싣고 제주도까지 다닌 차다. 그런 차를 팔아 없애라고?"

"그렇게 추억이 넘치는 차면 방안에 모시지요."

"방에는 못 모시지만, 베란다에서 바로 내려다보이는 자리에 주차해 놓왔다."

나는 베란다로 나가서 10년 넘게 아내와 전국을 누비며 추억을 쌓은 내 차를 내려다봤다. 멀리서 내려다보니 차가 지저분한지 잘 모르겠다.

"아빠가 엄마를 사랑했던 건 알지만 이 큰 집에 눌러 살며 같이 타고 다녔던 낡은 차까지 집착하는 것은 일종의 병이에요."

"병? 이 나이에 그런 추억까지 다 버리면 무슨 재미로 사냐?"

"아빠, 여자 소개시켜 줘야겠다."

"뭐 여자? 니에미가 저승에서 운다."

"엄마도 아빠가 이렇게 과거에 매몰되어 사는 것 바라지 않아요."

나는 딸의 말에 더 이상 대꾸하지 않았다.

딸은 한참을 집을 팔고 한 20평 되는 아파트로 이사 가라고 조르고, 자동차도 팔라고 채근하다가 제풀에 지쳐 자기 집으로 돌아갔다.

딸이 현관을 나가자 나는 다시 베란다로 나가서 바로 눈 밑에 주차된 검은색 자동차를 내려다보며 아내와 지냈던 옛일을 떠올렸다.

나는 대학을 졸업하고 군대를 다녀와서 유학의 꿈에 부풀어 미국 여러 대학에 입학 원서를 냈다. 3개 대학에서 입학허가서가 왔다. 장학금을 준다는 대학은 없었다. 나는 LA에 있는 대학에 가기로 정하고 여권을 내고, 미국 비자를 받고, 환전하러 외환은행에 갔다.

석 달 치 기숙사비와 용돈을 합쳐 800달러를 환전했다. 환전하고 100달러짜리 일곱 장과 잔돈으로 바꾼 소액권을 소중히 지갑에 넣고 막 은행 창구를 떠나려 하는데 한 처녀가 창구로 다가왔다. 나는 순간 여자의 아름다움에 눈이 시렸다. 나는 세상에 저렇게 예쁜 여자가 다 있어, 하며 그 자리에 못 박혀 꼼짝 못 하고 넋을 놓고 그녀를 쳐다보다가 창구를 비켜 줬다.

나는 두어 걸음 물러서서 머뭇거리며 그녀의 아담한 뒷모습을 훔쳐봤다.

그녀가 송금 서류를 작성하며 고개를 갸웃거리며 누구의 도움을 받고 싶어 하는 거 같았다. 나는 어디서 용기가 났는지 모르게 바람같이 그녀에게 다가가서 무엇을 도와줄까요, 하고 물었다.

그녀가 나를 힐끗 올려다보고, 얼굴을 붉히며 이것 어떻게 써야 하는지 잘 모르겠어요, 하며 기어드는 목소리로 말했다. 나는 서류 작성을 도와주고, 그녀가 환전할 때까지 기다렸다가 그녀와 같이 은행을 나왔다.

그녀는 고맙다고 인사를 했고 나는 뭘요, 하며 머리를 긁적였다. 그녀는 살짝 미소를 보내고 그녀가 갈 길로 갔다. 나는 저만치 멀어지는 그녀의 뒷 모습을 보며 차라도 마시자고 할 걸, 하고 후회가 되었으나 이미 떠난 버스였다.

나는 5년간 유학 생활을 마치고 박사학위를 들고 모교의 조교수 자리를 꿰차고 금의환향했다.

내 지도교수는 내가 유학 떠날 때 학장이었는데, 내가 귀국할 때는 총장이 되어 있었다.

나는 조교수 발령을 받고 총장께 인사 갔다.

예쁜 여비서가 총장님 지금 손님 접대 중이시니 잠시만 기다리시라고 했다. 여비서를 어디서 본 듯했으나 어디서인지 기억이 나지 않았다. 여비서가 내놓은 녹차를 마시며 소파에 앉아서 그녀의 시선을 느끼며 그녀의 예쁜 얼굴을 훔쳐보며 손님이 나가기를 기다렸다.

총장에게 인사하고 여비서에게 차 잘 마셨다고 인사하고 총장실을 떠났다. 나는 여비서가 나를 뚫어지게 쳐다보는 것 같아 그녀를 어디서 봤지, 하며 고개를 갸웃했다.

개강 일주일 후, 오후 5시가 넘어 총장이 나를 불렀다. 나는 무슨 일이지, 하며 총장실에 갔다. 여비서가 총장님이 기다린다고 했다. 나는 바로 총장실에 들어갔다. 총장이 비서에게 커피를 주문했다.

"박 교수 아직 총각인가?"

총장이 여비서가 날아온 커피를 느긋하게 마시며 물었다.

"네."

"애인은 있고?"

"사귀는 사람 없습니다."

"내가 중매할까…. 어때?"

"중매. 영광입니다."

"그래? 들어오며 여비서 봤지?"

"네. 미인이던데요."

"얼굴만 예쁜 것이 아니라 마음씨도 고와. 집안도 교육자 집안이고. 저녁 나랑 같이 먹지. 미스 이도 같이 갈 거야. 6시에 와. 내 차 타고 나가자."

총장이 여비서, 이선영과 선을 보는 자리를 마련하며 중매를 섰고, 나와 이선영은 몇 번 만나보고 선을 본 지 3개월 만에 결혼했다. 첫선을 보는 날 그녀는 내가 유학 가기 전 환전할 때 은행에서 자기를 도와줬던 청년이었다고 알려줬다. 그때야 나도 그녀를 어디서 봤었는지 기억해 내고 그녀와 전생부터 인연인 것 같아 그녀가 더욱 사랑스러웠다.

우리는 잉꼬부부로 아들딸 낳고 40년을 잘 어울려 살았다.

그녀는 아내이기도 했지만, 비서 역할도 했다.

나와 아내는 저녁을 먹고 소파에 앉아 티브이를 보았다. 연속극 줄거리에 따라 감정을 드러내던 아내가 고단한지 소파에 비스듬히 누웠다.

나는 연속극을 보다가 아내가 소파에서 잠이 든 것 같아 방에 들어가서 자, 하고 말했다. 아내가 아무 반응이 없다. 나는 반응이 없는 아내를 무심히 쳐다보다가 소파에서 불편하게 잘 것이 아니라 방에서 편히 자라고 하려고 그녀를 가볍게 흔들며 방에 가서 자, 하고 말했다.

순간 그녀의 팔이 소파 밑으로 툭 떨어졌다.

나는 되게 곤히 자네, 그냥 자게 둘까, 하다가 잠자리가 불편한 것 같아,

그녀를 가볍게 흔들며 소파 불편하잖아, 방에 들어가서 자, 하고 그녀를 흔들며 좀 더 큰 소리로 말했다.

그녀가 전혀 반응이 없다. 나는 어어, 하며 그녀의 손을 잡았다. 손이 차다. 얼굴 색깔이 창백하다. 나는 무심결에 그녀의 코에 손을 댔다. 그녀가 숨을 쉬지 않는다. 나는 순간 정신이 멍해지며 사고가 멈췄다.

나는 그녀를 흔들며 정신 차려, 하고 떨리는 목소리로 말하다가, 문득 119가 떠올라 119에 전화했다.

내가 멍청히 아내를 내려다보고 있을 때 119 구급대원 두 사람이 왔다. 그들은 소파에 늘어진 아내를 살피더니 사망하셨습니다, 하고 삭막한 목소리로 말했다.

"사망이요?"

나는 비명을 질렀다. 그들은 현장을 보존해야 한다며 손대지 말라고 하고 어디로 전화했다.

나는 아내가 죽었다는 말을 이해하지 못하고 멍청하게 서서 아내를 내려다보다가 119대원을 보다가, 하고 있을 때 경찰이 왔다. 119 대원은 아내를 경찰에게 인계하고 현관을 나갔다.

경찰은 내가 아내를 죽이지 않았나 유도심문했다. 나는 어이가 없어 제대로 대답 못 했다. 그들은 사인을 확인하기 위하여 심지어 부검해야 한다고 했다. 나는 아내를 죽였다고 의심받는 것도 어이없는데 부검까지 운운하자 막 화도 나고 억장이 무너졌다.

그들은 내가 전직이 대학교수였다는 것을 확인하고 놀라서 뛰어온 아들딸들을 심문하고 한참 소란을 떨더니 아내를 자연사로 인정해 줬다.

그리고 다음 날 경찰서에 가서 진술서를 써 줬다.

나는 아내의 죽음을 실감하지 못하고 장례 절차가 진행되는 동안 정신이 나가 있었다.

아내의 유골을 봉인당에 안치했다.

나는 보름도 넘게 정신을 놓고 지내다가 겨우 아내가 죽어서 화장하고 뼛가루만 봉인당에 안치된 것을 인지했다. 그동안 딸이 와서 내 시중을 들어줬다.

나는 아내가 간 지 일 년이 지난 지금도 아내가 웃으며 현관에 들어서는 것 같은 환상에 허우적거린다.

2

딸이 사위가 3개월 미국에 연수를 간다며, 그동안 나를 그녀의 집에 와서 살라고 했다. 내가 싫다고 하자 딸이 손자와 손녀를 데리고 우리 집으로 들어왔다.

아내가 죽고 일 년 넘게 나 혼자 살던 집에 식구 셋이 늘자, 집이 사람 사는 집이 되었다.

우선 나는 하루 세끼 무엇을 먹을까 걱정 안 해도 되었다. 손자들이 뛰어놀아 좀 시끄럽기는 했지만, 그 소리는 사람 사는 집에서 나는 소리였다. 딸은 일 년 동안 세워 뒀던 내 차를 보험회사에 연락 배터리를 충전하고 세차하고 끌고 다녔다. 일 년 동안 붙박이로 한 자리에 주차되어 있던 차의 주차 위치가 수시로 바뀌었다.

아이들이 방학하자 딸이 동해안에 있는 콘도를 예약했다며 피서를 가자고 했다. 나는 따라나섰다.

첫날 콘도 근처에 있는 횟집에서 저녁을 먹고 콘도로 돌아왔다. 딸이 야경이 좋으니 콘도 경내를 산책하자고 했다.

나는 바닷가로 이어지는 산책로를 걷고, 바다에서 반짝이는 배를 건너다보고, 하늘에 정말 드물게 나온 별을 보며 한가한 시간을 즐겼다. 손자들은 내 주위를 맴돌다가 저만치 뛰어가기도 하며 하하거렸다.

한 시간 넘게 산책하자 나는 갈증을 느꼈다.

바다를 바라보는 간이매점에 자리 잡고 손자들은 아이스크림을, 딸은 주스를, 나는 생맥주를 주문했다.

나는 한가하게 시커먼 바다를 내다보며, 손자들이 아이스크림을 먹으며 떠드는 소리를 들으며 생맥주의 짜릿한 맛을 즐겼다.

"학장님, 안녕하세요?"

나는 향수 냄새를 풍기는 소리가 나는 쪽으로 고개를 들었다.

"어, 미스 방. 어인 일로?"

"손자랑 놀러 왔어요."

"그래. 반가운데."

나는 미스 방에게 내 딸을 소개하며 딸에게 니 엄마 뒤를 이어 총장 비서를 한 방선희 씨, 하고 소개했다.

방선희는 자연스럽게 그녀의 손자와 함께 우리와 합석했다.

방선희는 아내가 나와 결혼하고 퇴직하자 총장 후임 비서로 온 아가씨로 내가 총장실을 찾으면 전임 비서의 남편인 나를 살뜰히 대했었다. 그녀는 내 아내와 계속 교류했다. 아내 장례식장에 문상도 왔었다.

"이런 데서 만나니 반가운데. 혼자 왔어요?"

나는 방선희의 남편을 찾았다.

"바깥양반 3년 전에 돌아가셨어요."

방선희가 얼굴을 붉히며 말했다.

그녀는 아내보다 두세 살 어리기도 하지만 아직 젊었을 때 미모가 남아 있었다. 총장 비서였던 그녀도 한 인물 했다.

"아 미안. 몰랐네. 집사람이 이야기 안 해줘서."

"아니 언니 돌아가시고 적적하시지요. 두 분 잉꼬부부로 소문났었는데."

"잉꼬부부? 그래 어디 살아요?"

"잠실에 살아요."

"그래, 나랑 같은 동네 사네."

나와 방선희는 같이 재직했던 여러 교수 이야기를 하며 반 시간도 넘게 옛 추억을 나눴다.

"방 할머니 곱게 늙었던데. 아빠가 모처럼 만에 환한 얼굴이었어."
방선희와 헤어져 우리 거처로 올라가며 딸이 나를 쳐다보며 놀리는 투로 말했다.
"그랬냐?"
나는 딸의 말에 그녀가 독신이라는 말을 떠올리며 가볍게 대꾸했다.

다음 날 우리는 통일전망대를 들렀다가 화진포 해수욕장에서 점심을 매운탕으로 들고 김일성 별장과 이승만 별장을 둘러보고 콘도로 돌아와서 바다를 내다보며 쉬었다.
"아빠 어제저녁에 회를 먹고 오늘 점심에 생선 매운탕을 먹었으니, 저녁은 무엇을 먹을까?"
오후 5시가 넘어서자 딸이 나에게 물었다.
"뭘 먹을까? 순두부 마을 가서 순두부 요리 먹을까?"
"그럴까? 그런데 아빠 우리 손님 모시고 가면 어떨까?"
"손님? 누구?"
"어제저녁에 만난 방 할머니."
"방선희 씨? 나 전화번호 모르는데."
"내가 어제저녁에 받아놨어."
"그래?"
나는 그녀를 초대한다는데 긍정도 부정도 안 하고 머뭇거렸다.
딸이 방선희에게 전화하고 그녀가 좋다고 했다며 6시에 로비에서 만나 우리 차 타고 같이 가기로 했다고 했다.
나는 딸의 뜬금없는 행동에 좋다 나쁘다 말하지 않았다.

저녁 6시 우리는 로비로 나갔다. 방선희가 손자와 함께 먼저 와서 기다리고 있다가 나를 보고 멋쩍게 웃으며 초대해서 고맙다고 인사했다.

우리는 한 차에 콩나물시루같이 끼어 타고 원조 할머니 집이라는 간판이 붙은 순두붓집에 가서 두부전골을 시키고 딸이 막걸리도 한 병 시켰다. 딸은 방선희 손자와 자기 아들딸을 위해 사이다를 주문했다.

전골이 끓는 동안 나는 별로 할 말이 없어 방선희가 곱게 늙었다고 생각하며 멀뚱하게 창밖을 내다봤다.

"할머니, 우리 아빠 교수 시절에 어땠어요?"

딸이 어색한 분위기를 깨려고 말을 걸었다.

"나야 총장실에 있었으니 잘 모르지. 가끔 총장실에 들렀었는데 멋쟁이셨어."

"그럼 저희 어머니와는 자주 만나셨어요?"

"이 언니 선배시고 인품도 좋아 일 년에 몇 번은 만나 같이 식사했어요."

"할머니, 엄마 친구이신데 존댓말 쓰지 마세요."

"그래도?"

"방선희 씨. 총장님은 잘 계세요?"

"네 가끔 전화 드리는데 이제 8순도 넘어 기력이 떨어지신 거 같아요."

"현직 때 참 건강하셨는데 나이는 못 이기시는 모양이네요."

말꼬를 튼 나와 방선희는 막걸리를 건배하고 옛날이야기를 나눴다.

딸이 어떻게 손자와 둘이 오셨냐고 묻자, 방선희는 잠시 망설이다가 아들과 며느리가 교통사고를 당해 손자만 남겨놓고 저세상으로 가서 손자를 자기가 키우고 있다고 어눌하게 말했다.

나는 그렇게 말하는 방선희가 참 딱하게 여겨지며 저녁을 같이하자고 한 딸의 처사가 고마웠다.

술은 참 좋은 거다. 몇 잔의 술이 어색해지려는 분위기를 화기애애하게 바꿨다. 우리는 가족같이 허물없이 대화를 나누며 저녁을 맛있게 먹었다.

나는 처음 만난 두 사람, 딸과 방선희가 다정하게 대화하고, 손자들이 스스럼없이 어울려 떠드는 것을 보고 신기한 생각이 들었다.

콘도로 돌아와 헤어지며 방선희가 잘 먹었다며 다음에 자기가 대접하겠다고 지나가는 말로 인사했다.

3

나는 동료였던 윤 교수가 인사동 화랑에서 미술 전시회를 한다는 연락을 받고, 이공계 교수가 무슨 미술 전시회, 하며 고개를 갸웃했다.

그는 재직시절 자주 같이 테니스를 치며 친교를 쌓았던 교수다. 퇴직 후 거의 연락이 끊겼었다.

나는 윤 교수가 퇴직 후 미술 공부를 했나, 하며 재직 때 테니스를 같이 치던 기억을 떠올리며 인사동 전시회장을 찾아갔다.

윤 교수가 나를 반갑게 맞았다. 나는 방명록에 사인하고 화랑을 한 바퀴 돌며 윤 교수가 그린 수채화를 구경했다.

나는 화랑을 한 바퀴 돌고 작품을 감상하고, 윤 교수 부인이 타주는 차를 마시며 윤 교수에게 작품이 좋다고 입에 발린 칭찬을 하고 옛날 테니스 치던 이야기를 하며 한담을 나눴다.

내가 그만 인사치레는 했으니 화랑을 떠날까, 하고 있을 때 방선희가 화랑에 들어섰다.

"어, 학장님도 오셨네요."

방선희가 윤 교수에게 인사하기 전에 먼저 반갑게 나한테 인사를 했다.

내가 엉거주춤한 자세로 방선희의 인사를 받자 방선희가 내 귀에 대고 살짝 점심 모실게요, 하고는 전시장을 둘러보러 갔다.

나는 방선희가 화랑을 한 바퀴 돌며 그림을 감상하고 올 때까지 기다렸다.

우리는 복국집에 들어가서 복지리를 주문하고 소주 한 병을 시켰다.

처음 두 사람의 대화는 방선희가 동해안 갔을 때 저녁 감사했다는 인사 치레로 시작됐다. 윤 교수 전시회를 잠시 이야기하다가 옛날 총장과 얽힌 이야기도 했다.

나는 방선희와 대화하며 꼭 죽은 아내가 헌신한 것 같은 착각에 빠졌다. 미소를 머금은 채 말하는 그녀가 아내로 보이고 갑자기 그녀의 손을 잡고 싶고 안고 싶어 이 무슨 조화, 하며 속이 뜨끔했다.

소주가 서로의 입을 가볍게 하여 두 사람은 즐겁게 시간을 보내고 헤어졌다. 그녀가 아내와 같이 총장 비서를 했다는 사실이 그녀를 가깝게 느끼게 하는 것 같았다.

그녀가 동해안 빚 갚는다며 밥값을 냈다.

나는 내가 다음에 모시겠다고 했다.

가볍게 술에 취한 나는 전철을 타고 집에 가며 내가 그녀를 안고 싶어 했던 유혹의 순간을 떠올리며 이 무슨 망령, 하며 자신을 나무랐다.

집에 가서 소파에 앉아 티브이를 보며 자꾸 그녀와 섹스하는 장면이 떠올라, 이 나이에 무슨 섹스, 하며 얼굴을 붉혔다. 여자를 안고 싶은 충동은 다른 여인에게서는 전혀 느끼지 못했던 감정이다.

나는 그녀에게 다음에 식사 모시겠다고 지나가는 말로 한 약속을 떠올리며 내가 정말 약속한 것인지, 약속 지킨다며 그녀를 만나면 그녀를 안고 싶어 할까, 하다가 이 무슨 망상, 하며 픽 웃었다.

봄이 오고 꽃들이 차례로 피며 아름다움을 뿜냈다.

나는 방선희에게 식사 모신다고 해놓고 해를 넘기고도 지키지 못해 문득 그녀에게 내가 실없는 사람으로 비칠까, 아니면 그녀가 내 말을 그냥 지나가는 말로 듣고 잊었을까, 하고 내 나름대로 짐작하며 지나가는 말로 한 그녀와의 약속을 꼭 지켜야 하는 거야, 했다.

그런데 그녀와 지나가는 말로 한 약속을 떠올릴 때마다 그녀와 스킨십하는 장면이 떠오르며 몸이 달아올라 허허 웃었다.

딸이 백화점에서 방 할머니를 만났다며 아빠 안부 묻더라고 했다. 나는 딸이 현관을 나가자마자 바로 방선희에게 전화했다.

"봄도 됐는데 점심 모실게요."

나는 단도직입적으로 말했다.

"좋아요. 답답하게 서울서 만나지 말고 교외에 나가요."

그녀는 기다렸다는 듯이 바로 내 말을 받았다.

"야외로? 어디 가고 싶으세요."

"양평이나 청평 쯤 드라이브 가서 꽃도 구경하고 점심 먹고 와요."

그녀가 적극적이다.

그녀를 품에 안는 상상을 했던 나는 그녀의 적극적인 반응에 오히려 주눅이 들었다.

"제 차로 모실게요. 언제 시간 나세요?"

그녀가 한발 앞서간다.

"시간은 넘쳐나는데요."

"그럼 벚꽃 지기 전에 내일 어때요?"

우리는 다음날 만나서 드라이브하기로 했다. 가는 곳은 차를 운전할 그녀가 정하기로 했다.

아내와 다닐 때는 항상 내가 운전했었는데 여자가 운전한다고 하니 기분이 묘했다.

나는 어디 가는지도 모르고 그녀가 지정한 장소에 시간 맞춰 나갔다.

그녀는 운전이 익숙했다. 올림픽 대로를 지나 서울 양양고속도로로 들어섰다.

봄이 휙휙 지나갔다. 고속도로 양편 산에 노랑 빨간 꽃이 여기저기 피어 있다.

나는 여자와 좁은 공간에 갇혀 봄을 가로질러 달리며 기분이 묘했다.

여자 냄새가 후각을 자극하고 은근히 여자를 안고 싶은 충동이 일었다. 나는 점잖을 가장하며 내 욕심을 숨겼다.

설악IC에서 차가 고속도로를 벗어났다. 가평군에 온 것을 환영한다는 간판이 보였다. 나는 아내와 같이 이 지역에 있는 몇몇 젊은이들이 찾는 식당에 점심을 먹으러 왔었다. 나는 그곳 중 한 곳을 가지 않나, 했다. 그녀는 내가 다니던 식당 입구를 지나치며 계속 차를 달렸다. 나는 어디를 가지, 하며 운전에 전념하는 방선희를 쳐다봤다.

그녀의 운전에 몰두하는 진지한 모습이 선정적이다.

길모퉁이를 돌자 계곡 입구에 엘리시안 캐슬이라는 간판이 걸려 있다. 방선희가 그 계곡 길로 자동차를 몰았다. 도로 양편이 꼭 골프장 들어가는 길같이 잘 꾸며 났다.

"엘리시안. 그곳 희랍신화에 나오는 저승세계 지명인데. 어떻게 여기 있지요?"

내가 물었다.

"그래요? 저는 몰랐는데. 영화 제목이 있는 것은 봤지만."

"희랍신화에 따르면 이승에서 선한 일을 한 영혼이 가는 곳으로 그곳에서는 죽음 없이 영생한대요."

"그래요? 그런 뜻을 몰랐는데. 아주 잘 꾸며놓아 문 연 지 반년도 안 됐는데 젊은이들이 많이 찾는 관광 명소가 되었어요."

"그래요?"

차가 계곡을 돌자 바로 눈앞에 넓은 공간이 나오고 프랑스 교외에서 봤던 성같이 건물 위에 뾰족탑이 보이는 이국적인 건물이 나타났다. 정원을 경계하여 한편에는 성채가 보이고 반대편에 소슬 높은 한옥이 보였다.

두 건물이 너무 대조적이다. 방선희가 지하 주차장으로 차를 몰았다. 1층 주차장은 꽉 차서 지하 2층 주차장으로 내려갔다.

엘리베이터를 타는 공간에 현대미술 작품이 걸려있어 눈길을 끌었다.

엘리베이터로 지상으로 올라오며 방선희가 내 의향을 물었다.

"한옥 건물에서는 스테이크 등 해비한 음식을 먹을 수 있고, 성채에서는 이태리 음식이나 햄버거 등을 먹을 수 있어요."

"가볍게 먹읍시다."

우리는 유리문을 열고 식당 안으로 들어갔다. 은은한 조명 아래 식당 입구 좌편에는 편의점이 있고 이어서 열린 공간 주방이 있다. 다양하게 2인석, 3인석, 4인석, 6인석 식탁이 지그재그로 배치되어 있다.

좌석은 젊은 사람들로 꽉 찼다. 한참을 두리번거리다가 겨우 빈 좌석을 찾고 자리를 잡았다.

방선희가 핸드폰에 메뉴를 찍어 와서 보여주며 무엇을 드실 건지 물었다. 나는 스파게티와 피자를 먹자고 하며 신용카드를 넘겼다.

방선희가 주문하러 주방 쪽으로 갔다. 나는 주위를 돌아봤다. 식당을 찾은 고객은 전부 젊은이다. 가족이 오기도 하고 연인끼리 오기도 했다.

나는 아내가 살아 있으면 이곳에 데려왔으면 좋아했을 텐데, 하는 아쉬움이 들었다.

방선희가 진동벨을 테이블에 놓으며 내 신용카드를 돌려줬다.

"음료수 마시고 싶으시면 편의점 가서 사시면 돼요."

나는 그래요, 하고 자리에서 일어나며 무엇을 드시고 싶어요, 하고 물었다. 그녀가 오렌지 주스 했다.

나는 편의점에 가서 버드 와이저와 주스를 사서 들고 자리로 왔다.

"방 여사님이 운전하여 맥주 사 왔어요."

내가 자리에 앉으며 말했다.

나는 할머니가 된 여자를 미스 방이라 부르기 뭐해서 여사라는 호칭을 붙였다.

"잘 하셨어요. 식사 음료수 잘 마실게요."

맥주를 반주하여 먹은 이탈리아 음식은 입에 딱 붙도록 맛있었다.

식사를 마친 우리는 경내를 구경하기로 했다.

한옥 식당 로비에서 한강이 내려다보였다. 성체와 한옥 식당 끝자락에 수영장이 있다. 수영장에서 내려다보니 계곡을 따라 죽 빌라가 서 있다. 고급스럽게 보였다.

"저 중 일부는 부자들이 별장으로 사서 쓰고 있고, 몇 채는 숙박 시설로 빌려주고 있어요."

방선희가 설명했다.

우리는 양편에 빌라가 줄 서 있는 도로의 보도를 따라서 걸어 내려갔다. 가로수로 심어놓은 벚꽃이 만개했다. 바람이 꽃잎을 휘날렸다.

봄이 좋고 경관이 좋고 공기도 맑고 꽃비가 흥겹다.

우리는 분위기에 취해 스스럼없이 손을 잡고 흔들며 차도를 걸었다.

"저 아래 동네 집들을 사서 헐고 18홀 골프장을 만들 계획이고, 저기 산 정상까지 케이블카를 놓고 스키장을 조성할 계획이래요. 그럼 여기 리조트가 다 완성되고 서울 근교에 또 하나 멋있는 휴양지가 생기는 거지요."

나는 마주 잡은 손을 흔들며 리조트 내역을 설명하는 방선희를 힐끔 쳐다봤다.

봄빛을 받은 그녀의 얼굴이 나이에 걸맞지 않게 환하게 피었다.

나는 그녀의 볼에 입맞춤하고 싶은 충동을 꾹, 하며 참았다.

손을 마주 잡으며 한 신체 접촉이 두 사람을 가로막은 장벽을 허물었다.

서울을 떠날 때는 서로 예의를 차리는 상하관계 비슷했으나, 돌아올 때는 독신 남자와 독신 여자로 서로에게 끌리는 관계로 바뀌었다.

4

봄날 꽃향기에 취해 남녀가 손을 잡고 꽃길을 걸으며 학장과 비서라는 계급의 벽이 무너진 두 사람은 자주 만났다.

홀아비 박선규와 미망인 공선희로 만났다.

같이 서울 교외로 나가 점심을 먹고, 영화도 보고, 연극도 보고, 하며 친해졌다.

만날 때마다 나는 그녀를 껴안고 뒹굴고 싶었으나 체면이 내 욕망을 막았다.

그녀를 만나고 집에 돌아오면 그녀를 안지 못한 아쉬움에 혼자 끙끙거리며, 나이 70에 성욕을 주체 못 하고 전전긍긍하는 내가 좀 우스웠다.

나는 다른 여인에게서는 발동하지 않는 성욕을 방선희에게서만 느끼며 무슨 조화 속, 했다. 아내와 같이 총장 비서를 해서 그런가, 하고 그 이유를 추측해 보나 딱히 그런 것 같지 않다. 전세로부터 인연인가, 하며 고개를 갸웃했다.

나는 그녀를 안고 싶어 하는 갈망을 은근히 그녀에게 보이고 그녀의 묵인하에 그녀를 둘만 있을 수 있는 공간으로 유혹하고 싶었다.

체통을 지켜야 한다는 가면이 나를 억제하여 나는 그녀를 안을 수 있는 공간에 유혹하지 못하고 열린 공간에서만 만나며 그녀를 안고 싶은 육체의 욕구를 풀지 못하고 혼자 속을 썩였다.

딸은 나이 든 아버지가 큰 집을 팔고 작은 집으로 옮기라는 충고도 듣지 않고 큰 집에 살며 어머니의 추억에 매몰되어 사는 것이 딱해 보였는지 아버지를 위해 짝을 찾아주는 공작을 시작했다.

딸은 아버지가 미망인이 된 옛 총장 여비서를 싫어하지 않는 것을 알아채고 두 사람이 가까워질 기회를 마련했다.

여름방학이 되자 딸은 동해안 속초 근처에 있는 콘도를 예약했다며 피서를 가자고 했다. 나는 손자들과 놀 욕심에 좋다고 했다. 사위는 출장 중이라 같이 못 간다고 했다. 박물관에 전시된 전시물처럼 모셔놓은 아버지의 차를 타고 가자고 했다. 나는 좋다고 하고 정비소에 가서 1년 이상 운행하지 않은 차를 점검하고 손을 보고 세차하고 주유했다.

딸이 운전하겠다고 했다. 딸이 우리 가족 외에 같이 갈 사람이 있다며 같이 가자고 했다. 나는 딸 친구인가, 하며 토를 달지 않았다.

공선희가 해변에 가는 나들이 복장을 하고 도로변에서 기다렸다.

나는 딸이 공선희를 데려가리라고는 상상도 못 했었는데 막상 그녀가 차 뒷자리에 타자 살짝 반가웠다. 그녀는 나랑 같이 가는 것을 미리 알고 있었던 듯 전혀 당황하지 않았다.

손자들이 할머니에게 재롱을 부리며 재잘거렸다. 우리 일행은 바로 가족이 되어 화기애애하게 고속도로를 달렸다. 딸 옆자리에 앉은 나와 내 뒷자리에 앉은 공선희와는 뒤를 돌아보며 대화하기가 불편했으나 딸은 운전하며 어머니를 대하듯 공선희와 일상사를 서로 나눴다.

숙소에 들어가서 딸과 공선희가 한방을 쓰고 나는 손자들과 한방을 썼다. 나는 공선희와 한 공간에서 생활하며 기분이 묘했다.

저녁은 콘도에서 먹자며 딸과 공선희가 반찬거리를 사 와서 공선희와 딸이 저녁을 준비했다. 딸과 공선희가 부엌에서 요리하는 모습이 꼭 모녀가 다정하게 요리하는 모습 같았다.

생선 매운탕과 콘도 슈퍼에서 사 온 반찬을 나란히 차려놓고 식사하자고 했다.

소주를 반주하여 먹는 음식이 맛있었다.

술에 취해 가는 나는 꼭 가족이 둘러앉아 식사하는 기분이었다.

손자들과 한방에서 자며 나는 손자들은 딸과 한방에 자고 공선희가 이 방에 와서 나랑 자야 하는 거 아냐, 하는 불만이 들었다.

2박 3일 한 공간에서 생활하며 공선희와 우리 가족은 아주 친해졌다.

어느 날 딸이 내 집을 찾아왔다. 보름 만에 온 거 같다.

"아빠, 생일 파티하자."

"생일 파티? 식구끼리 갈빗집 가서 갈비 먹든지 중국집 가서 중국요리나

먹자."

"아빠 집에서 파티한 지 오래됐는데 아빠 친구 몇 사람 초대하여 집에서 하자."

"번거롭게 무슨 집에서. 그냥 식당에서 먹자. 칠순도 아니고 팔순도 아닌데 무슨 생일 파티."

내가 심드렁하게 말했다.

"그럼 집에서 하는 거다. 아빠 초등학교 때부터 친구 초대할게."

딸이 일방적으로 초대할 손님까지 정하고 생일 파티를 밀어붙인다.

나는 가타부타 대답을 안 했다.

내 생일날 2시쯤 딸이 식품을 잔뜩 사 들고 집에 들어왔다.

"정말 집에서 파티하는 거냐?"

"응. 손님들은 5시쯤 오시라고 했어. 몇십 년 알던 친구들하고 실컷 떠들며 노시라고."

"너 혼자 음식을 다 만든다고?"

내가 막 질문을 할 때 현관에서 벨이 울렸다. 딸이 어서 오세요, 하고 호들갑을 떨며 현관으로 달려 나갔다.

공선희가 꽃다발을 들고 들어오며 나를 향해 꾸벅 절을 하고 꽃다발을 내밀며 생일 축하합니다, 하고 인사했다.

나는 공선희의 의외 등장에 놀라며 공선희에게 제대로 인사도 못 했다.

검소한 복장을 한 공선희는 바로 팔을 걷어붙이고 딸과 함께 요리를 시작했다.

나는 소파에 앉아 티브이를 보며 부엌을 힐끔거렸다.

아내가 서 있던 자리를 공선희가 대신 차지하고 딸과 요리하고 있다!

나는 기분이 묘했다.

5시가 되자 초등학교 친구들이 속속 찾아왔다. 그들은 고향 불알친구로 60년 넘게 알고 지냈다. 그들은 한목소리로 생일 파티를 집에서 하는 거 언제였는지 기억도 없다며, 상처한 니가 집에서 생일 파티를 다 하느냐고 의외라고 떠들었다. 나는 어물거리며 제대로 대답하지 못했다.

딸이 바로 포도주와 막걸리를 내왔다. 안주로 생선전을 내왔다. 불알친구 다섯 놈은 딸에게 잘 먹겠다고 인사하고 우리 나이에는 막걸리가 제격이지, 하며 막걸리를 잔에 채우고 생일 축하한다고 건배했다.

그들은 딸 옆에서 요리하는 여인은 파출부쯤으로 여기고 관심을 두지 않았다.

친구 노인들이 8시 반쯤 너무 늦으면 안 된다며 어려서부터 알고 지내던 딸에게 수고했다고 인사하고 자리에서 일어섰다.

나는 설거지를 마치고 딸과 함께 현관을 나서는 공선희에게 극진히 인사했다.

텅 빈 큰집에 혼자 달랑 남겨진 나는 외로움을 타며 공선희가 그냥 집에 남았으면, 하는 아쉬움이 들었다.

내 생일 잔치를 도와주느라 고생한 공선희에게 내가 고맙다고 전화하며 점심을 대접하겠다고 했다. 그녀가 좋다고 했다.

우리는 내 차를 타고 서해안 쪽으로 행선지를 잡았다. 지난번에는 동해안 쪽 백담사를 같이 다녀와서 이번에는 서해안 태안반도로 가자고 했다.

고속도로변을 뒤덮은 녹음이 우리의 마음을 탁 트이게 했다.

"그 큰집에 혼자 사시려면 적적하시겠어요."

여자가 차창 밖의 경치를 내다보며 지나가는 소리로 말했다.

"한 30년 살아와서 그 집 떠나기가 그래요."

나는 그녀의 손을 잡고 싶은 충동을 억제하며 말했다.

"청소는 어떻게 하세요?"

"아. 일주일에 한 번 청소부가 와서 해줘요. 혼자 사니 별 어질 일이 없어 그럭저럭 살 수 있어요."

나이 든 남자와 여자는 세상사를 도란도란 이야기하며 안면도까지 갔다.

우리는 횟집 앞에 차를 주차하고 식당 안으로 들어가서 모듬회를 시켰다. 나는 회를 먹으며 맨입으로 먹으니 그렇다며 소주를 시키자고 했다. 그녀가 좋다고 했다.

우리는 홀짝홀짝 소주를 마시며 싱싱한 회의 맛을 즐겼다. 낮에 먹은 소주가 빨리 흡수되어 취기가 올랐다.

취기가 오른 두 남녀는 허허거리며 바다를 보다가 상대방을 보다가 하며 떠들었다.

식사가 끝나고 술에 취한 채로 바로 운전할 수 없어 우리는 해변을 걸었다. 모래사장에 갈매기들이 우리와 벗했다. 일렁이는 파도를 희롱하며 우리는 소년 소녀같이 히히거렸다. 한참을 파도와 갈매기 떼와 놀던 우리는 그만 서울로 가자고 하며 차에 올랐다.

운전대를 잡은 나는 아직 취기가 가시지 않아 그냥 운전하면 음주운전에 걸릴 것 같다고 했다. 그녀가 그럼 좀 쉬었다 가자고 했다. 우리는 차에 나란히 앉아 백사장과 그 너머 바다를 바라보았다.

내가 의자를 뒤로 젖혔다. 그녀도 의자를 뒤로 젖혔다. 우리는 거의 누운 자세가 되었다. 내가 기지개를 켜는 척하며 그녀의 가슴 쪽으로 팔을 뻗었다. 뭉클하는 그녀의 유방 감각이 팔에 전해졌다. 순간 아랫배에서 여자를 느끼는 신호를 보냈다. 나는 끙, 하며 그녀의 손을 잡았다. 그녀가 내 손을 맞잡았다. 두 사람은 자석의 양극이 서로 당기듯이 몸을 껴안았다.

나는 몇 번 상상으로만 안았던 그녀를 실제로 안고 정신이 몽롱해졌다. 몇십 년 결혼생활을 했던 두 남녀는 정상을 향해 질주했다. 두 남녀의 질주를 운전대가 방해했다.

"여기 불편해요. 우리 뒷좌석으로 가요."

여자가 말했다.

나는 엉거주춤 일어나서 자동차 뒷좌석으로 갔다. 그녀도 뒷좌석에 앉았다. 두 남녀는 서로 엉켜서 갈증을 풀어갔다. 꿀딱 절정을 넘고 나서 나는 그녀 보기가 쑥스러워 어물거리며 앞좌석으로 돌아왔다. 그녀가 내 옆자리에 앉았다. 나는 손을 뻗어 그녀의 손을 잡고 장난치듯 흔들며 쑥스러움을 숨겼다.

"결국 이렇게 됐네요."

그녀가 내가 집은 손에 힘을 주며 중얼거렸다.

나는 아무 대꾸도 못 하고 백사장을 쫑쫑거리며 달리는 갈매기를 쳐다봤다.

한 번 물꼬를 튼 남녀는 만날 때마다 짝짓기를 했다.

어느 날은 그녀가 내 집에 와서 부인처럼 식사 준비를 하고 반주로 마신 포도주에 취하여 허허거리다가 섹스를 했다.

아내와 동침하던 침대에서 아내 아닌 다른 여성과 사랑을 나누며 나는 타계한 아내에게 미안한 생각이 들기도 했지만 짝짓기 동작을 멈출 만큼 강렬하지는 않았다.

눈치가 빠른 딸이 우리 관계 진전을 눈치 채고 두 사람이 합치라고 권고했다. 혼자 사는 늙은 아버지 보살핌을 떠넘기려는 눈치였다.

혼자인 나이 든 두 남녀가 합치는 데 별 절차가 필요 없다. 입던 옷을 싸가지고 이사 오면 됐다. 그녀는 손자를 데리고 왔다.

어린 손자가 오히려 두 사람 관계에 윤활유가 되었다.

나는 죽고 못 살던 아내와 사별 후 2년도 지나지 않고 아내의 자리에 아내와 마찬가지로 총장 여비서를 한 다른 여자를 앉히고 그녀가 부엌에서 음식을 장만하는 것을 보며 인생이, 인연이 참 묘하다고 생각했다.

그네를 타는 연인

1

용채는 추석 일주일 후에 파주 임진각의 망배단을 찾았다. 그녀는 추석 날은 실향민으로 붐빌 거 같아 그날은 피했다. 그녀는 임진각 주차장에 차를 세우고 화창한 가을 날씨를 몸으로 느끼며 천천히 망배단 쪽으로 걸어 올라갔다.

용채는 망향의 노래비 가사를 힐끗 보고 망배단 쪽으로 발걸음을 옮겨 두 손을 모으고 서서 북쪽을 향하여 깊이 허리를 굽혀 네 번 절을 하고, 휴 한숨을 쉬고 망배단 계단에 앉아 하늘을 올려다봤다.

하얀 구름이 북으로 서서히 흘러간다. 저 구름은 철조망을 넘어 DMZ을 거침없이 넘어가는데 나는 갈 수가 없네, 어머님 아버님은 잘 계시는지, 나 때문에 아오지 탄광에 끌려가서 고생하지 않으시는지…, 하는 걱정을 용채는 이어갔다.

용채의 아버님은 군 장성이셨다. 그녀는 평양 외국어학원을 다녔다.

그녀는 용모가 빼어났을 뿐만 아니라 언어에 대한 감각이 뛰어나서 외국어, 특히 영어를 잘했다. 집안 배경도 좋고 어학 실력이 좋아 외교 일꾼을 양성하는 평양 국제관계대학에 입학했다. 그 대학에서는 영어, 러시아어, 프랑스어, 스페인어, 중국어, 아랍어를 가르쳤다. 그곳을 졸업하면 외무성, 무역성, 대외연락위원회 등에서 일할 수가 있다.

그녀는 프랑스어를 전공으로 선택했다. 프랑스어를 선택한 특별한 이유는 없다. 그녀는 북한에서 개나 소나 선택하는 중국어, 러시아어를 선택하기 싫었고, 미제의 언어인 영어도 싫어 프랑스어를 전공으로 선택했다.

부모님도 그녀가 프랑스어를 선택하는 데 반대하지 않으셨다.

용채는 프랑스어과를 수석으로 졸업했다. 당에서는 각 과에서 우수한 성적으로 졸업한 졸업생을 더 큰 일꾼으로 양성하기 위해 유학의 특전을 베풀었다. 그녀는 파리대학에 1년간 어학연수 특전을 받았다.

용채는 순안공항 대합실에 걸려 있는 어버이 수령 김일성과 위대한 지도자 김정일의 사진을 우러러보며 공화국이 그녀에게 베푼 은혜에 감사하며 부모의 환송을 받으며 고려항공을 타고 북경으로 날아갔다.

북경에서 에어 프랑스로 비행기를 갈아타고 파리 사르르 드골공항으로 날아갔다. 그녀는 파리공항이 너무 큰 데 놀랐다.

파리공항과 비교하니 평양 순안공항은 큰 집의 문간방보다 초라했다. 공항 어디에도 프랑스 대통령 사진이 걸려있지 않았다. 그녀는 입국 검사대를 거쳐 세관에서 짐을 찾고 출구로 나가며 공항의 큰 규모에 압도당하며 미아가 되는 거 아닌가 걱정이 되었다.

40대의 잠바를 입은 남자가 한글로 A-4 용지에 '정용채'라고 쓴 팻말을 들고 서 있었다. 그녀는 이국에서 만난 그 남자, 김용철이 그렇게 반가울 수가 없었다. 그는 그녀의 짐 가방을 끌고 앞장서서 주차장으로 갔다.

김용철은 유학생들의 생활을 감시하는 기관원이다.

파리 시내 어디에도 대통령의 은덕에 감사해 하는 붉은 플래카드가 보이지 않아 용채는 의아했다.

부희는 임진각 주차장에 차를 주차하고 망배단으로 갔다. 그는 망향의 노래비 앞에서 망향의 노래를 속으로 부르며 철책 넘어 북쪽 하늘을 넘겨다봤다.

부희는 해마다 추석 명절 때 실향민 할머니를 모시고 망배단을 찾았으나, 이제 할머니가 연로하여 승용차를 타기 어려워 할머니를 대신하여 홀로 망배단을 찾았다. 부희의 할머니는 함경남도 북청에서 태어나서 죽 그곳에 사셨다. 북청은 이준 열사 생가가 있는 곳으로 1990년대 한반도 에너지 기구에서 100만 kw급 경수로 2기를 건설하던 금호지구와 지척이다.

부희의 할머니는 1950년 유엔군이 북진하여 한반도 통일이 눈앞에 다가왔을 때 중공군의 참전으로 전세가 역전되어 유엔군이 함흥철수작전을 할 때 마지막 배 메리어스 빅토리아호를 타고 어린 아들과 함께 남하했다. 그의 할아버지는 딸을 데리고 오겠다고 집에 갔다가 한발 늦어 배를 타지 못하여 평생 이산가족으로 살고 있다.

어린 아들을 데리고 남하한 할머니는 백암온천이 있는 시골 농부에게 재가하여 정착했다. 그때 할머니와 함께 남하한 아들이 부희의 아버지다. 부희의 아버지는 평생 농부로 사셨다.

부희는 초등학교 때부터 일등을 놓치지 않았다. 면 소재지 초등학교, 군 소재지 중고등학교에서 죽 수석을 했다. 그는 SKY대학에 갈 실력이 되었으나 가난한 집안 형편을 배려하여 그의 높은 수능성적으로 장학금을 받을 수 있는 ㄱ대학 공대 건축과에 입학했다.

대학에서도 성적이 빼어났다. 그의 지도교수는 그가 외국에서 학위를 하고 귀국하여 모교 교수로 남으면 유학을 보내주고 전 장학금을 주겠다고 제의했다. 부희는 지도교수의 제의를 받아들여 건축공학 명문인 파리 소르본느대학에 유학왔다.

한참을 계단에 앉아 북에 계신 부모님의 안부를 걱정하던 용채는 자리에서 일어나서 주차장으로 향했다. 망배단과 나란히 자리한 노래비 앞에서 훤칠하게 키가 큰 콤비를 입은 장년의 신사가 망향의 노래비 앞에서 처절하게 노래를 부르고 있다.

다시 만나서 못다 한 정 나누는데
어머님 아버님
그 어디에 계십니까?
목메이게 불러봅니다.

용채는 노래를 부르는 신사의 뒷모습이 눈에 익었다. 용채는 멈춰 서서 망향의 노래를 속으로 따라 부르며 신사의 옆얼굴을 처다봤다.
"아, 부희씨."
용채는 자신도 모르게 소리가 터져 나왔다.
"어, 용채씨."
신사도 그의 이름을 부르는 여인을 돌아보며 깜짝 놀라며 여인의 이름을 불렀다. 두 남녀는 바로 손을 움켜잡고 반가움을 따뜻한 손의 체온으로 전했다.
"몇 년 만이요? 언제 한국에 오셨어요."
부희의 목소리가 떨렸다.
"5년 됐어요. 부희씨는 어떻게 망배단 오셨어요?"
"할머니가 실향민이라 매년 추석 때 모시고 왔었는데 이제 노쇠하시어 차도 타실 수 없어 저만 와서 참배하고 할머니께 말씀드리려고요. 와 용채씨를 여기서 만나다니, 탈북하고 한국 오셨으면 저한테 바로 연락하시지."
두 사람은 잡은 손을 놓지 못하고 애틋하게 말을 이어간다.

용채를 공항에서 픽업한 김용철은 바로 숙소로 이동했다. 라데빵스 지역

5층 건물 5층에 그녀의 숙소가 마련되어 있었다. 북에서 파리로 유학 온 유학생 7명이 같은 층에 숙소를 잡았다. 감시책인 김용철과 여자인 용채는 독방을 썼고, 남자 유학생들은 둘이 한방을 썼다.

용채에게 배정된 방은 침대와 책상, 옷장이 두 개씩 놓여있고 화장실이 딸려 있었다. 화장실에는 세수를 할 수 있는 세수대는 설치되어 있으나 목욕은 복도 중앙에 있는 공동 목욕탕에서 해야 했다.

용채가 짐을 풀자 김용철이 지금 방에 있으면 잠이 올 거고 지금 잠들면 시차 적응이 어렵다며 용채가 다닐 파리 소르몬 루벨 대학에 가보자고 했다. 소르몬 뉴벨 대학은 지하철을 타고 여러 정거장 가서 있었다.

김용철은 그녀가 다닐 대학을 안내하고 지하철을 타고 오다가 개선문에서 내려 도보로 개선문을 구경시키고 상젤리제 거리도 구경시켜 줬다. 용채는 파리의 화려함에 입이 다물어지지 않았다.

5시 반쯤 숙소에 돌아온 김용철은 6시에 식사라며 간단히 샤워하고 나오라고 했다. 저녁 식사는 5층 끝에 있는 식당에서 제공되었다. 유학생들이 다 모였다. 남자 유학생은 이공계가 5명, 무역일꾼을 하는 무역성에서 나온 공무원 한 명이었다.

그들은 별로 대화를 나누지 않고 의무적으로 밥을 먹었다.

학기가 시작되자 김용철은 매일 아침 학교를 왕복할 수 있는 지하철표와 점심값으로 5프랑을 줬다. 5프랑으로 학교 카페테리아에서 제일 싼 음식을 먹을 수가 있다. 수중에 돈이 한 푼도 없는 유학생들은 행선지를 일일이 김용철에게 보고하고 교통비와 식비를 타서 써야 했다. 그 방법으로 쉽게 유학생을 통제할 수가 있다.

용채는 공화국 수도 평양에서는 볼 수 없는 차량 행렬과 파리에 사는 사람들의 자유분방한 생활 방식에 크게 충격을 받았다. 학교나 거리 어디에도 대통령을 신처럼 떠받드는 선전 문구가 없다! 용채의 파리 생활은 단조로웠다. 숙소와 학교를 오가는 외에 다른 일이 끼어들 틈이 없었다.

파리에 봄이 왔다. 토요일 용채는 노트르담 성당을 가보고 싶었다. 학교에서 일주일에 한 번씩 듣기 능력을 높이기 위해 영화를 보여줬다.

지난주는 노트르담의 꼽추를 보여줬다. 미국 영화를 불어로 더빙했다. 꼽추 역을 맡은 앤소니 퀸은 인상적이었고, 여주인공 에스메랄다 역을 맡은 지나로로 부리지다는 매력적이었다. 꼽추의 애틋하고 헌신적인 사랑이 용채의 가슴을 쳤다. 용채는 그 영화의 무대를 보고 싶었다.

그녀는 토요일 오전 내내 지난주 학교에서 배운 것을 복습했다. 공화국에서 그녀에게 베푼 은혜를 갚기 위해 그녀는 열심히 학교 수업을 하고 복습했다. 점심을 먹고 그녀의 방에 돌아와서 창밖을 내다봤다. 앞 건물이 가려 하늘이 잘 보이지 않았다. 눈을 내려보니 길 양 편을 가득 차가 주차되어 있다. 그녀는 김용철 지도원에게 오후에 산책하고 오겠다고 했다.

김용철이 고개를 끄덕였다. 교통비는 줄 생각도 안 했다.

용채는 지도를 펼쳐 보며 세느 강변을 따라 한 시간 좀 더 걸으면 노트르담 사원이 나올 것 같았다. 그녀는 봄바람을 쏘이며 터덜터덜 걸어서 노트르담 사원을 찾아갔다.

그녀는 입장권을 사지 않으면 사원 안에 들어갈 수 없는 것을 알고 크게 실망하며 한 시간 반이나 걸어온 피로가 몰려왔다. 그녀는 사원을 한 바퀴 돌며 겉 모양만 보고 세느강을 바라보는 벤치에 앉았다. 갈증이 왔다.

그러나 그녀는 음료수를 살 돈이 없다. 그녀는 유람선이 지나가는 것을 보며, 유람선 갑판에서 한국 여행객들이 떠드는 광경을 보며, 남조선 에미나이들은 무슨 돈이 많아 저렇게 프랑스까지 놀러 와서 유람선을 타고 떠들까, 했다.

지하철을 탈 돈이 없어 한 시간 반이나 걸어왔고 입장료를 살 돈이 없어 사원을 들어가지도 못하고 갈증을 느끼며 또 걸어서 숙소로 돌아갈 공화국을 대표하여 유학을 온 자신과 너무나 대조되는 것 같았다.

부희는 미모가 빼어난 초라한 복장의 동양 여인이 지친 표정으로 벤치에 앉아 세느강을 건너다보는 광경을 보며 그녀가 화가의 꿈을 꾸고 파리에 왔다가 낙오된 유학생 같아 가슴이 찡했다. 그는 그녀의 지친 표정의 매력에 푹 빠지며 말을 걸었다.

"한국분이세요?"

용채는 소리 나는 쪽으로 고개를 돌렸다. 훤칠한 키의 꽃무늬가 있는 잠바를 입은 호남자가 자기를 보고 미소를 짓고 서있다.

"저 평양에서 왔어요."

용채가 방어적인 목소리로 말했다.

"아, 이북에서 오셨군요. 관광은 오시지 않았을 거고?"

남자가 집요하게 물었다.

"파리대학에 유학왔어요."

용채가 도발적으로 말했다.

"유학? 저도 파리대학에 유학왔어요. 건축학 전공합니다. 최부희입니다."

남자가 자기를 소개하며 옆자리에 앉았다. 용채는 남조선 남자가 치근거리자 자리를 박차고 일어나려 했으나 남자가 아주 착하게 생겼고 미남이라 자석에 끌리듯 엉덩이가 의자에 붙어 떨어지지 않았다.

"봄 날씨가 참 좋아요. 우리 시골집 앞마당에 산수유도 피었을 거고, 목련도 피었을 거요."

용채는 꽃타령을 하는 부희를 건너다봤다. 부희는 환하게 웃음을 띠며 그녀를 쳐다보고 있었다. 그녀가 그의 말에 아무 대꾸를 않자 부희는 자리에서 일어나서 저만치 걸어가더니 따뜻한 커피 두 잔을 사가지고 와서 한 잔을 용채에게 건넸다.

용채는 잠시 처음 보는 남조선 남자가 주는 커피를 받아 마실까 망설이다가, 여기는 감시의 눈이 없겠지, 하고 생각하며, 커피 향에 갈증이 더 심해져서 커피잔을 받고 한 모금 마셨다. 입안에 향기가 가득했다.

용채는 감사합니다, 하고 인사했다. 커피까지 받아 마신 용채는 바로 일어설 수가 없어 남자의 수작을 받아줬다. 두 남녀는 자석에 끌리듯 첫눈에 마음에 들어 한 30분 대화를 나누며 서로의 신상을 이야기했다.

헤어지며 부희가 다음 주 토요일에 같이 몽마르트르 언덕을 오르자고 했다. 용채가 대답하지 않자 부희는 2시에 용채가 사는 숙소 근처인 라데빵스 역 2번 출구에서 기다리겠다고 일방적으로 약속을 정했다.

숙소에 돌아온 용채는 김용철에게 걸어서 노트르담 사원에 다녀왔다고 보고했다. 그녀는 수업 시간에 노트르담 꼽추 영화를 봐서 그 무대를 보고 싶었다는 말도 덧붙였다. 입장권을 살 수 없어 사원 내부는 못 봤다고 수줍게 말했다. 용채의 보고에 김용철은 아무 토를 달지 않았다.

다음 주 수요일, 용채는 김용철에게 이번 주 토요일 오후 학과에서 몽마르트르 언덕을 단체로 가기로 했다고 미리 거짓말을 했다.

김용철은 학과에서 단체로 가면 가야지, 하고 대답했다. 토요일 아침을 먹을 때 김용철이 20프랑을 주며 단체 관광 잘 다녀오라고 했다.

부희가 라데빵스 역 입구에서 용채를 기다리고 있었다. 용채는 몸만 따라다니면 됐다. 모든 비용을 다 부희가 댔고 그는 관광 안내까지 했다. 용채는 아베쎄 역에서 부희를 따라내려 출구로 나갔다.

용채는 100개도 훨씬 넘어 보이는 나선형 계단을 타고 지상으로 올라가며 다리가 팍팍하고 숨이 찼다. 출구를 나가자 낙서가 뒤덮인 사랑의 벽이 나왔다. 낙서 속에 한글로 쓴 '나는 당신을 사랑합니다'라는 낙서를 보며 용채는 한글 낙서가 반갑기도 하고 꼭 자기 마음을 부희에게 전달하는 것 같아 쑥스럽기도 했다. 데르트르 광장을 거쳐 시크레쾌를 성당으로 갔다. 입장료를 받지 않아 부담 없이 성당 내부를 구경하고 광장에서 성당으로 오르는 계단에 서서 파리 시내를 내려다봤다.

멀리 에펠탑이 보였다. 용채는 에펠탑을 보며 평양에 서 있는 주체탑이 떠올랐다. 밤에도 불빛으로 빛나는 봉화탑이 떠올랐다.

그녀는 그녀를 파리까지 유학 보내준 위대한 지도자의 배려에 감사의 마음이 일어 눈시울이 시큰했다. 파리 예술이 살아 있는 화가의 거리를 걸으며 이젤을 세워놓고 인물화를 그릴 관광객을 찾는 광경을 보며 공화국 화가들은 저렇게 살지 않는데, 하는 생각을 했다.

부희가 용체에게 인물화를 그릴 거냐고 물었다. 용채는 인물화를 가져다 보관할 곳도 없고 자칫 김용철에게 들키기라도 하면 문제가 될 것 같아 싫다고 했다.

두 사람은 파리 시내를 내려다보며 에스프레소를 마시며 사랑의 싹을 키웠다.

다음에 부희가 루불 박물관을 구경시켜 주겠다고 했다. 용채는 부희와 너무 자주 만나면 만남이 들통날 것 같아 2주 후에 만나자고 했다.

부희는 아쉬움을 표하며 용채를 라데빵스 역까지 배웅했다.

용채는 그날 비용을 부희가 다 써서 남은 20프랑을 책장 속 깊이 감췄다.

용채는 부희와 만나기로 한 2주가 너무 길었다.

부희와 용채는 루블 박물관도 가고, 에펠탑도 오르고 하며 사랑을 키웠다. 루불 박물관을 돌며 부희가 건축에 대하여 용채에게 설명했다.

파르테논 신전은 높이와 변의 비가 1.6인 황금비로 건축되어 있고 석굴암은 가로 세로 비가 루트 2인 금강비로 지어졌다고 알려줬다. 파르테논 신전이나 불국사를 구경할 수 없는 용채는 그냥 고개만 끄덕였다.

부희는 서양 건축물의 특징인 도리아식 기둥과 이오니아식 기둥에 대해서도 설명해 줬다.

"남성적인 도리아식 기둥은 남성의 키가 발 길이의 6배인 점을 고려하여 밑변의 길이와 높이를 6배로 했고, 여성적인 이오니아식 기둥은 여성의 키가 발 길이의 8배인 점을 고려하여 8배로 건축해요."

수학적인 사실을 근거하여 서양 건축물의 기둥을 건축했다는 부희의 설명을 들으며 용채는 부희의 해박한 실력에 존경심이 들었다.

용채는 부희를 만나고 오면 바로 또 보고 싶어졌다. 부희를 만나면 저절로 웃음이 나오고, 가슴이 환해졌다. 2주에 한 번밖에 못 만나는 처지가 안타까웠다.

부희는 그가 사는 집 건축물 위에 용채의 모습이 어른거려 당황하며 고개를 흔들었다. 용채가 그와 함께 걷고, 함께 식사하고, 함께 생활하며 그녀를 2주에 한 번밖에 만나지 못하는 처지를 한탄하며 어떻게 하면 그녀를 북의 감시로부터 빼내올 수 있나 궁리했으나 방법을 알지 못했다.

남과 북에서 온 두 젊은 피 속에 사랑이 피어올랐으나 꽃을 피울 길이 보이지 않았다.

베르사이유 궁전을 구경하고 돌아온 날 용채에게 사건이 터졌다.

김용철은 용채를 그의 방으로 불러 그를 속이고 남조선 유학생과 만남을 추궁했다. 당장 본국에 통보하여 소환 조치하겠다고 으름장을 놨다. 용채는 소환 귀국되었을 때 난처해질 아버지를 생각하며 손이 발이 되도록 빌며 다시는 그런 불경스러운 행동을 하지 않겠다고 맹세했다.

김용철은 며칠 두고 보겠다며 추궁을 늦췄다. 그 후 용채는 학교와 숙소를 잇는 동선 위에서 살며 주말에 산책나가는 것도 삼갔다. 용채는 그 동선을 따라서 움직이는 데도 감시의 눈길을 느꼈다.

용채는 부희가 파리 근교를 구경시켜 주겠다며 만나자고 한 날 약속 장소에 나가지 못했다. 부희에게 연락할 길이 없어 지하철역에서 하염없이 그녀를 기다릴 부희를 생각하며 가슴이 탔다.

그렇게 남쪽 남자와 북쪽 여자의 사랑은 꽃망울도 피우지 못하고 남북 이념이 훼방을 놓아 시들어 버렸다.

5년 만에 임진각에서 만난 두 남녀는 반가움에 희열하며 독개다리를 건너며 총탄 상흔을 훈장으로 달고 서있는 달리지 않는 열차도 보고, 염원을 담은 리본이 주렁주렁 달린 철조망을 지나며 그동안 쌓였던 이야기를 나눴다.

용채는 탈북 후 하나원에서 그를 교육하던 기관원의 끈질긴 구애에 넘어가서 결혼하고 외국어 학원 프랑스어 강사를 하고 있으며, 부희는 그를 유학 보내준 ㄱ대학에서 부교수를 하고 있다.

점심을 같이하며 부희는 용채의 탈북 경위를 듣고 가슴이 찡했다.

용채는 귀국할 날이 이제 한 달 남았다.

김용철의 감시망은 학교까지 뻗쳤다.

자유의 맛을 본 용채의 영혼은 갈등했다. 귀국하여 외교 일꾼으로 살아갈 것인가, 아님 조국을 배반하고 자유를 찾고 남조선에 가서 부희를 찾는 사랑의 길을 갈 것인가 갈등했다.

그녀의 갈등에 항상 부모가 있었다. 그녀가 탈북하면 인민무력부 장성인 아버지가 받을 불이익이 그녀의 탈북 결정을 힘들게 했다.

용채는 부희와 데이트하며 쓰지 않고 숨겨놓았던 프랑을 꺼내 유로 패스를 끊고 기차를 타고 스위스 수도 베른으로 가서 한국대사관을 찾았다.

2

부희는 지하철 4호선 대공원역에서 가을을 즐기려는 인파에 휩싸여 에스컬레이터를 타고 지상으로 나왔다. 여기저기 등산복을 입은 관람객이 무더기로 모여서 더불어 가을을 즐길 친구들을 기다리고 있었다.

부희는 더없이 높고 파란 하늘을 올려다보며 용채를 기다렸다. 첫 데이트를 하는 소년같이 심하게 심장이 뛰었다. 부희는 파리 라데빵스 역에서 용채를 만나 파리 명소를 구경하던 추억이 떠올랐다. 베르샤유 궁전을 보고 다음 주 파리 교외를 보자고 약속하고 헤어진 후 약속한 날 부희는 지하철역 입구에서 하염없이 한 시간 이상 기다리다가 여자로부터 바람을 맞고 그녀에게 연락도 할 수 없어 그녀가 약속 장소에 나오지 못하는 이유도 모른 채 찢어지는 심정으로 숙소로 돌아가던 추억이 떠올랐다.

대공원역 전철역 출구에 용채가 나타났다. 부희는 환하게 웃으며 손을 흔들며 그녀에게 다가갔다. 용채는 빨간색 등산복에 파란색 등산모를 쓰고 있었다.

두 남녀는 너무 반가워 포옹할 뻔했으나 주위 눈이 있어 아쉽게 악수만 나누고 눈웃음으로 마음을 전하며, 인파를 따라 대공원 입구 쪽으로 걸어 갔다. 두 남녀는 좋은 날씨를 찬미하고 인파가 많은 것에 놀라는 척하며 길 양편에 늘어선 상인들을 둘러보며 즐겁게 손을 잡고 흔들며 걸었다.

부희가 케이블카를 타자고 했다. 용채가 고개를 끄덕였다.

두 남녀는 나란히 케이블카에 앉아 상쾌한 공기를 가르며 창공을 헤엄쳐 갔다. 눈 아래 잔잔한 호수 위에 파란 가을 하늘에 떠가는 흰 구름이 그려 졌다. 두 남녀는 누가 먼저랄 것 없이 손을 맞잡았다.

부드럽고 따뜻한 체온이 두 사람의 심장에 전해지며 도파민이 팍팍 솟으 며 사랑의 불꽃이 피어올랐다.

케이블카에서 내려 두 연인은 동물원 길을 따라 내려오며 사자도 보고, 호랑이도 보고, 백곰도 보고, 기린도 보고, 원숭이의 재롱도 보며 동심으로 돌아가서 돌아온 사랑을 감싸안았다. 부희는 서로 어깨를 부딪치며 걸으 며 그녀를 꽉 껴안고 싶은 충동을 그녀에게 숨기려고 헤프게 떠들었다.

두 사람은 테마 공원까지 돌아보고 야외식당에서 막걸리를 반주하며 점 심을 들고 아쉽게 손을 흔들며 다음을 기약하고 각자의 집으로 돌아갔다.

가정에 돌아온 부희는 앉으나 서나 용채가 어른거려 고개를 흔들며 그녀 를 떨쳐내려 했다. 식사할 때도 그녀가 옆에 앉아 있고, 잠자리에 누워도 그녀가 옆자리에 나란히 누워 있다. 학교에 갈 때도 그녀가 따라오고, 강의 할 때도 그녀가 옆에 서있다. 부희는 용채를 놓지 못하고 용채의 그림자와 생활하며 사춘기 지난 지 얼마인데 이런 지독한 사랑의 병에 걸렸나, 하며 혼자 속으로 놀라며 아내가 아닌 다른 여인에게 푹 빠진 자신을 아내에게 들키지 않으려 애쓰며 아내에게 미안한 마음을 감췄다.

두 남녀는 열심히 만나서 가는 세월을 즐기고, 다시 찾아온 사랑을 애틋하게 품었다. 하늘공원에 가서 갈대밭에 사랑을 심고, 프로방스, 프랑스 마을을 찾고 프랑스에서 못다 이룬 사랑을 키워갔다.

파리에서는 이념이 사상이 두 사람의 사랑을 막았었는데 서울에서는 가정이, 윤리가 두 사람의 사랑의 진도를 머뭇거리게 했다. 두 사람이 팍 꽃망울을 터트리고 싶은 질주를 가정이라는 울타리가 막았다.

3

용채가 부희 생일 선물로 오페라 투란 토트를 보여주겠다고 했다.

부희는 예술의 전당 주차장에 차를 세우고 안내표지판을 보고 음악 분수대가 보이는 곳에 자리한 카페 모차르트를 찾아갔다.

용채가 먼저 와서 분수 쇼가 잘 보이는 자리를 차지하고 있다. 두 연인은 다정하게 악수하고 마주 보고 앉아 정다운 미소를 보냈다. 용채가 스파게티와 리조트를 주문했다. 부희는 음료수로 생맥주를 주문했다.

용채는 3년 전에 계간지 '우주문학' 신인상에 응모하여 당당히 당선되어 시인으로 등단했다. 그녀는 3개월 전에 그녀의 첫 번째 시집 《마음로 1번지에 시가 있다》를 출판했다. 용채의 시집 발간을 축하하며 부희는 롯데호텔 르 세느에서 포도주를 반주하여 정통 이태리 음식을 대접했었다.

두 연인은 분수 물줄기가 비발디의 사계 중 봄에 맞춰 춤을 추는 광경을 건너다보며 맥주로 목을 축이며 스파게티와 리조트를 나눠 먹었다.

1,000여 개 노즐에서 품어 나오는 물줄기가 파란색 붉은색 노란색으로 둔갑하며 꽃 모양을 이루며 춤을 췄다.

"부희 씨 생일 축하해요."

용채가 건배를 제의하며 말했다.

"이렇게 분위기 좋은 데 초대해 줘서 감사해요."

부희가 춤을 추는 분수를 건너다보며 말했다. 분수의 춤사위에 맞추어 두 연인의 가슴에 사랑의 꽃이 피어올랐다.

식사를 마치고 커피를 주문했다.

부희가 커피의 향을 음미하며 나직이 용채의 시를 낭송했다.

"쌍으로 사는 것들 정용채, 최부희 낭송. 애초에 서로 합의를 봤을까 쌍으로 이루어져 살기로, 하나가 슬그머니 없어져도 끝내 기다림을 포기하지 않기로, 성혼선언문이라도 주고받았나, 잃어버린 귀걸이나 장갑 한 짝을 찾는 일은 운 좋으면 가능하다."

거기까지 낭송하고 부희는 깊은 숨을 쉬며 용채를 건너다보았다.

두 연인은 서로 쌍은 이루지만 먼 곳에서 바라만 보는 두 사람의 처지를 실감하며 조금은 비감한 기분이 들었다.

부희가 용채의 시를 계속 낭송했다.

"제아무리 운이 좋은 사람이라도 제 짝 잃은 사람은 끝내 외짝이다. 쌍을 이루는 것은 결국 시차를 두고 외짝이 되어간다. 어쩌면 쌍이니 짝이니 하는 것도 결국은 혼자를 전제로 묶어 놓는 기회용 1+1일 뿐이다."

시를 낭송하며 부희가 삭탁 위로 손을 뻗었다. 용채가 그 손을 맞잡았다.

부희는 시의 마무리가 두 사람의 이별을 뜻하는 것 같아 가볍게 슬픔이 밀려왔다. 두 연인은 손을 잡은 체 말을 놓고 춤추는 분수를 멍청히 쳐다봤다. 한참을 그렇게 침잠의 세계에 묻혀 있던 용채가 깊은 한숨을 쉬며 말을 꺼냈다.

"부희 씨의 〈한 박자 쉬고 반 박자 더〉 작품 우주문학 편집인에게 넘겼어요. 가을호에 신인상 받으실 거요. 그럼 우리는 같은 우주문학 동호인이 되네요."

"그런가요? 그럼 선배님 잘 부탁합니다."

부희가 활짝 웃으며 말했다.

"시간됐어요. 입장해야겠어요."

용채가 자리에서 일어서며 말했다. 두 연인은 손을 잡고 오페라하우스로 천천히 걸어갔다. 오페라 투란토트는 공연시간 3시간이 넘는 대곡이다. 아리아 〈공주는 잠 못 이루고〉, 〈처음 흘려보는 눈물〉을 열창할 때 두 연인은 손을 꼭 맞잡고 오페라 가수의 열창에 푹 빠졌다.

오페라가 끝나고 부희는 용채를 교대역까지 차를 태워다 줬다.

두 연인은 정말 정말 헤어지기 싫었다. 부희는 고속도로를 달리며 우리는 쌍이 될 수 없는 운명인가, 하며 비감한 감정이 일었다.

4

부희와 용채는 해를 넘기며 만났다. 어느 때는 일주일 만에 어느 때는 열흘 만에 만났다. 서울 주위의 명소를 찾고 경치를 구경하고 맛있는 음식을 먹고 스킨십을 하며 마지막 사랑의 꽃망울을 터트리고 싶은 욕망을 유부남, 유부녀라는 윤리가 막아서서 선을 넘지 못하고 아쉽게 헤어졌다.

"속초에서 실향민 문화제가 있는데, 실향민 손자와 탈북녀가 구경 가면 어때요?"

부희가 두물머리 찻집에서 남한강과 북한강이 합쳐 소용돌이치는 물줄기를 보며 말했다.

"속초? 하루에 다녀오기 어려울 텐데요."

"서울양양고속도로 타고 가면 서울서 두 시간이면 가요, 모처럼 만에 긴 나들이 하는데 느긋하게 일박하고 와요."

부희가 간지럽게 유혹했다. 용채는 일박이라는 말이 지금껏 참아온 꽃망울을 터트리자는 말로 들려 가슴이 콩닥거리고 얼굴에서 열기가 났다.

"언제지요?"

"담주 금요일 아바이 마을에서 열려요."

"금요일은 강의 없으니 괜찮아요."

용채가 부희의 제안에 긍정적인 답을 했다.

두 사람은 금요일 지하철 2호선 종합운동장역 2번 출구 아시아 공원에서 만나기로 하고 두물머리 풍광을 즐기고 마음 속으로만 사랑을 다지고 헤어졌다.

두 사람은 부희의 승용차를 타고 속초로 향했다.

차가 88올림픽 대로로 들어서서 직선 주로가 나오자 부희는 한 손으로 운전대를 잡고 운전하며 한 손은 용채의 손을 잡고 희롱했다. 손과 손을 통해 따뜻한 정이 전해졌다. 그들은 홍천휴게소에서 안개 낀 시골 풍경을 내다보며 눈으로 사랑을 주고받으며 따뜻한 커피 향을 즐겼다. 반쯤 산을 가린 안개를 건너다보고 있던 용채가 나직이 부희의 시를 낭송했다. 우주문학에 신인상을 응모하며 보낸 다섯 편의 시 중 한 편이다.

"사랑이란 이름, 최부희, 정용채 낭송. 기쁨 속에 묻혀 있던 외로움 고개 들면 침묵의 소리 기다리다가 가을에 젖어 당신의 흔적 깊은 곳에 회한으로 세워지면 이슬처럼 맺히는 사랑이란 이름"

"와, 제 시를 다 외우셨어요?"

부희가 감격하여 눈시울을 실룩이며 말했다.

"어느 분 작품이라고요."

용채가 환하게 웃으며 말했다.

부희는 용채의 웃는 모습이 너무나 아름다워 오금이 저렸다.

T맵에 깔린 내비게이션이 정확하게 그들을 아바이 마을로 안내했다.

두 사람은 호텔 체크인 시간이 일러 바로 축제 현장으로 갔다.

아바이 마을은 1.4후퇴 때 남하한 함경도 피난민이 전쟁이 끝나면 귀향할 것을 기대하며 모여 살던 곳이다. 그들은 정전 후에 고향으로 돌아갈 수가 없었다.

바다를 면하여 실향민 축제 무대가 설치되어 있다. 이제 막 시작하는 여름 햇볕이 따갑게 내려비추었다. 두 연인은 무대 앞에 줄을 맞춰 늘어놓은 의자 맨 뒷자리에 앉아 몰래 손을 잡고 무대를 쳐다봤다.

2시부터 개막식이 열렸다.

속초시장이 등단하여 개막연설을 하고, 이북 5도 지사 대표의 축사가 이어졌다. 두 연인은 형식적인 개막식에 흥미를 느끼지 못하고 늦은 점심을 하자며 해변에 죽 늘어선 몽고 텐트 식당가로 갔다.

만갑상회 간판이 있는 식당에 들어서서 메뉴를 보니 호계 비빔밥, 아바이 순대, 코다리 찜 등이 보였다.

두 연인은 아바이 순대를 주문하고 술도 한 병 시켰다. 행사장에서 그들이 묵을 호텔이 가까워 음주운전은 걱정 안 해도 될 것 같았다. 풍성한 순대맛과 소주의 담백한 맛을 즐기며 두 연인은 조잘거리며 점심을 즐겼다. 그들은 바닷가를 어슬렁거리다가 어린이 놀이터로 가서 투호놀이를 하며 호호거렸다.

그들은 오후 5시쯤 호텔에 체크인하고 잠시 바다를 내다보며 쉬다가 도보거리에 있는 대개 식당에 들어가서 바다가 보이는 자리에 앉아서 소주를 반주하여 게살의 맛을 즐겼다. 원래 음식이 맛이 있지만 연인과 사랑의 눈길을 주고받으며 먹는 음식은 더 없이 맛이 있었다.

가볍게 취한 두 연인은 손을 마주 잡고 아직 해수욕장이 개장되지 않아 한가한 해변을 거닐며 손과 손으로 사랑을 전하며 조잘거렸다.

석양의 붉은 노을을 벗하며 긴 입맞춤을 하고 호텔로 돌아왔다.

객실에 들어선 두 사람은 좁은 막힌 공간에 마주서며 가슴이 콩당거렸다.

"저 먼저 샤워하고 나올게요."

부희가 열기를 푸 불어내며 말했다.

부희는 밀려오는 흥분을 뜨거운 물로 식히며 가볍게 샤워를 하고 가운을 입고 침실로 나왔다. 바다를 보고 서 있던 용채가 휴 한숨을 쉬고 욕실로 들어갔다.

알몸에 가운을 걸치고 시커먼 바다를 내다보며 부희는 아랫배로부터 밀려오는 흥분을 바다 냄새와 함께 삼켰다. 목욕을 마친 용채가 가운을 입고 부희 옆에 나란히 섰다.

부희는 용채로부터 풍겨오는 향기를 음미하며 용채의 어깨를 껴안았다. 용채가 부희의 허리를 껴안았다. 두 사람은 체온을 주고받으며 한참을 그렇게 서서 어두운 바다를 내다보며 서로 호흡을 나눴다.

멀리 오징어잡이 배의 불빛이 깜빡이고 오른편 제방 끝에 서있는 등댓불이 깜박거렸다. 두 사람은 자석에 끌리듯 얼싸안고 진한 입맞춤을 했다.

스르르 몸이 침대로 무너지고 프랑스 파리에서 대한민국 서울까지 아쉽게 태우지 못했던 욕망의 꽃봉오리를 갈급하게 터트렸다. 영육이 합일하는 순간이 지나고 두 사람은 나란히 누워서 서로 손을 마주 잡고 창밖의 불빛에 일렁이는 천장의 그림자를 보며 가볍게 호흡하며 하늘이 준 남녀 사랑의 정수를 나눴다.

아침에 잠에서 깬 두 사람은 해변으로 산책나갔다. 어둠 속에 파도가 으르렁거렸다. 수평선에 죽 붉은 빛이 띠를 이루었다. 두 사람은 나란히 어깨를 끼고 서서 붉은 정기가 수평선에서 솟아오르는 장관을 바라보았다.

수평선이 일렁이더니 붉은 해가 원의 작은 현만큼 얼굴을 내밀었다.

부희가 몸을 떨며 용채를 안은 팔에 힘을 주었다. 부희의 허리를 감싼 용채의 팔에도 힘이 들어갔다.

뭉클뭉클 해가 솟아올라 반원이 되더니 붉게 원으로 커갔다. 떠오르는 태양을 눈을 뜨고 마주 볼 수가 없어 두 연인 눈을 꼭 감고 나란히 서서 연인을 안은 팔에 힘을 더했다.

"어, 해가 다 떴어요. 또 하루가 시작되네요."

용채가 감탄사를 울렸다.

"축복받은 하루가 열렸어요."

부화가 감탄사를 대답했다.

"부희 씨 감사했어요. 파리에서 이념이 막아 이루지 못한 사랑을 속초에서 이뤘네요."

용채가 수평선을 수놓은 붉은 기운을 넋 놓고 바라보며 속삭이듯 말했다.

"저도 감사해요. 우리 사랑이 어디까지 가야 하지요?"

"꽃망울을 터트렸으면 낙화해야 해요. 우리 이것으로 우리 만남을 끝내요. 가정으로 돌아가야지요."

용채가 담담한 목소리 말했다.

"가정?"

부희가 고개를 들어 하늘을 올려다보며 말했다.

윤리의 벽을 절감한 두 연인은 힘껏 서로 껴안았다. 두 연인은 스르르 포옹을 풀고 탈북녀는 해변 북쪽으로 실향민 손자는 남쪽으로 천천히 걸어갔다.

두 사람 거리가 점점 멀어지며 서로 그리워하나 만날 수 없는 외짝, 이산가족의 길로 걸어갔다.

*참고: 본 작품은 지구문학 2022년 가을 문학기행 갔을 때 지구문학 회원 중 남자 이름을 가진 여류시인 정용채님과 남자 시인으로 여자 이름을 가진 최부희님을 주인공으로 로맨스 단편을 쓰라는 애교 섞인 주문을 받고 쓴 작품이다.

자원봉사

1

박동훈은 67세, 사장직을 끝으로 40년 직장 생활을 마쳤다.

그의 부모는 가난했으나, 아들에게 좋은 머리를 물려줘서 동훈은 초등학교부터 고등학교까지 항상 반에서 1, 2등을 다투었으며, 대한민국에서 가장 경쟁력이 높은 대학에 들어갈 수가 있었다.

부모가 하숙비와 학비를 댈 형편이 못 되어 그는 가정교사라는 아르바이트를 하며 숙식을 해결하고 등록금을 벌었다.

그는 아르바이트하며 천금 같은 시간을 빼앗겨 대학에서 수석은 놓쳤지만 그래도 상위권 성적은 유지했다. 그는 재학 중 한 학기에 등록금을 마련할 수가 없어 휴학하고 학병으로 군대를 다녀왔다.

졸업과 동시에 대한민국에서 가장 큰 국영기업 중 한 회사에 취직하여, 한두 번 진급에 탈락하기는 했지만 그래도 순탄하게 직장 생활을 하였다.

58세, 정년이 되는 해에 운이 좋게 전무로 발탁되고, 부사장, 사장 등 임원으로 승진하며 다른 직원보다 9년을 더 근무하고 67세에 퇴임했다. 그가 부사장으로 퇴직하려는 때 그의 대학 동아리 후배가 VVIP로 당선되어 그를 사장으로 이끌어줬다.

동훈은 퇴직 후 현직 시절에 아내가 재테크로 사놓은 상가에서 임대료가 나와 많지 않은 국민연금을 보태면 노후를 어렵지 않게 보낼 수가 있게 됐다.

그는 남보다 더 오래 직장 생활을 하고, 보통 사람이 하기 어려운 임원을 3연임하였다. 살집과 평생 먹고 사는 데 어려움이 없는 재력이 있고, 아직 건강한 것에 크게 감사하며, 이제 자유인이 되었으니 무엇인가 사회에 돌려주어야지, 하며 그의 시간 일부를 봉사에 쓰기로 했다.

그는 자원봉사센터를 찾고 소정의 교육을 받고 봉사센터에서 제시하는 봉사 활동 중 결손아동 돌봄과 반찬 배달을 선택했다.

결손아동 돌봄 봉사는 월요일 오후 한 시 반까지 복지관에 가서 그곳에 근무하는 사회복지사를 도와 결손아동을 오후 6시까지 돌보는 일이다. 대상은 초등학교 1학년부터 6학년까지 아홉 명, 남자가 네 명 여자가 다섯 명이었다.

그들은 점심 급식을 학교에서 하고 학년에 따라 각각 다른 시간에 복지관으로 하교했다. 숙제를 봐주고, 한자나 영어 단어를 가르치고 같이 놀아주다가 결손아동의 보호자가 집에 올 즈음 귀가시킨다.

사회복지사는 대학 사회복지과를 나온 천사같이 고운 여자분이다. 남을 돕는 봉사 활동하려고 태어난 것같이 성품이 따뜻하다.

부모 없이 조부모 손에서 자라는 아이들은 정서적으로 불안했다. 학년이 달라 한 번에 한 명밖에 돌볼 수가 없다. 한 학생을 잡고 가르치면 다른 학생들이 시샘한다. 특히 5학년 성준호는 다른 학생을 가르치면 교실을 방방 뛰면서 시끄럽게 하며 봉사자가 다른 학생을 가르치는 것을 방해했다. 말로 타일러도 듣지 않았다.

박동훈은 남의 자식을 때려서 가르칠 수도 없어 간곡히 타이르지만 마이동풍이다. 심지어 봉사자를 막 놀려먹었다. 그래도 상근인 사회복지사의 말은 듣는 척했으나, 자원봉사자인 박동훈의 말은 귓등으로 흘려들었다.

동훈은 4시간 반 봉사하고 나면 완전히 지쳐서 파김치가 되었다. 아내는 지쳐서 핼쑥하게 퍼져서 집에 돌아오는 남편에게 당신 자원봉사하다 지레 죽겠다며 당장 그만두라고 강권했다.

반찬 배달은 수요일 오후 1시 복지관에 가면 조리한 반찬을 싼 검정 비닐봉지가 준비되어 있다. 박동훈은 열 집 배달을 맡았다. 그는 반찬 봉지 10개를 차에 싣고 집집마다 찾아다니며 배달한다.

첫날 복지관에 근무하는 사회복지사가 열 집 주소를 주며 내비게이션에 찍고 가면 되지만 일일이 내비 찍고 가려면 번거로우니 자기가 안내하겠다며 조수석에 앉아 동선에 따라 배달할 집을 안내하며 간단히 배달받을 사람의 인적 사항을 알려줬다.

한 가정만 부부가 살았고, 나머지 아홉 가구는 독거노인으로 지하에 살았다. 보통 배달받을 사람이 집에 없어 문고리에 봉지를 매달아 놓고 왔다. 한 시간 반이 걸린다.

박동훈은 자원봉사를 하며 월요일과 수요일 점심을 친구들과 할 수 없고, 골프도 치러 갈 수 없어 불편했으나 남을 돕는다는 뿌듯함이 불편보다 컸다.

그러나 그는 결손아동 돌봄이 너무나 힘이 들어 두 달 하고 그만뒀다.

2

박동훈은 빌라 앞에 자동차를 세우고 반찬이 든 혹색 비닐봉지 하나를 꺼내 빌라 입구 건물 기둥 옆에 의자를 놓고 앉아있는 할머니에게 안녕하세요, 하고 인사하고 봉지를 건넨다.

할머니가 반갑게 맞인사하며 봉지를 받는다. 할머니의 거처는 근린공원을 면한 5층 빌라의 지하 방이다. 할머니는 인사말 외에 더 말을 건네고 싶어 하나 박동훈은 바로 차로 간다.

자원봉사 교육을 받을 때 강사는 독거노인 집에 봉사 갔을 때 봉사 활동 외에 말을 걸지 말라고 충고했었다. 독거노인이 딱하여 말을 걸다 보면 한이 없으며, 말하다 보면 독거노인의 사정이 딱하여 무엇인가 도움을 주겠다고 하게 되고, 독거노인의 기대가 자꾸 커져 그 기대를 다 만족시킬 수가 없어 오히려 상처를 줄 수 있다고 했다.

　박동훈은 그 충고를 받아들여 자원봉사하며 봉사를 받는 분과 말을 삼갔다. 곧 80을 바라보는 할머니는 비가 와도 처마 밑에 의자를 놓고 앉아 박동훈을 맞는다.

　그녀는 의자에 앉아 하염없이 하늘을 쳐다보며 흐르는 구름과 대화하고, 빌라 앞 도로를 흐르는 바람과 대화한다. 구름도 바람도 그녀의 말에 대답하지 않는다. 할머니가 올려다보는 하늘은 답답하다. 앞쪽 하늘은 빌라로 막혀 있고, 도로를 따라 일직선으로 보이는 쪽박 하늘이 전부다.

　그녀는 스쳐 가는 행인들을 건너다보며 무엇인가 말하고 싶어 하나 행인들은 못 본 척하고 그냥 지나간다. 그녀는 하루 종일 대화 상대를 찾으나 바람과 구름 외에 누구도 그녀의 대화에 답하지 않는다.

　가끔 공원을 거닐던 비둘기가 할머니 발밑까지 와서 종종거리고 무엇인가 쪼고 있으나 비둘기도 할머니의 대화 상대가 아니다.

　그녀가 바로 옆 공원 벤치로 자리를 옮겨 앉으면 입을 놀릴 상대가 생길 수도 있을 텐데 항상 빌라 추녀 밑 자리를 고수한다.

　박동훈은 할머니를 보며, 연극 〈고도를 기다리며〉를 봤던 기억이 난다. 연극배우는 진지하고 간절한 자세로 고도를 기다린다. 그러나 할머니는 눈동자에 힘이 없이 존재의 무의미함을 상징하듯 정말 하염없이 기다리는 자세다.

　그는 차를 출발시키며 백미러로 의자에 망연자실 앉아있는 할머니를 흘끗 보며 인사 한마디만 던지고 떠나며 자원봉사 교육 때 강사의 말을 곧이곧대로 따르는 자신이 좀스러운 것 같은 기분이 든다.

그는 저 할머니는 자식은 없나? 이렇게 반찬만 배달해 주면 무슨 돈으로 끼니를 이을 식량을 사고 누가 밥을 해 줄까, 궁금하다.

그렇다고 그가 할머니의 식생활에 관여할 의사는 전혀 없다.

아내에게 비슷한 말을 꺼내면, 5년째 반찬 배달하는 남편을 보고 당신 이제 70을 넘었는데 운전하다 사고 날 수도 있으니 배달 그만두라고 할 거다.

더 깊이 할머니를 돕자고 하면 아내가 이혼하자고 할 거다.

그는 정부가 저런 독거노인을 요양원에 모시든지 하지, 하며 정부의 미온적인 복지정책을 탓한다.

3

밤새 내린 비에 대기 중에 떠돌던 황사가 자동차에 떨어져서 자동차를 먼지로 뒤덮었다. 자동차가 흉물스럽게 지저분하다.

박동훈은 자동차를 주유소 세차장에 끌고 가서 5만 원 주유 영수증과 3,000원을 내고 세차했다. 흙탕물에 더럽혀진 몸을 씻은 것같이 기분이 개운하다.

그는 차를 몰고 복지관에 갔다. 오늘 그에게 배당된 배달 물량은 9개다. 그는 복지사에게 왜 한 개가 줄었는지 확인했다.

"장지동 공원 옆에 사시는 할머니께서 요양원에 입소하셨어요."

항상 의자에 앉아 구름과 바람과 대화하시던 할머니가 요양원에 입소하셨단다.

"아들이 있었어요?"

"네. 아드님이 입소시켰어요."

"아들이 있는데 그렇게 혼자 두셨어요?"

"그런 아들이 한둘입니까? 다음 대상자 물색 중입니다. 수고하세요."

복지사가 환하게 웃으며 인사한다.

그녀의 미소가 천사같이 해맑다.

박동훈은 반찬 담은 비닐봉지 9개를 들고 차로 갔다.

그가 봉사하는 동안 가끔 대상자가 바뀌었다. 이사 가기도 하고, 병원에 입원하기도 하고, 타계도 했다. 그럴 때마다 복지관에서는 배달 동선에 있는 새로운 대상자를 찾아 열 명을 채워줬다.

박동훈은 무슨 기준으로 어떤 절차를 거쳐 대상자를 선정하는지 모른다. 알 필요도 없다. 그는 복지사로부터 새로운 대상자 주소를 받고, 내비게이션에 주소를 찍고, 집을 찾아가서 반찬을 문고리에 걸어놓으면 그의 임무는 끝이다.

박동훈은 밭 가운데 사시는 할머니에게 반찬을 배달하려고 차를 시내에 아직 개발되지 않고 남아있는 밭 가운데 공터로 몰고 갔다. 공터에 차를 세워놓고 밭길로 10분쯤 가면 반찬 배달할 무허가 까대기가 나온다.

차가 밭길로 들어서자 흰 방호복을 입은 보건소 직원이 차를 세우고 박동훈이 막 세차한 차에 소독약을 끼얹는다. 바퀴까지 소독한다. 운전석에 앉은 박동훈은 방금 세차한 차를 소독약이 더럽히자 공연히 세차하고 왔다고 후회된다.

구제역 방역을 위해 소독하는 것은 알았지만, 시내 한가운데 있는 이 밭 출입자도 대상인지는 몰랐다.

미리 알았으면 반찬 배달한 후 세차했을 거다.

박동훈은 또 세차해야 해, 하며 잔뜩 입이 부풀어 차를 밭 가운데 공지에 세우고 비닐봉지 하나를 꺼내 들고 할머니 집으로 간다.

밭은 3만 평이 넘는다. 시내 한가운데 있는 평평한 넓은 밭에 밭작물을 재배하는 밭 사이 사이에 30여 채의 무허가 까대기가 널려 있다.

그 지역을 재개발하면 입주권, 딱지를 받으려고 소시민들이 악착같이 열악한 환경에서 버티고 산다.

비는 어젯밤에 그쳤으나 밭두렁은 아직 마르지 않아 미끄럽다. 집마다 키우는 개가 미끄러지지 않으려고 조심하며 뒤뚱거리며 걷는 낯선 박동훈을 향해 심하게 짖는다.

박동훈은 불쑥 집에서 튀어나오며 짖어대는 목줄에 매인 개의 울음소리에 움찔하며 먹고 살기도 어려울 텐데 도둑맞을 것도 없는 이 동네에서 웬 개는 이렇게 많이 키워, 하며 몸의 균형을 잡으며 걷는다.

할머니의 집, 까대기를 둘러 파놓은 배수로가 질척하다. 박동훈은 아주 습할 텐데 물구덩이에 할머니가 어떻게 사시나, 하며 반찬 봉지를 문고리에 건다.

박동훈이 온 것을 귀신같이 알아챈 할머니가 문을 열고 나오며 고마워요, 하고 인사한다.

박동훈은 안녕하세요, 인사만 던지고 차가 주차된 공간으로 간다.

할머니가 박동훈을 따라오며 비가 와서 길도 미끄러운데 고마워요, 하고 연신 인사한다.

그 할머니는 매번 박동훈의 차가 주차된 곳까지 따라와서 박동훈이 차에 올라타서 시동을 걸면 그의 승용차를 향해 구십 도로 절을 하고는 고맙다고 인사하며 배웅한다. 매번 하는 할머니의 깍듯한 인사가 박동훈은 부담스럽다.

눈이 살짝 내려 밭길이 미끄럽다. 장갑을 안 낀 박동훈은 손이 시려 호호 불며 비닐봉지를 흔들거리며 개 짖는 소리를 뚫고 할머니 집으로 간다. 반찬을 문고리에 걸고 돌아서는데도 오늘은 항상 나오시던 할머니가 인사를 나오지 않는다.

박동훈은 항상 인사 나오던 할머니가 나오지 않자, 아프시나, 하며 안녕하세요, 하고 큰 소리로 인사한다.

문이 열리고 50대의 남자가 네, 하며 나온다.

"할머니는?"

박동훈이 잠바를 걸친 남자에게 묻는다.

"아, 어머니? 몸이 안 좋으셔서 병원에 입원했어요."

"여기 계신 할머니가 어머니세요?"

"네, 눈도 왔는데 이렇게 배달 오고 감사합니다."

"아드님은 어디 사세요?"

"아, 저 길 건너 아파트에 삽니다."

그 말을 듣는 순간 박동훈은 기가 막힌다.

밭을 개발하고 아파트가 들어서면 딱지 하나 받으려고 아들은 안락한 아파트에 살며 나이 든 어머니를 혼자 이 까대기에 살게 한다.

박동훈은 그렇게 돈을 밝히는 아들놈 뺨이라도 한 대 갈기고 싶었으나, 끙, 하고 화를 참고 차가 주차된 곳으로 비틀거리며 걸어간다.

4

박동훈은 검정 비닐봉지를 들고 빌라 계단을 더듬거리며 내려간다. 전등불도 켜있지 않은 지하 복도가 어둡다. 그는 한 손에 반찬 봉지를 들고 또한 손으로 벽을 더듬으며 어둠을 뚫고 복도 안쪽으로 걸어간다.

그는 맨 끝방 문고리에 반찬 봉투를 걸어놓고 그냥 갈까, 하다가 살짝 문을 열어 본다.

곰팡냄새가 섞인 부패한 냄새가 확 풍겨온다. 그는 윽, 하며 숨을 멈추고 어둠 속에 시선을 보낸다. 문을 열었는데 안쪽에서 움직이는 기척이 없다. 박동훈은 비닐봉지를 문 안쪽에 살며시 들여놓고 문을 닫고 손바닥으로 벽을 더듬으며 계단 쪽으로 간다.

그는 어둠을 뚫고 발걸음을 옮기며 할머니가 잘못된 거 아닌가, 걱정된다. 지상으로 올라와 그의 차로 가며 박동훈은 문을 열어도 미동이 없던 할머니가 돌아가신 거 아닌가, 하며 119에 신고해야 하는 거 아냐, 하고 생각한다. 착한 마음으로 신고하면 공연히 경찰서에 불려 가고 할 거다. 그러면 귀찮다. 그만두자, 하며 이기적인 생각이 든다.

지난주에 왔을 때도 할머니는 미동도 안 했다. 오늘 반찬 배달 대상이 바뀌지 않은 것을 보면 아직 살아계신 거다. 공연히 오지랖 넓게 신고할 것 없잖아? 그냥 반찬 배달이나 하면 되지, 뭐. 그분들 생사까지 걱정해?

박동훈은 운전하며 자꾸 그 할머니에게 신경이 쓰인다.

빌라 지하는 빛이 들어오지 않을 뿐만 아니라 빌라 주인이 전기요금 아끼려고 복도에 불도 켜지 않는다. 몸이 불편한 할머니는 누워서 산다. 빛도 들어오지 않는 방에 전등불도 켜지 않는다.

습기가 가득하여 자주 요나 이불을 볕에 말려야 할 텐데, 그 할머니는 그럴 힘이 없다. 환경이 너무 열악하여 건강한 사람도 그런 방에서 살면 바로 병에 걸릴 거다.

그 할머니는 아들과 둘이 살았단다. 아들은 집이 가난하여 학교는 초등학교 문턱도 넘어보지 못했다. 막노동하며 어머니와 둘이 빌라 지하 방에 전세로 살았다. 아들은 돈이 없어 여자를 얻을 꿈도 꾸지 못했다.

그렇게 50 몇 년을 살아온 아들이 팔자를 고치려고 강도질하다가 붙잡혀서 감옥에 갔다. 혼자 남겨진 몸이 불편한 할머니는 자원봉사자의 손에 생계를 의존한다.

박동훈은 반찬을 배달해 주고, 저녁때가 되면 또 다른 봉사자가 와서 저녁을 챙겨드린다. 일주일에 한 번 목욕차가 와서 목욕시켜 드리고, 일주일에 한 번 봉사자가 승용차로 할머니를 병원에 모신다. 박동훈이 복지관 복지사에게 들은 이야기다.

사는 방은 전세이니 돈 낼 일이 없을 테지만 아침 점심은 어떻게 드시는지 모른다. 박동훈은 그런 할머니는 정부에서 돌봐야 할 텐데, 왜 그렇게 복지관과 자원봉사자에게만 맡겨놓는지 이해가 되지 않는다.

박동훈은 그 할머니를 빈방도 있는데 그의 집에 모셔 노년을 보내게 하면 어떨까, 생각하다가 그 말을 꺼냈다가는 70이 넘어 위험하게 자동차 운전하며 반찬 배달한다고 불만이 많은 아내가 이혼하자고 할 거다.

박동훈은 그 할머니만 생각하면 너무 답답하다. 복지사에게 왜 그 할머니를 요양원에 보내지 않는지 항의했다. 복지사는 신청해 놨는데 무료 요양원은 입소 대기자가 줄을 서서 언제 차례가 올지 모른단다.

한 사람이 죽어야 다음 사람이 들어간단다.

세수의 상당 부분을 복지에 쓰고 선거 때마다 복지를 늘이겠다고 선전하는데 이런 사각지대는 언제 해소될까, 박동훈은 안타깝다.

박동훈은 차를 운전하여 다음 배달할 집으로 가며 산다는 것에 대하여 골똘히 생각한다. 죽지 못해 사는 삶이 무슨 의미가 있을까? 그래도 사는 것이 죽는 것보다 나은 건가? 누구나 죽음을 떼어놓을 수는 없다. 죽음을 떼어놓을 수 없으면 열악한 환경이지만 천명까지 그냥 악착같이 살아야 하나?

동물의 세계였으면 벌써 도태되었을 텐데 사람은 윤리니 도덕이니 하며 비참한 삶을 이어가게 한다. 그런 삶도 삶의 기쁨이 있을까?

5

박동훈은 일차선 긴 골목으로 차를 몰고 들어가서 끝집에 반찬 봉지를 문고리에 건다. 그는 거의 10년 가까이 그 집에 반찬 배달하며 한 번도 그 집에 사는 사람을 본 적이 없다. 항상 대문이 잠겨 있다.

비가 오는 날은 반찬 봉지에 물이 들어갈 것이 걱정되어 반찬 봉지를 처마 밑에 휙 던져놓는다.

봉지를 문고리에 걸어놓고 박동훈은 차로 간다.

"할아버지 오늘도 오셨네요."

끝집 옆집에서 할머니가 대문을 나오며 박동훈에게 말을 건다.

"네, 할머니 안녕하세요?"

박동훈이 대꾸한다.

"매번 뭐 가지고 오셔서 문고리에 걸어놓고 가시던데 무어에요?"

"반찬입니다."

"반찬? 누가 주는 거예요?"

"복지관에서 불우한 분에게 주는 겁니다."

"그래요? 그 집은 내외가 다 돈 버는데 반찬 배달해 주고 나같이 혼자 사는 노인은 왜 배달 안 해 줘요?"

"아, 그것은 복지관에서 알아서 해서 저는 잘 모릅니다."

"그럼 복지관 가시면 저도 좀 받게 말해 주세요."

"네. 말씀 전하겠습니다."

박동훈은 난처한 기분으로 승용차에 올라타며 말했다.

박동훈은 반찬 배달 대상을 어떻게 정하는지 모른다.

그냥 복지관에서 알려준 주소로 배달만 한다. 추천을 받아서 정한다는 말을 들었는데 누구의 추천을 받는지 확인하지 않았다.

박동훈은 1차선 좁은 골목길에서 차를 몇 번 전진 후진하며 핸들을 돌려 차 주행 방향을 바꾼다. 박동훈은 할머니의 배웅을 받으며 차를 골목길에서 빠져 나온다.

아직 배달할 집이 세 집 더 남았다. 6차선 큰길로 들어서려 하나 차가 씽씽 달려 바로 큰길로 들어설 수가 없다. 박동훈은 핸들을 꽉 잡고 왼쪽 도로에 시선을 두고 달려오는 차를 응시하며 도로에 끼어들 틈을 노린다.

오늘따라 차가 밀려 좀처럼 틈새가 생기지 않는다.

박동훈은 오른쪽에 시선을 느끼며 고개를 돌렸다. 젊은 처녀가 자전거를 세워놓고 박동훈의 차를 빤히 쳐다본다. 박동훈은 차 문을 내려 처녀를 건너다본다. 처녀가 말없이 박동훈을 노려본다. 박동훈은 저 처녀가 왜 나를 노려보나, 하고 의아해 한다.

여자는 아무 말 없이 박동훈을 쳐다본다. 그는 왜 저 여자가 내 차를 쳐다볼까, 하며 차 유리문을 올리고 고개를 왼쪽으로 돌려 자동차가 들어갈 틈새를 찾다가 틈이 나자 그의 차를 도로로 진입시켜 다음 목적지로 간다.

박동훈은 열 집 배달을 마치고 홀가분한 기분으로 현관에 들어섰다.

"당신 교통사고 냈다며?"

아내가 현관까지 뛰어오며 호들갑을 떤다.

"나 교통사고 낸 적 없는데."

"당신 사고 내고 뺑소니쳤다는데."

"내가 뺑소니쳤다고?"

"경찰서 교통계로 바로 오래. 김종서 순경 찾으래."

"김종서? 세종 때 장군 이름이네. 가야 해?"

"지금 피해자가 경찰서에 있다고 바로 오래."

"무슨 일이지? 나 교통사고 낸 적 없는데."

"없으면 오라겠어? 내가 당신 나이도 많고, 운전하다 사고 날지 모르니 반찬 배달 그만하라고 하는데 내 말 안 듣고 계속하더니 드디어 큰 사단 쳤네."

아내가 평소 반찬 배달 그만두라고 하는 말을 안 듣는 나이 든 남편을 다시 쫀다.

박동훈은 별일이 다 있네, 하며 벗었던 잠바를 다시 걸치고 교통사고를 냈다는데 차를 운전해 가는 것이 마음에 걸려 전철을 타고 경찰서로 갔다. 교통계는 경찰서 한쪽 별관 건물에 있었다.

박동훈은 교통계로 들어서며 입구에 앉은 직원에게 김종서 씨가 어느 분이냐고 물었다. 직원이 저 안쪽에 앉은 분이라고 알려줬다.

박동훈은 그 젊은 순경에게 다가가며 불러서 왔습니다, 하고 말했다.

"35자 3518차 주인 되십니까?"

순경이 물었다.

"네."

"나이도 지긋하신 분이 사고를 내고 도망치면 어떻게 해요?"

"사고를 냈다고요? 저 사고 낸 적 없는데요."

"오늘 한 시 50분 쯤 동성초등학교 근방 갔었지요?"

"네. 반찬 배달 갔었어요."

"반찬 배달? 골목에서 나와 큰길로 들어서며 사람을 치었어요."

"골목에서 나오며 사람은 치었다고요? 저 친 기억이 없는데요."

"저 아가씨 본 적 없어요?"

박동훈은 경찰이 가리키는 쪽에 서 있는 처녀를 본다. 골목을 나올 때 그의 차를 뚫어지게 쳐다보던 자전거를 탄 여자 같다.

"잘 모르겠는데요."

"당신이 친 아가씨요. 다리에 멍이 다 들었는데."

경찰이 멍이 든 다리를 찍은 사진을 보여준다.

"제 차에 받혔다고?"

박동훈이 중얼거렸다.

"할아버지 보험 드셨지요?"

"당연히 들었지요."

"보험사에 인축 사고 냈다고 신고하세요."

전혀 그 처녀를 차로 박은 기억이 없는 박동훈은 보험사에 신고했다. 신고를 받은 보험사 직원은 사람을 치었으면 차가 많이 손상되었을 텐데 래커차 가지고 갈까, 물었다. 박동훈은 지금 경찰서에 와 있다고 하자 알겠다며 보험사 직원이 전화를 끊었다.

"할아버지 그렇게 사고 내고 뺑소니치면 안 돼요. 나이도 드시고 반찬 배달하시다가 사고를 냈고 피해자 피해가 크지 않고 보험 처리됐으니 그만 가시도록 하겠습니다."

경찰이 훈방 의사를 밝혔다.

박동훈은 억울하다고 하소연하며 그 처녀와 시시비비를 가리려 하다가, 별문제 없이 경찰이 집에 가라고 하고 보험사에서 알렸으니 보험사에서 알아서 할 거고, 보험료 좀 더 내면 될 텐데, 늙은이가 젊은 처자와 다툴 거 없잖아, 생각하며 경찰에게 감사합니다, 인사했다.

그리고, 할아버지 조심해서 운전하세요, 하는 경찰의 주의를 귓등으로 들으며 교통계를 나왔다.

박동훈이 전철에서 내려 계단을 올라갈 때 보험사에서 전화가 왔다.

"치료비를 물어주고, 정신 피해 위로금으로 150만 원 주기로 하고 종결했습니다. 다 끝났으니 걱정 마십시오."

박동훈은 네, 하고 대답하며 위로금 150이라, 칼만 안 든 강도네, 하며 하늘을 올려다봤다. 아내는 뺑소니 사고를 낸 운전사의 운전을 더 이상 못하게 하려고 자동차 키를 감췄다.

자동차를 운행할 수 없게 된 박동훈은 10년간 하던 반찬 배달을 더 이상 할 수 없게 됐다. 박동훈은 그가 사회로부터 받은 은혜를 보답하려 시작했던 봉사 활동을 10년 만에 그만두며 아직 건강한데, 하며 아쉬운 마음이 들었다.

그는 그를 힘들게 했던 결손아동을 떠올리며 그들은 전세에 무슨 업을 지어 일찍 부모를 여의고 궁핍하게 살까, 반찬 배달받는 노인들은 또…, 하며 생각이 많았다.

그는 그래도 운이 좋아 70이 훨씬 넘은 나이에도 아직 건강하고 반찬 배달받아 먹지 않고 배달하는 처지잖아. 아직 건강하고 남들보다 훨씬 많이 은혜를 받았는데, 그래도 더 주고 가야지.

이제 무슨 봉사를 다시 시작할까? 복지관에서 말하는 문맹 할아버지 할머니 한글이나 가르치러 갈까? 아님, 배식할까? 이 나이에 사장까지 한 처지에 앞치마 두르고 배식은 좀 그렇다.

마침 교육 장소가 전철 옆에 위치하니 자동차 없어도 갈 수 있고, 노인들은 결손 아동같이 속 썩이지도 않겠지, 하고 생각하며 자원봉사 센터에 노인들 한글 가르치러 가겠다고 전화하고는 자원봉사하겠다며 배식은 하기 그렇다고 체면 차리네, 하고 허허 웃었다.

그렇게 만난다

1

이순명은 출근길에 배웅나온 아내의 손에 가볍게 입맞춤하고 현관을 나섰다.

지난봄에 결혼한 아내가 임신하여 그는 해가 바뀌면 아버지가 된다.

간밤의 비로 가로수 잎이 지천으로 떨어져서 보도를 지저분하게 덮었다. 이순명은 낙엽을 밟으며 밤사이 닥친 추위에 몸을 떨며 아파트 상가를 지난다.

그는 회사에서 전철로 두 정거장 떨어진 아파트를 전세로 얻어 신혼살림을 차렸다.

그는 매일 출근 시간 9시보다 30분 일찍 출근하려 8시에 집을 나선다.

오늘도 할머니가 긴 패딩을 입고 유치원생 손녀와 상가 앞에서 서성이며 유치원 버스를 기다린다.

"안녕하세요?"

귀엽게 생긴 손녀가 매일 아침 지나치는 이순명에게 활짝 웃으며 인사한다.

"안녕하세요?"

이순명이 할머니와 손녀에게 몰아서 인사한다.

안경을 쓴 70대, 곱게 나이 든 할머니도 미소로 인사를 받는다.

노란색 유치원 버스가 멈춰 서자 할머니는 손녀를 유치원 선생님에게 인계하고 손을 흔들며 배웅한다. 손녀는 할머니와 이순명에게 손을 흔들고 버스를 탄다. 이순명도 떠나는 버스에 손을 흔든다.

손녀를 보낸 할머니는 상가 커피숍으로 들어간다. 이순명은 발로 낙엽을 발로 차며 전철을 타러 간다.

이순명은 벌써 열 달째 일주일에 서너 번은 상가 앞에서 인사성이 밝은 귀여운 유치원생을 만난다. 그는 앙증스러운 유치원생이 환한 웃음을 담아 보내는 상냥한 인사를 받으며 조것이 크면 남자깨나 울리겠다고 생각한다.

2

이순명 부장은 오늘도 8시에 집을 나서 출근한다.

오전 강의가 없는 대학 1학년 딸 현정이, 아빠 잘 다녀오세요, 하고 인사한다. 이순명은 손을 흔들어 주고 현관을 나선다.

이순명은 20년 넘게 한 아파트에 산다. 전세로 신혼살림을 시작하여 이제는 그 집 소유주가 됐다. 10년을 전세로 살고, 알뜰살뜰 저축하여 모은 돈과 은행 융자를 받아 그 집을 샀다.

아내는 그 집을 사고 2년 후 동창들과 단체 여행을 갔다가 버스가 굴러 떼죽음하는 그룹에 끼어 타계했다. 이순명은 딸 하나를 키우며 재혼하지 않고 회사 일에 전념하며 살아간다. 그는 계장, 과장, 차장, 부장으로 제때 진급하며 평탄하게 직장 생활을 하고 있다.

그는 부장으로 진급한 지 2년 차다. 그는 8시 25분 회사에 도착한다. 그는 전철을 타지 않고 자가용으로 출퇴근한다. 지하 주차장에 그의 차를 주차할 지정된 공간이 있다.

"부장님, 오늘 9시에 신입사원 인사 올 겁니다."

상사보다 먼저 출근한 여비서가 사무실로 들어서는 상사에게 일정을 알려준다.

"응, 우리 부에 세 명 발령받았어. 아직 커피 주지 말고 신입사원 오면 그때 줘."

이순명이 비서에게 말을 던지고 그의 집무실로 들어간다.

회의 탁자 위에 조간신문이 죽 진열되어 있다. 그는 일간 신문들 제목만 일별한다.

노크 소리가 나고 관리과장이 신입사원입니다, 하며 세 젊은 사원을 대동하고 이순명의 집무실에 들어선다. 긴장한 신입사원들이 뻣뻣한 자세로 일렬로 선다. 남자 사원 두 명, 여자 사원 한 명이다.

이순명은 신입사원에게 회의 탁자에 둘러앉으라고 손짓한다.

자리에 앉으며 여자 사원이 놀라는 표정을 지으며 이순명을 뚫어지게 쳐다본다.

여비서가 잽싸게 커피잔을 이순명, 관리과장, 신입사원 순으로 날라다 준다.

"이제 한 식구가 되었으니 편한 자세로 커피 들어요."

이순명이 커피잔을 들며 다정한 목소리로 말한다.

"회사 연수원에서 신입사원 교육 때 들으셨겠지만 우리 회사는 세계 300대 기업에 드는 회사예요. 다니다 보면 알게 되겠지만 정말 다닐 만한 회사입니다. 열심히 하면 회사에서 보답도 해줄 겁니다."

이순명은 말을 멈추고 커피를 한 모금 마시며 신입사원을 죽 둘러봤다. 이순명은 여직원이 그를 너무 빤히 쳐다봐서 민망했다. 그는 관리과장이 그에게 건넨 신입사원 신상이 적힌 쪽지를 내려다봤다.

여직원의 이름이 반소정, 서울대학교 경제학과를 나왔다. 이순명은 반

씨면 희성인데, 반기문 전 유엔 사무총장 집안인가, 하며 그녀의 시선을 받았다.

이순명은 신입사원에게 몇 마디 더하고 오늘 저녁 신입사원 환영회가 있는데 거기서 보자고 하며 나가보라는 신호를 보냈다.

오후 6시 30분, 일식집에서 신입사원 환영회가 열렸다.

이순명 앞에 세 신입사원 자리를 마련했다.

신입사원은 하늘같이 높은 상사 앞에서 긴장하는 거 같다. 곁다리 음식이 나오기 전에 먼저 회부터 나왔다. 관리과장이 잔에 술을 따르라고 하고 건배사를 부장에게 부탁했다.

"상아탑 온실에서 학문에 정진하던 신입사원 세 분은 이제 잡초가 우거진 들판에 던져져서 생존경쟁 마당에 들어섰습니다. 신입사원 세 분과 우리 부 직원의 건강과 가정의 평안을 기원하며 건배!"

이순명 부장의 건배 외침에 맞추어 50여 직원이 목소리를 높여 건배를 외치고 잔을 입에 대고 한 모금씩 마시고 손뼉을 쳤다.

그때 사건이 일어났다.

모듬회가 담긴 회 접시에 삼각뿔 모양의 겨자가 죽 둘러 배설되어 있다.

얼굴이 가무잡잡한 신입사원이 자기 몫이라고 짐작하고 겨자 하나를 젓가락으로 날름 집어 입에 넣었다. 그 친구 입에서 불이 났다. 그 친구가 눈물 콧물을 흘리며 캑캑거리며 몸을 비틀었다.

사태를 파악한 상사들은 배를 잡고 웃었다. 내륙에서 자란 그 신입사원은 난생처음 일식집에서 정식으로 차린 밥상을 받은 것이다. 그는 삼각뿔 모양의 겨자를 그의 몫 과자로 생각한 것이다. 그 사건 덕분에 딱딱했던 회식 자리가 웃음이 터지고 부드러워졌다.

이순명은 그의 앞에 앉은 신입사원에게 돌아가며 어디에 사는지 물으며 분위기를 누그러트렸다.

반소정이 소망역 근처에 있는 희망아파트에 산다고 했다.

"어, 나랑 같은 아파트네."

이 부장이 놀라는 목소리로 말했다.

"네."

반소정이 부장을 빤히 쳐다보며 대답했다.

한 시간 반 만에 회식이 끝났다.

이순명은 가볍게 취하여 전철을 타고 귀가했다.

그는 전철에서 내려 계단을 올라가다가 그보다 몇 계단 앞에 반소정이 올라가는 것을 보았다. 그는 걸음을 빨리하여 반소정과 어깨를 나란히 하며 희망아파트에 산다고 했지요, 하고 말을 걸었다.

"부장님, 저 모르시겠지요?"

그녀가 고개를 돌려 상사를 올려다보며 말했다.

"반소정 씨를 아느냐고?"

"네. 저는 10여 년 전부터 알았는데요."

"10여 년 전? 그때는 반 양이 어린이였잖아."

"네. 아침마다 부장님 출근길에 제가 할머니와 같이 인사했었는데."

"그 안경 낀 할머니. AIK인가 하는 노란색 유치원 차 기다리던?"

"네, AIK 아직 기억하시네요?"

"거의 일 년을 아침마다 만났는데. 반 양이 그 유치원생이었어?"

"네. 그때 정장 입고 가시는 부장님 참 멋졌었는데."

"어, 반 양이 그 인사 잘하는 유치원생이었다고? 허허허."

이순명은 감탄사를 내뱉었다.

"할머니는?"

"돌아가신 지 5년도 더 되었어요."

"그래? 그렇지. 세월이 그렇게 흘렀지."

유치원생이었던 반소정이 이제 다 커서 처녀가 되고, 그의 회사에 입사한 것이 신기하여 이순명은 말을 잃고 어기적어기적 걸었다.

3

이순명과 반소정은 한 부서에 근무했지만, 이순명은 자가용으로 출근하고 반소정은 전철로 출근하여 출근길에 마주칠 일이 없고, 신입사원과 부장은 너무 직급 차이가 커서 회사에서도 만날 일이 거의 없었다.

그렇게 반년이 흘렀다.

어느 가을날 오후, 이순명은 집무실 출입문에서 노크 소리가 들려 들어오세요, 했다.

신입사원 환영회에서 겨자를 먹고 콧물 눈물을 흘렸던 김영성과 반소정이 앞뒤로 나란히 들어왔다. 이순명이 무슨 일, 하는 눈으로 부하직원을 쳐다봤다.

"부탁드릴 일이 있습니다."

김영성이 수줍게 말했다.

이순명은 자리에 앉으라고 하며 비서에게 커피를 내오라고 했다.

어색하게 자리에 앉은 두 직원은 방을 두리번거리며 실내를 둘러봤다.

"회사 다닐만해요?"

이순명이 두 사람 중간에 말을 던졌다.

"네."

두 사람이 동시에 대답했다.

비서가 커피를 날라왔다.

"커피 마시면서 편안하게 말해요."

이순명이 느긋한 목소리로 말했다.

"저희 한 달 후 결혼할 건데 주례를 좀 서주시면…."

김영성이 떨리는 목소리로 말했다.

"주례?"

"네. 회사 강당에서 결혼식 할 건데 부장님이 주례를 서주시면."

회사에서 복지 차원에서 주말에 강당을 예식장으로 빌려주고, 향촉 등 필요한 혼례 물품을 무료로 제공한다.

"학교 교수님께 부탁하지."

"저희는 부장님이 좋은데요."

빈소정이 수줍게 말했다.

이순명이 잠시 뜸을 들이다가 좋다고 했다.

신랑 신부 후보가 감사하다며 자리에서 일어서서 꾸벅 인사를 했다.

"결혼식 날 내가 직접 식장으로 갈 것이니, 그건 신경 쓸 거 없고 주례사 할 때 신랑 신부 소개하게 간단하게 몇 자 적어서 미리 줘요."

"네, 비서에게 전달하겠습니다."

김영성이 대답했다.

"신혼여행은 어디로 갈 거요?"

"스위스로 가기로 했어요."

김영성이 얼굴을 붉히며 말했다.

"좀 멀기는 해도 스위스, 좋지."

두 직원은 커피를 반만 마시고 부장 방을 나갔다.

몇 번 주례를 서본 이순명은 하던 대로 주례를 서줬다.

신랑 신부가 신혼여행을 다녀왔다며 스위스 초콜릿을 사 들고 주례 집에 인사 왔다.

아내가 타계한 이순명은 딸 부부와 같이 살고 있다.

이순명은 그가 죽으면 하나뿐인 피붙이 딸에게 이 집 물려줄 거, 큰집에 혼자 살기도 쓸쓸한데, 하며 딸더러 들어와서 살라고 했다.

그는 아예 안방을 딸네에게 내주고, 서재에 침대를 들여놓고 티브이도 설치했다.

몇 번 스위스에 출장을 갔던 이순명은 신혼여행 후 그를 찾아온 신랑 신부와 몽블랑 등 스위스 관광지를 이야기했다.

그때, 외출 나갔던 딸이 손녀를 데리고 돌아왔다.

이순명은 딸에게 신혼부부를 소개했다.

"어, 혜정이. 이 집에 살아?"

반소정이 놀라는 소리를 냈다.

"어, 언니 결혼 주례를 아빠가 섰어? 아빠, 반소정 언니 대학 동아리 선배에요."

딸이 큰 소리로 놀라는 반응을 보였다.

"어, 그래? 대단한 인연이네."

이순명이 감탄사를 내질렀다.

이순명, 신혼부부, 딸이 반갑게 대화를 나눴다.

그 후 명절 때가 되면 빠지지 않고 김영성과 반소정은 주례를 선 상사 집에 인사를 왔다.

그렇게 3년이 지났다.

그동안 이순명은 이사로 진급했다.

회사에서 계장은 시험에 합격해야 진급할 수가 있다. 대졸 사원은 입사 3년 차부터 시험 자격이 주어진다.

반소정은 첫 번째 시험에서 합격했다. 김영성은 떨어졌다.

초임 계장은 2년간 지방사업소에서 근무해야 본사로 발령받을 수가 있다.

이순명은 인사부장에게 반소정이 서울 가까운 사업소에서 근무할 수 있도록 발령 내주라고 부탁했다. 주말에 두 사람이 서로 만나기 편하도록 배려했다.

반소정은 인천지사로 발령 나서 회사에서 제공하는 사택에 혼자 거주한다. 김영성은 서울에서 하숙한다.

김영성이 주말에 반소정 집으로 가서 주말을 보내고 온다.

이순명의 사위가 런던 주재원으로 발령이 나서 딸이 같이 런던으로 떠났다.

이순명은 큰 집에서 혼자 산다. 안방과 거실이 다시 이순명 차지가 되었다. 딸이 아버지 재혼을 권했지만, 이순명은 들은 척도 안 했다.

4

이순명은 큰 집에 혼자 살며 자주 고독을 느꼈다. 특히 비 오는 날, 주말에 혼밥하면 쓸쓸하고 서글펐다.

그래서 그는 회사 일에 더 매달렸다. 그렇게 세월이 흘러가고 이순명은 상무로 진급했다.

김영성은 몇 년 연속 계장 시험에서 미끄러졌다.

이순명은 지방 근무 2년을 채운 반소정을 그가 관장하는 부서로 스카우트해 데려왔다.

본사로 발령받은 반소정이 남편과 함께 이순명에게 집으로 인사 왔다.

"이렇게 본사로 불러줘서 감사합니다."

반소정이 현관에 들어서며 현관문을 열어주는 상사에게 인사했다.

"응, 자리에 앉지."

두 사람은 소파에 앉았다.

이순명은 부엌으로 가서 커피포트에 물을 넣고 전기 스위치를 올렸다.

"제가 할게요."

반소정이 부엌으로 와서 커피잔을 꺼내려 서랍장을 열며 말했다.

"손님인데."

"아이, 상무님. 제가 할게요. 커피 어디 있어요?"

이순명이 커피를 꺼내주고 소파로 가서 앉았다.

반소정이 커피 석 잔을 타가지고 거실로 나왔다.

세 사람은 소파에 나란히 앉아 커피를 마셨다.

"어디 살 집은 구했어요?"

이순명이 물었다.

"아직. 우선 엄마 집에 있어요. 회사에서 가까운 곳은 전셋값이 너무 비싸 이번 주말에 서울 변두리 살집을 알아보려고 해요."

"그래요?"

"전셋값은 회사 상조회에서 빌릴 수는 있는데, 이자로 한 사람 월급이 다 나갈 거 같아 전철이 닿는 서울 변두리, 양평이나 수원, 파주 쪽에 알아보려고 해요."

"출퇴근에 시간이 많이 걸릴 텐데."

"3시간쯤 각오하고 있어요."

이순명은, 그렇겠다, 하며 커피 맛을 음미하며 잠시 생각에 잠겼다.

"이러면 어떨까?"

이순명이 커피잔을 내려놓으며 말했다.

젊은 부부가 상사를 쳐다보았다.

"우리 딸 부부가 런던에 3년 더 있게 됐어. 그래서 3년 더 이 집에 나 혼자 살아야 하는데 우리 집에 들어와서 살면 어때?"

"네? 그럴 수 있어요?"

반소정이 눈이 똥그래졌다.

"딸네랑 살 때 나는 서재에서 생활하고 딸네가 안방을 썼지. 서재에 티브이도 설치하고 거실은 내주고."

"안방을 차지하라고요?"

반소정이 예쁜 눈을 크게 뜨며 말했다.

"응, 세는 낼 것 없고 내가 혼밥 먹기 싫은데 그집 밥 먹을 때 숟가락 하나 더 놓으면 어때?"

부부는 상사의 의외의 제안을 받아들일까 말까 눈으로 상의했다.

"주중에 점심과 저녁은 대개 밖에서 해결하고 오는데 주말에 혼밥을 먹어야 하는데 그때 숟가락 하나 더 놓으면 돼. 아침도 한 달에 몇 번 조찬 행사가 있지만 나머지는 그냥 빵식으로 해결하면 되고."

이순명이 담담한 목소리로 말했다.

"그러면 저희는 좋지만 상무님은 좁은 서재에서 불편하실 텐데요."

반소정이 고개를 흔들며 말했다.

"딸네와 그렇게 몇 년 살았어. 불편한 거 없었는데."

"그래도…."

부부가 동시에 말했다.

"그럼 그렇게 하는 거다. 당장 이사와. 내가 내일 출근 전에 안방 비워 놓을게. 아, 이제 혼밥 안 해도 되겠다."

이순명이 혼자 결론을 내리고 부하직원들이 더 이상 딴말 못 하도록 못을 박았다.

이순명은 세 식구가 한집에 사니 집이 환해진 거 같다.

더구나 젊은 반소정과 같이 사니 딸과 살 때와는 다른 긴장감이 돌며 반소정이 여자로 보이고 감정이 윤택해졌다. 가끔 김영성의 자리에 그가 앉으면 하는 상상을 하며, 무슨 망령, 하고 픽 웃었다.

이순명이 밤늦게 손님 접대를 하거나 접대를 받고 귀가하다 현관문을 열려다가 가끔 김영성과 반소정이 토닥거리며 싸우는 소리를 들었다.

그러면 그는 잠시 멈춰서서 숨을 고르고 노래를 흥얼거리며 그가 집에 왔다는 신호를 보내고 현관문을 열고 집에 들어가서 바로 그의 공간, 서재로 들어가서 옷을 갈아입고 문간방, 서재 바로 앞에 있는 화장실에서 세수하고 그의 공간으로 들어가 두 사람의 생활에 방해가 되지 않도록 배려했다.

사장이 젊고 유능한 사원의 발탁 인사를 하겠다고 선언했다.

계장 진급 후 3년 후부터 과장으로 진급하는 자격이 생긴다. 사장이 연한과 관계없이 업무실적이 좋은 유능한 직원을 발탁하여 과장으로 진급시키겠다며 각 본부에서 한 사람씩 추천하라고 했다.

이순명은 부장들과 협의하여 그의 본부에서 반소정을 추천했다.

반소정이 발탁되어 과장으로 승진했다. 입사 동기인 남편은 아직 직원인데, 아내는 두 계급 높은 과장이 되었다.

진급한 반소정은 대전 지사로 발령받았다.

하숙집을 얻어 이사 나간 김영성은 주중에는 아내와 떨어져 살아야 한다.

5

반소정 부부가 이혼했다.

입사 동기인 두 사람은 입사 후 3살 위인 김영성이 적극적으로 대시하여 결혼까지 하게 되었다. 결혼 후 김영성은 똑똑한 아내가 버거웠다.

본격적인 균열은 계장 시험에 아내는 단번에 합격하고, 남편은 떨어지고부터이다. 아내는 낙방한 남편을 사랑으로 감쌌으나 남편은 열등감을 감추지 못하고 빗나가기 시작했다.

결정적인 파탄은 남편은 몇 차례 계장 시험에 떨어지는데 아내는 발탁 인사로 과장으로 진급한 후부터다. 아내와 두 계급 차이가 나는 남편은 열패감을 이기지 못하고 엇나갔다.

아내는 회사에서 제공하는 30평대 사택 아파트에서 편안하게 현장에서 과장으로 대접받고 살아가는데, 남편은 아직도 직원으로 서울에서 하숙한다. 주말에 남편이 대전의 아내 사택으로 내려간다. 남편은 아내의 사택이 궁궐 같아 두 사람의 지위 차이가 사는 집에서도 바로 느껴진다.

어느 주말 아내가 상경하면 남편 하숙집에서 같이 잘 수는 없어 아내는 저녁만 같이 먹고 엄마네 집으로 간다. 그런 날이면 젊은 남편은 본능을 해결하지 못하고 크게 허전해 했다.

결정적인 파탄은 아내가 골프를 배우기 시작하고부터이다. 이제 상류사회로 들어가는 문턱에 들어선 아내는 골프를 배우기 시작했다. 주말에 남편이 대전에 내려가도 아내는 남편을 사택에 혼자 두고 골프를 치러 갔다. 김영성은 혼자 과장인 아내의 사택에서 티브이 리모컨과 씨름했다.

아직도 직원인 남편은 자존심이 상하고, 열등감에 마음이 뒤틀렸다.

5수 끝에 남편이 계장 시험에 합격했다. 주례를 선 상사의 배려로 아내가 근무하는 대전지점으로 발령받았다. 회사에서 과장과 계장은 노는 물이 달랐다. 초임 계장인 김영성은 아내가 곧 발탁되어 본사로 올라가고 바로 차장으로 진급할 거라는 동료들의 시샘 섞인 말에 기쁜 것이 아니라 기분이 나쁘고 마음이 푹 꺼졌다.

남편은 잘나가는 아내가 자랑스러운 것이 아니라 그의 못남이 까발려지는 것 같아 열패감을 느꼈다. 남편은 인물 잘생기고 똑똑한 아내가 자기를 버리고 날아갈 것 같았다. 남편은 주례를 서주고, 자기 집에 들어와서 살게 하고 인사 때마다 챙겨주는, 혼자 사는 이순명이 아내에게 딴마음을 품은 것이 아닌지 의심이 들었다.

아내가 회사에서 잘나가는 학벌 좋고, 인물 좋은 하늘 같은 상사, 이순명에 빠진 것이 아닌가 질투가 났다.

더구나 주말에 아내가 화사한 골프 옷을 챙기고 남편을 집에 혼자 남겨놓고 골프를 치러 갈 때면 골프를 치러 가지 못하도록 골프채를 감추고 싶었으나 행동으로 옮기지 못하고 속만 썩였다.

아내가 피임하는지 아이도 생기지 않았다. 두 사람은 자주 토닥거렸다. 때로는 남편이 아내가 바람피운다고 막말했다.

두 사람은 각방을 쓰더니 이혼으로 이어졌다.

6

이순명은 반소정이 지방 근무 2년을 채우자 그의 본부로 불러올렸다.

반소정이 부임 인사차 이순명의 집무실을 찾았다.

"반 과장, 어서 와요. 앉지. 미스 김 커피 두 잔."

이순명은 그의 집무실에 들어서는 반 과장을 반갑게 맞았다.

"본사로 불러줘서 감사합니다."

반소정이 본부장 소파 옆자리에 앉으며 말했다.

"아니 내가 고맙지. 반 과장 같은 인재는 본사에서 그 재능을 펼쳐야지."

"고맙습니다. 그렇게 저를 잘 봐주시니."

"김 계장은 잘 있지. 이번에 같이 발령 내려다가 현장 근무 2년이 좀 못 되어서, 다음 기회에 불러올릴게요."

"김 계장이랑 헤어졌어요."

"헤어지다니? 이혼했다는 말이야."

"네. 서로 성격이 맞지 않아서."

이순명은 이혼했다는 말을 들으며 주례를 선 사람으로 마음이 좋지 않았다. 반소정은 형식적인 인사를 하고 커피를 반도 안 마시고 본부장 방을 나갔다.

반소정이 그의 집무실을 나가자, 이순명은 생각에 빠졌다.

반소정은 유치원생으로 그의 앞에 나타났다.

그때 그는 반소정의 이름도 몰랐다. 그냥 인사성 바른 귀엽게 생긴 어린이였다. 그런 그녀가 그가 다니는 회사 신입사원으로 다시 그의 앞에 나타났으며, 결혼 주례를 서주는 인연을 맺고, 잠시 그의 집에서 같이 살기도 했다.

그리고 이혼녀로 다시 그의 앞에 나타났다. 이순명은 앞으로 그녀와 또 무슨 인연으로 얽힐까, 하며 상상의 날개를 펼쳤다.

그러나 이순명과 반소정은 회사에서 일주일에 한두 번 결제하러 본부장 방에서 만나고, 한 달에 한 번 간부 회식 자리에서 만나는 것이 전부였다. 회식 자리에서도 과장인 반소정은 서로 멀리 떨어져 앉아 서로 대화할 기회가 없었다.

7

이순명은 여승무원이 건넨 샴페인에 가볍게 올라오는 취기에 나른해지며, 창밖의 운해를 내다봤다. 그는 문득 신선은 어떤 경지일까, 생각하다가 일반석에 탄 반소정을 떠올리며 참 재미있는 인연이라 생각했다.

그는 신입사원이고, 그녀는 유치원생일 때 처음 만났다. 어떻게 그녀가 자라 같은 회사에 다니게 됐고, 지금 같이 라스베이거스에서 열리는 국제 에너지 포럼에 둘 다 발표자로 가고 있다. 이순명은 개막식에 발표자로, 반소정은 한 세션에서 발표한다.

미국 여행이 처음인 반소정은 상사의 안내를 받는다. 인천공항에 상사의 승용차를 같이 타고 갔고, 수화물을 부쳤다.

이순명은 출국수속을 하고 반소정을 VIP 라운지에 데리고 가서 음료수를 마시며 비행기 이륙시간을 기다렸다.

회사 임원인 이순명은 비즈니스석, 직원인 반소정은 일반석에 탔다.

라스베이거스 국제공항에 도착하여 이순명은 부하직원이 입국을 거들고 짐을 찾고 호텔 셔틀버스를 타고 호텔에 와서 체크인을 도왔다.

두 사람은 7시에 시작하는 리셉션에 참석하기 위해 6시 50분에 호텔 로비에서 만나기로 했다.

이순명이 시간에 맞춰 로비에 나가자 반소정이 상기된 얼굴로 도박장에서 나왔다.

"본부장님. 대단해요. 라스베이거스 이름을 들었을 때 도박 도시라는 것은 알았지만 이렇게 화려한지는 짐작 못 했어요."

"벌써 구경한 거야? 만찬 끝나고 구경시키며 몇 가지 놀음을 해 보라고 할 참이었는데. 그래 몇 불이나 잃을 생각이야?"

"잃어요? 따야지요."

"여기 오면 대부분 잃고, 몇 사람 운이 좋은 사람만 딸 수 있어. 구조가 잃게 되어 있어. 막 하다가는 자칫 출장비 다 날릴 거니, 한 200불만 잃는 것으로 정해."

"제가 따서 본부장님 칵테일 사드릴게요."

"그래? 리셉션장 가지."

리셉션장 입구에 협회 회장 등이 줄 서서 입장객을 맞았다. 이 포럼에 몇 번 참석하여 안면을 튼 이순명은 그들과 다정하게 인사했다. 칵테일 잔을 들고 리셉션장을 돌며 이순명은 반소정을 참석자들에게 소개했다.

반소정은 포럼 참가자를 많이 알고 있는 본부장이 높게 보였다.

이어진 만찬 때 이순명은 반소정을 같은 테이블 옆자리에 앉혔다. 이순명은 유창한 영어로 열 명이 둘러앉은 식탁을 웃음꽃으로 장식하게 했다.

만찬을 마치고 이순명은 반소정을 도박장으로 안내하여, 슬롯머신을 당겨보게 하고, 블랙잭 테이블에 데려가서 블랙잭도 해 보게 하고, 마지막으로 룰렛도 해 보게 하고 11시가 되자, 내일 저녁에 또 경험하자며 각자 방으로 올라가자고 했다.

월요일 개막 세션에서 이순명은 미국, 중국에 이어 3번째 기조 발표자로 나서서 대한민국의 에너지 안보에 대하여 발표했다.

97% 에너지를 해외에 의존하는 나라가 화력, 원자력, 재생에너지를 어떻게 혼용하여 경제를 부흥시켜 세계 최빈국에서 10대 경제 대국으로 발전시켰는가 설파했다.

발표가 끝나고 질문을 받고 이순명은 여유 있게 강단을 내려왔다.

반소정은 그의 본부장이 세계 여러 나라 대표들을 앞에 놓고 유창한 영어로 여유 있는 자세로 발표하는 장면을 보며 마음이 울컥하고 감격스러웠다.

영국 대표가 초청한 식당에서 오찬을 가졌다. 이순명은 반소정을 오찬장에 데리고 갔다. 남아연방, 호주, 캐나다, 브라질, 일본 참석자가 오찬에 초대됐다. 반소정은 국제회의에서 식사가 친교에 얼마나 중요한지 실감하며 참석자들의 대화를 경청했다.

오후, 반소정의 발표장에 이순명이 뒷자리에 딱 버티고 앉아 국제회의에서 첫 발표하는 부하직원을 응원했다. 반소정은 떨리는 가슴을 진정하며 상사의 무언의 응원을 등에 입고 첫 번째 무대 등장을 무난히 마쳤다. 질의 응답까지 마친 반소정은 잘했다는 상사의 칭찬을 듣고 마음이 흐뭇했다.

반소정은 미국 대표가 초청한 만찬장에 상사를 수행했다. 프랑스, 사우디아라비아, 인도, 아르헨티나, 이집트 참석자를 초청됐다. 반소정은 상사가 오찬과 만찬장에서 능숙하게 대처하는 것을 보며 그의 연륜을 느끼며 나도 언제나 저렇게 되나, 했다.

만찬이 끝나고 한 시간쯤 도박하며 시간을 보내고 11시가 되자 이순명은 내일을 위해 잠자리에 들자고 했다.

화요일은 하루 종일 이 세션 저 세션 흥미 있는 발표를 찾아다녔다. 오찬은 이순명이 주관하였다. 이순명은 중국, 독일, 나미비아, 카자흐스탄, 칠레 참석자를 초대했다.

반소정은 세미나에 참석하여 최신 정보를 듣는 것도 중요하지만 비공식 오찬 만찬을 하며 서로 친교를 쌓고, 아직 인쇄되지 않은 산 정보를 알아내는 것이 얼마나 중요한지 배웠다.

아침을 같이 하며 이순명은 반소정에게 저녁에 쇼를 보여주겠다고 했다. 라스베이거스 쇼는 세계적인 공연으로 한 번 볼만하다고 했다.

프랑스 파리의 무랑루즈 쇼, 영국 런던의 레이놀즈 쇼가 있으나 규모나 화려함에서 라스베이거스 쇼를 따를 수 없다고 했다.

두 사람은 택시를 타고 쇼가 열리는 호텔로 갔다. 입구에서 이순명이 안내자에게 10$을 건네자 안내자는 그들을 무대가 잘 보이는 자리로 안내했다.

먼저 저녁 식사가 제공되었다. 맥주가 제공되고, 수프를 날라왔다. 수프를 날라와서 스테이크를 어떻게 구워줄까 확인했다.

이순명이 미디움, 하고 답했다. 천 명도 넘어 보이는 관객에게 일사불란

하게 음식이 제공되었다. 샐러드가 나오고 스테이크가 주식으로 나왔다. 반주로 적포도주를 한 잔씩 제공했다. 후식으로 커피나 아이스크림을 제공했다.

이순명은 커피를, 반소정은 아이스크림을 주문했다.

반소정은 기계같이 정확하게 식사를 나르는 시스템에 감탄했다.

8시에 쇼를 시작했다.

날씬한 젊은 여자 무용수 수십 명이 무대에 늘어서서 다리를 번쩍번쩍 들며 신나게 춤을 췄다. 캉캉 춤을 난생 처음 보는 반소정은 무희들의 화려한 의상과 미끈한 몸매에 절로 탄성이 나왔다. 율동도 힘차고 화려했다.

이순명이 저런 쇼를 워커힐에서도 볼 수 있다고 귀띔했다.

다음 마술쇼가 이어졌다. 마술사의 기막힌 속임수에 관중이 탄성을 질렀다.

메인 쇼가 시작되었다. 현대과학을 동원한 무대의 변환에 반소정은 입을 다물 수가 없었다.

홍수가 지고 무대에 물줄기가 폭포수같이 쏟아지고 순식간에 폭포수가 잔잔한 호수로 바뀌었다. 주인공이 노래하며 인어같이 수영했다.

진한 감동을 안고 공연장을 떠나 택시를 타고 호텔로 돌아온 반소정은 이순명과 호텔 주변 거리를 수놓은 화려한 네온사인을 내다보며 칵테일을 찔끔찔끔 마시며 흥분을 가라앉히며 환락의 도시 라스베이거스의 밤을 감상했다.

"내일은 세미나 땡 치고 그랜드 캐니언 구경 갈 거다."

밤 11시가 되자 각자 방으로 가며 이순명이 반소정에게 속삭였다.

반소정은 환락의 도시 밤을 더 즐기고 싶었으나 상사의 말을 따르지 않을 수 없었다.

그랜드 캐니언행 버스가 오전 9시 호텔을 떠났다. 이순명과 반소정은 나란히 앉았다. 반소정이 창 쪽 이순명이 복도 쪽에 앉았다.

점심시간이 다 되어 버스가 그랜드 캐니언 입구에 도착했다. 여행사는 수제 햄버거를 점심으로 제공했다.

계곡이 정말 경이적이었다. 반소정은 서울에서 부산 거리만큼 그렇게 긴 거창한 계곡이 이어진다는 설명을 믿을 수가 없었다. 계곡 한참 밑에 흐르는 콜로라도강이 검게 보였다.

반소정은 Canyon 앞에 Grand라는 접두사가 붙을 만하다고 생각하며 장관에 넋이 빠졌다.

I Max 영화관에서 3차원으로 영상을 보았다. 거대한 계곡이 몇 억 년 전에 생겼다는 지질학적 사실을 들으며 반소정은 자연의 신비에 자신이 작아지는 것 같았다.

경비행기를 타고 계곡 위를 나는 것으로 관광을 마쳤다. 관광을 마치고 호텔로 돌아가며 반소정은 세미나를 빼먹고 관광 가기 잘했다고 생각하며, 그런 배려를 한 상사에게 짙은 고마움을 느꼈다.

오후 6시쯤 호텔에 돌아온 두 사람은 간단히 샤워하고 호텔 식당에서 둘만이 정겹게 식사했다.

"한 세 시간쯤 여유 있으니 이것저것 즐기고 10시 반에 칵테일 바에서 만나자."

식사를 마치자 이순명이 반소정에게 혼자 도박을 즐기도록 자유시간을 줬다.

반소정은 키노부터 시작했다. 그녀는 로또 복권을 찍는 심정으로 번호를 찍었다. 두 판은 공쳤다. 20불을 날렸다. 오기가 난 반소정은 세 번째 판에는 정신을 가다듬고 번호를 골랐다. 숫자 네 개를 맞췄다. 50불을 땄다.

그녀는 키노 판에서 30불을 땄으니 그만 하기로 하고, 슬롯머신에 붙어 씨름을 시작했다. 25센트짜리 동전을 기계에 밀어 넣고 버튼을 누르며 바나나가 한 줄로 서기를 바랐다.

세 번에 한 번꼴로 25센트 코인이 몇 개씩 쏟아졌다. 코인 쏟아지는 소리가 음악처럼 들렸다. 그녀는 한 시간 넘게 기계와 싸우고 50불을 잃었다.

그녀는 블랙잭 판으로 옮겨 자리에 앉았다. 그는 블랙잭을 하면서 요령을 터득해 갔다. 가드의 합이 21점 가까이 맞추는 데 수학의 확률이 적용되는 거 같았다. 그녀는 블랙잭 판에서도 30불을 잃었다.

그녀는 룰렛 판으로 자리를 옮겼다. 룰렛은 정말 복불복이다. 그녀는 운을 실험했으나 운이 따르지 않았다. 그녀는 이순명이 만나자는 시간까지 100불을 잃었다. 그녀는 이순명이 미리 잃을 돈 상한선을 정하고 노름하라던 말이 생각났다. 그녀는 애써 잃은 돈은 세 시간 즐긴 비용이라고 치부하며 아쉬운 마음을 누르며 칵테일 바로 갔다.

이순명이 손을 들어 그녀를 반겼다. 반소정이 100불을 잃었다고 하자, 이순명은 돈을 잃도록 구조가 되어 있다며 크게 잃은 것 아니니 그냥 수업료 냈다고 생각하라며 허허 웃었다.

두 사람은 화려한 분위기를 즐기며 칵테일을 즐겼다. 두 잔째 마신 술이 두 사람을 들뜨게 하고 마음을 헤프게 했다.

11시가 되자, 이순명이 내 방에 가서 조용히 한잔 더하자고 했다. 반소정이 고개를 끄덕였다.

두 사람은 미니 병에 든 위스키를 얼음 위에 부어 온더록스로 건배하고 마셨다.

술이 두 사람을 헤프게 만들었다. 창가에 서서 화려한 네온사인이 점멸하는 장관을 황홀하게 내다보던 두 사람은 어깨를 끼고 서로에게 전해지는 체온을 즐겼다. 두 사람의 자세가 포옹으로 바뀌고, 키스로 격해지고, 질주가 이어져 침실로 가서 짝짓기했다.

폭풍이 지나갔다. 반소정은 상사 보기가 어색했다. 세상을 더 오래 살았고 여자를 더 잘 아는 상사가 부하를 따뜻하게 안고 다독였다.

포럼 마지막 날 두 사람은 요세미티 국립공원 관광을 갔다. 이미 몸을 섞은 두 사람은 더욱 친밀하고 다정하게 관광했다.

그날 저녁도 두 사람은 자석에 끌리듯 짝짓기했다.

이순명은 귀국 비행기에 올라 여승무원에게 옷을 맡기고 여승무원이 건네는 샴페인 잔을 들고 찔끔 마셨다. 향긋한 향기가 입안을 돌고 목구멍으로 넘어간 샴페인이 위장을 짜르르 자극했다.

그는 창밖을 내다봤다. 비행기가 내리고, 비행기가 떠오른다. 내리는 비행기 승객은 큰돈을 딸 꿈을 안고 내릴 거고, 떠나가는 승객은 돈을 잃고 아쉬움을 안고 떠날 거다. 몇백 불 잃었으면 즐긴 대가라고 치부하고 허허거리며 떠날 거고, 좀 더 크게 잃었으면 낭패한 마음으로 떠날 거다.

이륙한다는 안내방송에 이어 비행기가 부르르 떨며 활주로를 달리더니, 그 큰 동체의 머리를 들고 하늘로 치솟는다.

주기장에 늘어선 비행기가 점점 작게 보이더니 비행기가 구름 위로 치솟자 지상의 사물이 보이지 않는다.

이순명은 등받이에 고개를 젖히고 생각에 잠긴다. 이곳에 올 때는 반소정과 같이 출장 오는 것이 간지럽고 즐거웠는데, 이제 반소정과 회사 상사와 부하의 관계가 아닌 몸을 섞은 관계로 바뀌었다.

신입사원과 유치원생으로 처음 만난 두 사람은 세월이 흘러 유치원생이 여자가 되고 남자와 여자로 만났다.

홀아비와 이혼녀가 어울리는 것이 법적으로는 문제 될 것이 없다.

그러나….

이순명은 귀국 후에도 그녀와 남자와 여자로 만남을 지속하면….

그의 감정은 만남을 계속하고 싶다.

젊고 예쁘고 영리한 그녀와 같이 살면 좋겠다고 유혹한다.

그는 속세를 가리는 운해를 내다보며 반소정과 앞날을 헤아려 본다.

그는 전무를 두 임기째 하고 있다. 다음 주총에서 부사장으로 진급하지 못하면 퇴사해야 한다. 그럼 화백이 된다.

반소정은 이제 막 날갯짓을 시작하고 비상하고 있다.

60을 바라보는 화백과 30대 비상하는 갈매기!

너무 어울리지 않는다.

이순명은 그리운 사람이 있는 것은 좋은 일이다, 라고 읊은 어느 시인의 시구절을 떠올렸다.

불균형을 균형으로 맞추려고 몸부림칠 게 아니라 반소정을 그냥 그리움으로 남기자. 감정이 이성에 반기를 들며 그녀를 그리움으로만 남기는 것은 너무 아깝다며 계속 곁에 여인으로 두라고 한다.

젊은 그녀를 버리기는 너무 아깝고 들기는 너무 무겁다.

그는 끙 신음하며 귀국 후 그녀와의 관계를 어떻게 할 것인가, 생각을 굴린다.

귀국 후, 인사철에 이순명은 반소정을 적극 추천하여 차장으로 진급시키고 그의 눈에서 멀리 떨어진 부산지사 부지사장으로 떠나보냈다.

다음 주총에서 그의 이름이 빠졌다. 그리고 화백이 되었다.

그는 서울 집을 팔고 귀향하여 전원생활을 하며 자연인으로 돌아갔다.

비 오는 날, 술 한잔하는 날, 그는 반소정이 뼈저리게 그리웠으나 그녀와의 라스베이거스의 춘사는 추억의 한 장으로 넘기며 그녀를 그리운 사람으로 남기며 보고 싶은 감정을 애틋하게 감싸 안았다.

책을 내면서

세월이 흘러가며 우리는 불혹, 지천명, 이순, 종심의 나이로 익어가며 그럭저럭 다 그렇게 살아가고 자연에 순응하며 매인 것 없이 자유롭게 사는 삶으로 성숙해 간다.

살아가는 동안 이곳저곳에서 사람을 만나 혈연, 학연, 지연으로 얽히며 가족, 친지, 친구, 동료 등 인연을 맺어 간다.

모든 시작은 다 끝이 있는데 끝이 있다는 것을 모르고 살아온 것 같아 웃음이 난다.

그럭저럭 그렇게 살아가는 이야기 12편을 모아 창작집을 낸다.

인공지능의 힘을 빌려 영생을 연구하는 과학자. 승진 미끼에 목을 매고 애교스럽게 죄를 범하며, 충견 노릇 하는 월급쟁이, 돈의 노예가 되어 자린고비 노릇 하며 힘들게 살아가는 인생, 짝사랑에 목매는 여인 등등….

전문 서적 한 권을 포함 20번째 책을 낸다. 다작한 분과 비교하면 많은 책을 냈다고 할 수는 없지만, 지천명의 나이를 한참 지나 책을 내기 시작했으니 저자 나름대로 게으름은 피우지 않았다고 여긴다.

산수(傘壽)가 훌쩍 넘은 나이에 낸 창작집을 애정 어린 눈으로 재미있게 읽어 주시기를 바란다.

다 그렇게 산다

지은이 / 양창국
펴낸이 / 김정희
펴낸곳 / **지구문학**

03140, 서울시 종로구 종로17길 12, 215호(뉴파고다 빌딩)
전화 / (02)764-9679
팩스 / (02)764-7082

등록 / 제1-A2301호(1998. 3. 19)

초판발행일 / 2024년 5월 31일

ⓒ 2024 양창국 Printed in KOREA

값 18,000원

E-mail/jigumunhak@hanmail.net

ISBN 979-11-91982-10-7 03810